Contemporánea

Juan Benet (Madrid, 1927-1993) es quizá el escritor español más influyente de la segunda mitad del siglo XX. De profesión ingeniero de caminos, canales y puertos, publicó el volumen de relatos *Nunca llegarás a nada* en 1961, en una edición costeada por él mismo. En 1967 apareció su primera novela, *Volverás a Región*, quizá rechazada por tantas editoriales como veces fue reescrita. En 1969 obtuvo el Premio Biblioteca Breve por *Una meditación*, lo cual supuso el espaldarazo definitivo a su carrera literaria. Desde entonces, cada libro constituyó un hito crítico y una nueva camada de hijos literarios. Del resto de su obra cabe destacar las novelas *Un viaje de invierno* (1972), *La otra casa de Mazón* (1973), *Saúl ante Samuel* (1980), *El aire de un crimen* (1980) y el ciclo inacabado de Herrumbrosas lanzas (1983, Premio de la Crítica, 1984, 1986); los volúmenes de relatos *5 Narraciones y 2 fábulas* (1972), *Sub rosa* (1973) y *Trece fábulas y media* (1981); las obras de teatro *Max* (1953), *Anastas o el origen de la Constitución* (1958) y *Un caso de conciencia* (1967); y las prosas de *Qué fue la Guerra Civil* (1976), *Otoño en Madrid hacia 1950* (1987), *Londres victoriano* (1989) o *La construcción de la torre de Babel* (1990).

Juan Benet

Así era entonces

Cuentos completos 2

Epílogo de
Ignacio Echevarría

DEBOLS!LLO

Edición presentada por Ignacio Echevarría

Primera edición: septiembre, 2016

Printed in Spain – Impreso en España

ISBN: 978-84-663-3520-1
Depósito legal: B-13.470-2016

P 3 3 5 2 0 1

Penguin
Random House
Grupo Editorial

Nota de los editores

Conforme se establece en la nota de los editores que figura al frente del volumen titulado *En Región* (Cuentos completos 1), complementario de éste, se reúnen aquí todos los relatos de Juan Benet, largos y cortos, que transcurren fuera de Región, es decir, fuera del «espacio mítico» en el que Benet ambientó la mayor parte de sus cuentos y de sus novelas. Ya se ha dicho que fue el propio Benet el primero que, con ocasión de editar en 1977 sus *Cuentos completos*, tuvo la idea de agruparlos en dos volúmenes conforme a este mismo criterio: en uno, los ambientados en Región, y en el otro, «los que se sitúan en cualquier otro espacio, sea mítico o no». Más adelante —con ocasión de reeditar en 1981 sus *Cuentos completos*— deshizo esta división y optó por agrupar en un volumen «las, por llamarlas así, novelas cortas», y en el otro los cuentos. Aquí, sin embargo, se ha optado por regresar a la división primera, y no exactamente por capricho, como se trata de explicar en el texto que se ofrece a modo de epílogo.

Del volumen de 1977 que reunía los cuentos ambientados fuera de Región, han sido excluidos aquí dos: «Después» y «El demonio de la paridad», que en realidad sí transcurren allí, como demuestran algunos leves indicios (véase la nota a los editores de *En Región*). En su lugar, se añade el cuento titulado «Los padres», recogido ya en la edición póstuma de los *Cuentos completos* de Alfaguara, de 1998, y que, publicado en el primer número de la revista *El Urogallo* de Madrid, en 1970, Benet se resistió a incorporar a este conjunto, por motivos que sugiere en su prólogo a la primera edición de sus *Cuentos completos*, aquí incluido. Todos los demás cuentos figuraban ya en el volumen 2 de esa edición.

El cuento titulado «Nunca llegarás a nada» daba título al primero de los libros publicados por Benet (*Nunca llegarás a nada*, Madrid, Tebas, 1961). «Catálisis por Alfaguarais» y «Syllabus» se publicaron en *5 narraciones y 2 fábulas* (Barcelona, La Gaya Ciencia, 1972). Y «Garet», «Por los suelos», «Así era entonces», «Últimas noches de un invierno húmedo», «Obiter dictum» y «Sub rosa» en el volumen titulado *Sub rosa* (Barcelona, La Gaya Ciencia, 1973).

Muy posterior en el tiempo es la colección titulada *Trece fábulas y media* (Madrid, Alfaguara, 1981), que explora un territorio singular en la narrativa breve de Benet. Dos de sus piezas eran esas «2 fábulas» de *5 narraciones y 2 fábulas*, pero el resto veían ahora la luz por vez primera, en un volumen que se presentaba acompañado de quince *collages* realizados por Emma Cohen, a quien está dedicado el libro («*A E.*»). Ni que decir tiene que las fábulas de Benet se adscriben muy libremente a este género, que pervierten de forma muy intencionada, con intenciones a menudo paródicas. Se trata, en realidad, de un puñado de «variaciones sobre un mismo tema» (el del destino) de naturaleza afín, hasta cierto punto, a la de las *Variaciones sobre un tema romántico*, publicadas póstumamente (Barcelona, Lumen, 2011). Que se trataba de un proyecto acariciado desde mucho tiempo atrás lo indica a las claras la publicación muy anterior de dos de las fábulas. Y que se trataba, a su vez, de un proyecto en cierta medida abierto lo pone de manifiesto el que mucho después, en 1991, Benet publicara aún una fábula más, titulada por él mismo «Fábula decimocuarta», aparecida en la revista *El Paseante*, núm. 18-19. La misma editorial Alfaguara reeditó en 1998 el volumen de 1981 añadiéndole esa «Fábula decimocuarta», ilustrada para la ocasión con un *collage* de Eugenio Benet que servía asimismo como ilustración de la cubierta. En cuanto a esa «media» fábula a la que alude el título original, se justifica porque la fábula décima ofrece dos finales, razón por la que se da, humorísticamente, como fábula «décima y décima bis».

El cotejo de los cuentos con los mecanoscritos conservados arroja numerosas variantes, especialmente abundantes en los titulados «Nunca llegarás a nada» y «Por los suelos». En el primer caso, el tipo de variantes indican que el propio Benet sometió el texto a una profunda revisión estilística con motivo de su publicación en forma de libro. En el segundo caso, es evidente que las numerosas supresiones, aquí restablecidas, fueron impuestas o sugeridas por la censura (el cuento, recuérdese, se publicó en 1973). En general, todas las frases —y son muchas— en que aparecen palabras como *bragas*, *sexo*, *coito*, *desnudo* y, sobre todo, *orgasmo*, fueron suprimidas de modo mecánico, así como algún que otro pasaje particularmente subido de tono. En «Últimas noches de un invierno húmedo» se han restablecido también, en el último párrafo del cuento, las palabras «y entre los muslos» y «órgano» (en vaga alusión al órgano sexual, sustituida por «anhelo»), con la sospecha de que la censura fue, de nuevo, su motivo. En todos los demás cuentos, las variantes obedecen a ajustes en la puntuación o al restablecimiento de errores evidentes o lecturas torcidas.

Las razones por las que —de manera bastante caprichosa, todo sea dicho— se ha optado por escoger como título global del volumen el del cuento titulado «Así era entonces», quedan vagamente implícitas en el texto que sirve de epílogo.

Este volumen se completa con los prólogos —llenos de interés— que Juan Benet escribió para las dos ediciones de sus *Cuentos completos* hechas por Alianza, en 1977 y en 1981.

Prólogo a la primera edición

En la presente edición en dos volúmenes de AE se han recogido todos los cuentos y novelas breves que he publicado hasta ahora y bajo los siguientes títulos: «Nunca llegarás a nada», «Una tumba», «5 narraciones y dos fábulas» y «Sub-rosa». Tan sólo he omitido dos breves fábulas, por considerar que no entran en el género, y un cuento que publiqué hace años en una revista literaria y del que preferiría olvidarme pero que, tal vez por eso mismo, no puedo apartar de mi memoria; no sé por qué ni cómo ni cuándo lo escribí y, si he de ser sincero, ni siquiera con qué objeto; pero lo cierto es que lo escribí —creo que conservo el original por algún lado— y ahí ha quedado, con el reconocimiento público de mi innegable paternidad, despojado de los otros derechos y privilegios de que gozan sus hermanos, legítimos en mayor grado que ese fruto indeseado de un concubinato vergonzoso.

Al ordenar esta colección me atuve a una norma muy sencilla; en un volumen he reunido todas las narraciones que se sitúan en eso que algunos críticos han dado en llamar «el espacio mítico» de Región y en el otro los que se sitúan en cualquier otro espacio, sea mítico o no. Por uno de esos asombrosos arcanos que rigen el universo e informan sus apartados más remotos y nimios, ambos volúmenes han resultado del mismo número de páginas, lo que además de una ventaja editorial estimo que puede constituir el punto de partida de una reflexión crítica muy al gusto moderno; por ejemplo, que el espacio mítico es un complemento gemelo y contrapuesto al espacio no mítico, que la escritura es la reacción en forma de texto a algo que necesita ser imaginario, que el texto es la reducción de un estado del pensamiento anterior a la obra, que hay dos textos, o tal vez tres, o que hay tantos textos cuantos se quiera.

El lector que esté ajeno a las modernas teorías textuales y a las recientes elucubraciones acerca de la escritura —más bien de las escrituras— espero que podrá encontrar algo de lo que buenamente se espera de toda lectura; esto es, emociones. Porque el otro no, ya que, por lo general, las teorías textuales dejan una huella imperecedera y establecen, para siempre, la distancia insalvable que debe separar al científico del objeto de sus investigaciones. Hay que ser muy hombre, todo un hombre, para volver a recrearse ingenuamente con la lectura cuando se tiene en el haber propio una parte o la totalidad de una teoría textual. Con una parte ínfima basta; casi con un enunciado que, por lo demás, son raros. Porque, insisto, una lectura analítica de textos, de la mano de uno de los grandes maestros contemporáneos, imprime más carácter que el paso por la Legión.

Por el contrario, el lector ajeno a la teoría podrá encontrar un variado conjunto de relatos muy diversos, salpicados de imágenes de emociones que de manera refleja pueden resucitar diferentes estados del espíritu, con un poco de aplicación. Ante sus ojos desfilará toda una cohorte de caracteres enfrentados e incluso opuestos; situaciones que no guardan entre sí ningún parentesco, a pesar de circunscribirse al espacio mítico de Región, y pasiones que —me atrevo a afirmar— cubren buena parte del complejo espectro de la conducta humana. La generosa nobleza separada por un delgado tabique de páginas de la más baja ruindad; la venganza implacable junto al magnánimo perdón; desapacibles noches del invierno regionato a poca distancia en el tiempo de los cálidos mediodías; momentos risueños dentro de un acontecer sombrío, y viceversa; el lujo de una civilización pagada de lo último en contraste con la miseria de una cultura añeja y decrépita. Verdades evidentes y palmarias que conviven de pared por medio con insolubles enigmas. Es decir, como dicen los folletos turísticos y de paso repite algún crítico cuando no está en vena de improvisar, todo un mundo en pequeño que recoge —en reducidas proporciones— el sortilegio de nuestra variada geografía, nuestras ancestrales costumbres y el múltiple colorido de nuestro pueblo. ¡Ah, el poder reductor de este arte arbitrario! Y entrando ya en un terreno más práctico incluso se ofrece al lector unas pocas páginas en inglés que, a pesar de no venir acompañadas de su traducción, pueden ser de utilidad para estudiantes de grado medio de esa lengua; su propia rusticidad me impide esperar que sean del mismo provecho para los que hayan alcanzado el grado superior.

Con todo y con eso me queda la sospecha de que, a pesar de tratarse de una edición dirigida al hombre de la calle, en buena medida se apropiarán de ella los críticos, los doctos y los que, habiendo sido iniciados en la textología, no desean otra cosa que un motivo para practicarla. Porque o bien es que el hombre de la calle compra pocos libros para leer (un concepto que debe tener algún parentesco con aquella «merluza para freír», señalada en los menús de las viejas tabernas) o bien es que, por una de esas faltas de discernimiento que llevan al hombre hasta la manía persecutoria, yo ya no veo más que críticos, doctos y textólogos. Sit Regionis terra sibi levis.

Juan Benet, enero de 1977

Prólogo a la segunda edición

No es sólo el afán de lucro lo que me mueve a sacar de nuevo estos *Cuentos completos*. El editor, que es quien tiene la palabra en estos casos, ha decidido lanzar al público esta segunda edición, sin duda persuadido de que no es muy grande el riesgo que corre; no parece que tendrá que almacenar el tiraje íntegro en sus pasillos, como le ocurrió —hace ahora veinte años— a aquel arrojado empresario, de firmes ideales republicanos, que publicó mi primer título de narraciones breves, *Nunca llegarás a nada*.

¿Será un premio a la perseverancia o que lo que era ilegible en 1961 se ha trasmutado en 1981 en —digamos— artículo de consumo?

Respecto a la primera edición de estos *Cuentos completos* no median otras diferencias que la inclusión de la leyenda «Numa» —escrita y publicada con posterioridad a aquella antología— y una distribución diferente de los relatos de que consta. En la anterior ocasión opté por recoger en el primer volumen todas las narraciones situadas en el espacio regionato, para incluir en el segundo todas las restantes. Ahora, para animar un poco la cosa (y de paso tratar de pinchar a algún crítico) he obedecido a una distribución diferente, convencido de que aquella tímida clasificación geográfica ni quita ni pone nada a las categorías literarias del conjunto. Así pues, en esta ocasión, el primer volumen incluye las —por llamarlas así— novelas cortas, tan distintas de los cuentos, reunidos en el segundo tomo. También estoy convencido de que en fecha no lejana cualquier estudioso o comentarista nos vendrá a explicar, de manera tan concluyente como insatisfactoria, cuál es la diferencia entre novela corta y cuento.

Una última apostilla a ciertas aprensiones vertidas en el prólogo de la edición anterior. Creo que, poco a poco, voy superando el miedo al textólogo y, gracias sobre todo a iniciativas (como esta segunda edición) tendentes a buscar para mis escritos un público algo más vasto que el que hasta hace bien poco me distinguía con su favor, empiezo a esperar para el conjunto de mi obra el premio de cierta desconsagración, que es lo mejor a que puede aspirar un escritor: ser leído más por el público aficionado que por el profesional de las letras. Por eso decía que por esta vez no me mueve tan sólo el afán de lucro.

Juan Benet, febrero de 1981

Así era entonces
Cuentos completos 2

Nunca llegarás a nada

Un inglés borracho al que encontramos no recuerdo dónde, y que nos acompañó durante varios días y quizá semanas enteras de aquella desenfrenada locura ferroviaria, llegó a decir —tras muchas noches de poco dormir y en el curso de cualquiera sabe qué mortecina, nocturna e interminable conversación— que no éramos sino unos pobres *deterrent* tratando en vano de sobrevivir. Luego dijo que no comprendía nada; preguntaba que por qué seguíamos empeñados en viajar sin sentido (tal vez por eso nos seguía) y pedía que le explicáramos mejor lo que pensábamos hacer, que —por favor— se lo dijéramos de una vez y claramente, porque de otra forma nos abandonaría siempre a nuestra triste suerte.

Probablemente no le hicimos caso; no le contestamos nada, ni claro ni oscuro. A partir de una de aquellas noches se replegó en un espectacular e infantil silencio que sólo abandonaba para repetirnos —mil veces por noche— que sí, que ya sabía que había gente como nosotros, que nunca se había tropezado con ella, pero que de sobra sabía que existía; que con gente como nosotros (mezclaba un tono de fatal comprobación y un irresistible deseo de negarla) no se podía hacer nada. Me inclino a creer que durante unos días, o unas horas tan sólo, fuimos para él una especie de aturdida visión, de cuya inutilidad, de cuya falta de sentido y de apetito se resistía a convencerse. Nos dijo que era de cerca de Manchester (con la misma forzada pasión con que debía de echar pestes de Manchester en el comedor familiar) y que nosotros, en cambio —nunca lograré saber si aquello lo añadió en forma de interrogación o seguro de sí mismo—, qué éramos sino unos pobres *deterrent* tratando en vano de sobrevivir, *trying to rise again*. Y agregó algo con un cierto rubor que le obligaba a dirigirse al cristal, empañándolo con su aliento, volviéndonos la espalda y simulando descifrar el letrero de una estación mientras dormitábamos, algo que nunca logré ni lograré entender cabalmente. Arrastraba los días buscando una definición; empezó a mezclar (de noche, por lo general, para continuar obstinado e infatigable repitiéndose a sí mismo durante las primeras horas de aquellas mañanas húmedas a través de la llanura del Holstein, un cielo de calidad irrompible, y, al norte de Flensburgo, las vacas color leña por los suaves declives de Dinamarca) las generaciones perdidas, la juventud sin ideales, el fiasco de la edad y, sin duda, hasta los años de peregrinaje; pero nunca logró encontrarla. Cambiábamos de vagón; Vicente jamás le escuchaba; hacíamos noches sentados en las maletas en estaciones caóticas, nos desviábamos del camino; pero, a la postre, cuando ya creíamos que nos separaba de él media Europa, volvía a surgir rodeado de vapor, que se esfumaba para que apareciera su sonrisa infantil, sentado en el rincón del compartimento, apretándose contra el cristal y mirándome de soslayo (porque Vicente desaparecía en pos de la mujer), para repetirme, con esa terca arrogancia de la que sólo esa raza es capaz, aquella mezcla de reproches inconclusos con que trataba de definir toda la maldición de un destino pasado que se negaba a darse por tal.

Al fin logramos perderlo. Cuando nos decidimos a permanecer en una ciudad, que he olvidado, más de diez días, abandonando nuestra inspiración y dedicándonos a la fruta, desapareció.

Un día comprendimos que no volvería a visitarnos; debió despertarse una mañana con una repentina energía, dispuesto a no sufrir más. Se puso la bufanda y se largó sin despedirse, borracho de manzanas, tratando de disimularse a sí mismo la expresión pueril con que tantas veces nos quiso corregir y seducir, última pólvora que gastaba en honor a una oportunidad que se resistía a dar por perdida, porque con un poco más de experiencia y sangre fría habríamos logrado aprovechar nuestra común libertad con más fantasía y menos arrogancia. Un día se levantó, cansado de llorar y de seguirnos como un perro, y se fue. Le echamos de menos, desgraciadamente. Eso mismo me llevó luego a pensar más en él: la cara aguda, pero las mejillas coloradas, la chaqueta azul con el latín bordado en el bolsillo circundado de fortitudos y *salutems*, una especie de hinchazón facial que le nacía por la mañana para despertar con una apariencia aún más infantil, una actitud suspensa, inconforme e inexplicable, como si solamente contara con una clase de censura moral para protegerse de su perplejidad.

Desapareció él, pero su frase quedó allí, injusta y grave, sin significado reconocido. Cuántas veces antes de dormir la he sentido balancearse encima de mi frente, colgando como un huevo, tratando de atraer inútilmente la maldición que no se podía justificar en otra parte. Tampoco ella me la dio ni logré traducirla, ni siquiera he sabido si la había transcrito correctamente. Y allí quedó, unida a todos los departamentos de tercera; las pantomimas sexuales, los botellazos de medianoche, todos los viajes más que a través de las húmedas llanuras de materia irrompible y las granjas nocturnas, emprendidos desde un punto cíclico del vacío hacia una meta innominada del ayer, girando y balanceándose sobre mi cabeza en su idioma original, sin querer ni saber traducirla, sin siquiera entenderla, pero comprendiendo —por eso mismo— que debía tratarse de una terrible verdad que solamente seríamos capaces de superar así que pasaran los años y (además de apagarse los vivos colores del futuro, además de esfumarse para siempre los misterios y vértigos de la juventud) se borraran definitivamente las desordenadas huellas de aquella desenfrenada, casi patética, lujuria ferroviaria.

Hoy sería soportable, e incluso evocador, si no hubiera encerrado una intención tan... personal. Si la índole del fracaso —a la que implícitamente debía referirse— se hubiera discretamente mantenido en el plano de las circunstancias normales sin alcanzar la convicción. No fue así, hoy suena a rayos. Maldita la gracia que le puede hacer a un hombre tenerla encima cada noche —girando en círculos de obsesión, con las cavernosas sombras de la silueta de una tía difunta, con la frente acharolada y convertida en sibila por culpa de un estreñimiento crónico—, tenerla a flor de labio cada vez que sale de casa con las manos en los bolsillos y se encamina —sin saberlo— hacia la cantina de una estación.

Nunca me acordaré de por qué emprendimos aquel viaje. Es decir, he olvidado el pretexto. Un día Vicente se presentó en la oficina para preguntarme si tenía dinero.

—¿Dinero? Muy bien. Admirablemente. Tengo cuanto quiero y más —me levanté, empecé a pasearme por la habitación, sacudiendo la cabeza—. Se puede decir que nado en la abundancia.

Él era el amigo rico. Habíamos sido ya compañeros en un colegio religioso, donde ni siquiera, creo, llegamos a conocer nuestro mutuo apellido. Más tarde nos encontramos —la mirada un tanto hipnotizada, las convicciones relegadas al futuro— estudiando la misma carrera; nos veíamos una vez al año, en el mes de junio, compareciendo al examen de ingreso. Su fortuna le permitía acudir allí con cierto desprecio hacia la actitud frenética de aquel millar de examinandos; sabía llegar tarde a la cita, arrastrando el tablero con fastidio; sabía mantenerse lejos e indiferente al escándalo de aquella jauría histérica, alborotada por los algoritmos, más preparada para la caza de un pichón que para el examen de ciencias exactas; sabía, en los intermedios, tumbarse a la sombra de un árbol vecino y evocar las noches del verano inminente con uno de aquellos compañeros que llevaban diez años intentando el ingreso con el único objeto de apurar la renta y prolongar la paciencia de un padre cosechero. Jamás se le vio discutir un ejercicio, jamás asomó por su cara la menor preocupación ni el menor interés por el resultado del examen, jamás —naturalmente— asistió a la publicación de las listas de los aprobados —ese momento supremo de la ceremonia de inmolación anual (una noche de verano tradicionalmente cubierta de pesados y morados nubarrones que con majestad e indiferencia cruzaban las copas de los árboles de un jardín auguralmente iluminado por dos faroles de gas y un flexo) de aquella especial muchedumbre de ojerosos y susurrantes examinandos (tras cuatro, cinco o siete años estupefactos, durmiendo boquiabiertos, incapaces de soltar en el sueño los hilos de la fetal esperanza ni el compás socarrón de un despertador incrédulo) y atribulados padres que procuraban conservar la presencia de ánimo, que contenía la respiración y ordenaba silencio cuando se alzaba el telón y asomaba, apoyada en el antepecho de una ventana de la primera planta iluminada por un flexo, la secretaria que había de dar lectura a la lista de los examinandos no tanto definitivamente aprobados como definitivamente indultados de toda incertidumbre, y a la que siguió el silencio fatídico, el grito de incredulidad, el aullido sobre la silenciosa consternación de una decapitada multitud retirándose del flexo con el eco de una ola incapaz de saltar el muro mientras una voz trasera y desolada seguía llamando un nombre con intolerable insistencia y un timbre agudo, pero neutro, impersonal, excitado, emergiendo de detrás de los árboles— cuyo resultado debió sorprenderle al volver a casa, tras una tarde en las afueras en compañía de unas amigas amaneradas. Tan ancho le vino aquel pequeño drama, tan poco esfuerzo dedicó a aquel lamentable ingreso que, como era de esperar, ingresó enseguida.

La escuela empezó a aburrirnos pronto y a proporcionarnos pequeños disgustos y molestias trimestrales que él —apoyado en su inmensa fortuna y haciendo uso de aquella fórmula mágica de la despreocupación— supo siempre resolver con más habilidad que yo. Porque, en definitiva, cuando al cabo de tantos años que la indiferencia ha desteñido intento aclararme qué es lo que realmente logré —relativamente joven— con aquel triunfo que parecía colmar todas las ambiciones heredadas y que parecía incluso capaz de abrir y soltar y desencadenar nuevas ambiciones inverosímiles, me veo obligado a confesar que se reduce a nada. Porque con el privilegio de llegar a ser un funcionario clasificado con una capacidad de despreocupación suficiente para ahorrarme una tentativa de suicidio inútil, se debió agotar también toda la cuerda que debía haber en mí para intentar algo nuevo, aproximando hasta las narices la perspectiva de consumir mis días fumando en divanes cada día más hundidos, contemplando a través de los cristales, centenariamente fregados por una bayeta harapienta que dejó sus huellas espirales, cómo las tardes caían a plomo. Cuando recuerdo aquel tiempo final de estudiante en la casa materna, más que la desgana y la indiferencia, convengo en que lo que mi mediocre triunfo me proporcionó con más satisfacción fue la indiscutida capacidad para aguantar imperturbable la mirada de mi tía Juana cuando, por la mañana, entraba en mi habitación a despertarme, clavándome sus ojos pequeños y negros como las cabezas de sus agujas de tejer:

—Calamidad, nunca llegarás a nada.

Era soltera y cincuentona, hermana mayor de mi madre y algo así como la caja de caudales de todas las virtudes de la familia. Las virtudes más notables y significativas de mi familia (como de todas las familias a la víspera de su extinción) eran el malhumor, el espíritu filistino y la avaricia, lo que en la prensa sensata acostumbraba a definirse como la seriedad, el amor al trabajo y el ahorro, y que mi tía Juana había llevado a un grado difícilmente imaginable de perfección. El destino le había deparado tan amargos trances en sus mejores años de mujer que pasó por la juventud como por una autoclave; allí sólo quedaron virtudes esterilizadas, una afición al almidón y una dosis desproporcionada de tiempo inútil por delante. A los veintitrés, siendo prometida de un brillante militar (su retrato —una especie de melocotón sobre un aro de servilleta—, en un marco de hierro artístico orlado de un crespón negro que olía a cabra, permanecía en su mesilla de noche rodeado de medicinas), tuvo que ver cómo el Destino se lo arrebataba de este suelo miserable la misma víspera de la boda. Al parecer, la despedida de soltero, en una cervecería del arrabal que pasaría a la memoria familiar como el pozo negro de Calcuta, le proporcionó tan soberano cólico que aquella misma noche el capitán vació todas sus entrañas por su parte más ingrata; debió de ser hombre sufrido y celoso de su deber, porque, al decir de mi tío Alfredo, aún tuvo la energía necesaria para tirar de la cadena en el último instante de lucidez y vaciar el depósito sobre tanto aparato inmundo al tiempo que caía sin vida. Y en el ala (siempre existe esa ala por grande que sea la decadencia familiar) liberal de la familia quedó para siempre la sospecha de que semejante gesto de honradez fue lo que le valió en la esquela el «muerto en acto de servicio».

A despecho de ese pasado la tía Juana y yo nunca fuimos demasiado amigos; para nuestra mutua incomprensión el demonio familiar había encarnado la contrafigura del tío Ricardo en la persona de su sobrino; al correr los años, de la misma forma que la figura del buen Ricardo y su gesto postrero perdían su calor pasional para elevarse a las cimas del ejemplo patriótico, creció el horror del sobrino a las virtudes domésticas, la puntualidad inútil, el rigor, la seriedad a ultranza, los lamentos (a través del pequeño patio y las ventanas esmeriladas) mañaneros del estreñimiento y las invocaciones piadosas, «más cerca de ti, Ricardo», de mi tía Juana, en el vaso de los suplicios.

Y, sin embargo, hoy, cuando acierto a ser justo, recuerdo con alguna frecuencia a la tía, y, a pesar de la pesadilla colateral, la deuda de gratitud que para siempre contraje con ella;

ahora que la pobre estará junto al buen Ricardo (y me imagino que el paraíso consistirá para ellos en una suerte de común y eterno estreñimiento) me doy cuenta de que los principios fundamentales de mi existencia se cimentaron —casi como la casa de Austria— en la rivalidad con la tía Juana. Para un hombre sin demasiadas ambiciones, hijo único de una madre que jamás le pidió explicaciones por nada, y que, aburriéndole la conversación de las mujeres, no tiene el dinero suficiente para irse a vivir a un país del Norte, la misma subsistencia hubiera sido un problema difícil si a su debido tiempo no le hubieran excitado el orgullo y una cierta afición a la burla las provocaciones de una tía virtuosa.

Así que cuando ingresé comprendí que todas las consecuencias del éxito se resumían en dos: la llave del portal y la contextura moral, la categoría cívica suficiente para aguantar cara a cara las miradas de censura de mi tía Juana. Como consecuencia de ello, en mi más recóndito interior debió de fundamentarse la convicción de que toda mi deuda para con la sociedad (toda vez que me eran indiferentes los dictados de su censor más estricto) estaba para siempre saldada; ni estudié la carrera sino para acabarla de una vez ni, entre los veinte y veinticinco años, logré descubrir nada que me interesara vivamente. De igual forma que cinco años atrás me levantaba todas las mañanas con el «aguanta, continúa, un día lo conseguirás y podrás hacer lo que te dé la gana, mandarla a paseo, reírte en sus narices», mi segunda juventud quedó abreviada en un sinfín de tardes anacrónicas sobre un catre vencido, una habitación cargada de humo en la que flotaba permanentemente la censura social, el desengaño impersonal: «A ver cuándo te convences de que las ilusiones no tienen otro objeto que producir los desengaños. Ahora que estás a un paso de quedar formado a ver si aprendes a quedarte totalmente desengañado para siempre». Pero tal vez porque la parte heroica de una vocación —que se resistía a ensuciarse— había quedado silenciada por la desgana invencible que me mantenía apartado de mis deberes de calamidad, acaso porque nunca tuve todo el valor necesario para no hacer nada, acaso porque durante veinte años de tardes en blanco había forjado en el techo un programa demasiado rico para abordado de una vez, o acaso porque nunca logré llegar a ser lo bastante fuerte (a pesar del conocimiento la voluntad vacila) para hacer una conducta de mi desdén, alimentada cada mañana por la visión de mi tía en bata, lo cierto es que cuando acabé la carrera me puse a trabajar.

Por fortuna, mi trabajo no era totalmente honrado. Me busqué un empleo con un constructor de viviendas, hombre no demasiado limpio. Además de construir de tarde en tarde alguna vivienda chapucera, nuestra actividad estaba dominada por las tribulaciones del negocio: desde la compra de la autoridad judicial hasta la venta descarada, cuando las cosas se ponían feas, de todos los materiales impagados, e incluso las patatas y el carbón de un economato vecino que no debía de guardar demasiada relación con nuestra firma. Semejante trabajo —además de ahorrarme el horror y la vergüenza que me producían las firmas respetables— tenía la ventaja de una remuneración total, aquellas contadas veces (yo no viví ninguna) que había dinero en caja.

La única persona capaz de sacarme de aquel caos de indiferencia, terquedad y... pobreza fue Vicente: nunca tenía nada pensado, lo inventó todo. Con la misma alegría con que huíamos una madrugada hacia Soria a la salida de un urinario, para refrescarse en la soledad de una venta del ardor de una huérfana, salimos para París. El pretexto fue lo de menos. Meses después, viéndole caminar de noche, desmemoriado y perplejo bajo la lluvia y las luces caóticas y azuladas del Reeper, llegué al convencimiento de que entonces, como siempre, habíamos sido empujados por una necesidad acuciante de pasión. El día que, en una estación del absurdo más inmemorable que su propio nombre y más angosta en el recuerdo que su desnuda sala de espera, comprendimos que era inútil seguir buscándola, decidimos volver a casa.

Para aquellas personas que lo tienen (y aún deben de ser muchas) debe amanecer un día —réplica de aquel en que la insatisfacción lo lanzó a conocer mundo— en que el pasado familiar manda: mandan las piedras de un ayer severamente construido, las sombras y esquinas del rincón que pacificó la furiosa niñez, los árboles y los setos que desaparecieron para siempre y la gruta marginal de las meriendas soleadas donde terminaron, un día, los cuentos labriegos, para engendrar, confuso, el primer deseo de misterio; las cajas delicadas, los dormitorios prohibidos (con aroma a laca), los encajes amarillentos sobre el piano que (las teclas más amarillentas que si fumara dos paquetes diarios de tabaco negro) había materializado el aura fugitiva de Chopin en todas las agitadas mudanzas de la familia, las torturadas y garabateadas páginas de aquellos cuentos infantiles deshojados por los rincones y donde reposa el significado de las palabras..., sin duda amanece un día en que (los nombres que la muerte hizo sonoros repitiéndose entre los árboles, las ramas húmedas y las tardes doradas) emerge el pasado en un momento de incertidumbre para exorcizar el tiempo maligno y sórdido y volver a traer la serenidad, ridiculizando y desbaratando la frágil y estéril, quimérica e insatisfecha condición de un presente torturado y andarín, eternamente absorto en el vuelo de una mosca en torno a una tulipa verde.

Ella tenía (y me acuerdo con horror) un pasado levantino. De todas las personas que, durante todo aquel tiempo, por una razón u otra, la seguíamos por doquier creo que yo era el único que se daba cuenta de la gravedad de la situación. Poco a poco me he ido convenciendo de que todo lo que le ocurre a uno en la vida, por encima de los treinta años, tiene solamente un carácter honorífico; todo lo que antes de los treinta se ha dejado de hacer se resuelve luego en un clima tal de prudencia y sabiduría que a duras penas se turba el ánimo. Pero cuando se ha logrado alcanzar ese límite primero y más razonable de la prudencia, cuando se ha educado el ánimo a despachar con diligencia los perjuicios del día anterior, cuando en todo momento se mantiene la voluntad aparejada para gozar de un humor y un gusto perdurables, el ansia de aventura del hombre avisado pasa entonces por ese momento único en que puede ser felizmente fecundado por el aguijón de una levantina. El primer hechizo tiene un síndrome claro: yo lo veía, apurando la bebida con prudencia en casa de Vera, tumbado en un sofá con las piernas por encima de un brazo, haciendo girar despacio un vaso alto y recogiendo reflejos de una lámpara holandesa: un primer desprecio al pasado seguido de la inmediata aspiración a la seriedad; un no sé qué, una mezcla de trascendencia, estupefacción, predestinación y sumisión depositando en la cara del escogido un precipitado de seriedad. «Luego —pensaba yo— será el laconismo, toda la combustión interna dedicada a la producción de ternura e intimidad en menoscabo de las virtudes sociales, la libertad civil.»

Cuando llegamos a París unos meses después, lo último en lo que yo pensaba era en aquella joven —con una mezcla considerable de turbulencia meridional y alpina— en torno a la cual habíamos prolongado aquellas veladas de verano.

—¿Y cómo andas de dinero? —me preguntó de súbito, dando vueltas distraídamente al pisapapeles, una muestra de mármol artificial.

—¡Oh..., oh..., oh, qué pregunta! —me puse a pasear por el despacho, moviendo los brazos con gestos generosos y comprensivos—. ¡Qué pregunta!

—Ahora debes ganar mucho.

—Un disparate. Un verdadero disparate. Algunas veces pienso si no será inmoral ganar esas cantidades.

—¿Cuánto ganas?

—¡Qué sé yo! No es posible saberlo. Comprende: no es una cosa fija, ni mucho menos. El dinero entra a emboladas...

—¿Cuánto tienes?

—Una fortuna, créeme. Una verdadera fortuna, si se tiene en cuenta mi juventud; realmente empecé hace poco.

—¿Cuánto?

—No insistas, Vicente, no lo sé; tendría que llamar al Banco, revisar los libros, ver la cotización. En fin, no lo sé. Si es eso lo que te preocupa, te diré que todavía no tengo como tú. Aunque de aquí a pocos años..., no sé.

—¿Te vienes conmigo a París?

—¿A París? ¿A qué? ¿Para qué?

—Para dejar esto.

—¿El qué?

—Esos papeles, esa mesa, esa máquina, ese señor que está en el despacho de al lado con el sombrero puesto. Dejar todo esto.

—No puedo.

—No me dirás que el trabajo te lo impide.

—El trabajo es lo de menos. El dinero...

—Tienes toda tu vida para seguir amasando tu fortuna. Hasta ahora no has visto nada. Luego, cada día te será más difícil a medida que te vayas haciendo un hombre de provecho. Tres meses nada más y volverás nuevo, Juan.

—¿Tres meses? Pero ¿tú crees que yo puedo andar por ahí suelto tres meses gastando dinero?

—¿Qué dinero puedes disponer para el viaje?

Me volví cara a la pared para contar. Luego, asomándome a la ventana y mirando las chimeneas de la casa de enfrente, tuve que confesar:

—Unas mil setecientas pesetas.

—¿Eso es todo lo que tienes?

—Eso es todo.

—Pero tú eres una calamidad.

—También contaría con la liquidación de este mes. Pero no creo que me la paguen. Tenía más, pero me he hecho un traje.

—Eres un pobre hombre, una verdadera calamidad. Contigo no se puede hacer nada. Adiós.

—Vicente, sé razonable. Me he tenido que hacer un traje que me ha costado dos mil pesetas. El mes que viene...

—Adiós.

—Espera, hombre; sé razonable.

No podía serlo; su familia tenía una fortuna tan seria como reservada; gente tranquila y serena, poseedora de bienes raíces y propietarios de media provincia, ostentadores de un poder tan tradicionalmente admitido que jamás se preocuparon de manifestarlo. No eran industriales, ni comerciantes, ni negociantes, ni demostraban otra actividad que el ejercicio y el disfrute de un cierto civismo objetivo; eran simplemente ricos, gente tan entonada e inmutable que ni siquiera la guerra civil —pasando como un huracán por los lindes de sus fincas— fue suficiente para alterarlos; que las mañanas de sol paseaban por el Retiro para recoger a sus hijos a la hora del almuerzo. Era gente que decía «almuerzo». Tenían también un coche, un viejo Lanchester negro y charolado, tan serio como para pasear reliquias de santo; un chófer, Miguel, tan prudente y abotonado que aún sería capaz de excitar los instintos de los viejos terroristas. El padre de Vicente era magistrado en activo; su madre, «mujer más virtuosa y discreta sólo se hubiera encontrado en un epitafio»*; tenía también Vicente una hermana, un tanto difuminada por la devoción, que fácilmente hubiera multiplicado su interés si le hubieran permitido, a ratos, olvidarse del puesto que ocupaba en la sociedad. Aparte de no hablar, había algo en aquella mujer definitivamente inconcluso: una falta de calor en sus rasgos, un parecido frustrado y que en ningún momento llegaba a cuajarse, con una actriz de películas medievales. Algunas veces, en mis primeros años de escuela, Vicente me obligó a acompañarlos al almuerzo; luego, con mucha discreción y empujados por el sentir unánime de la familia, no pudimos librarnos de acompañar a la hermana silenciosa y no persuasiva a las fiestas de sus anti-

* ¿Tennyson?

guas amigas; fiestas convencionales, donde se prodigaba el vino dulce y los sándwiches de queso por los salones recogidos, utilizados de manera periódica como rampas de lanzamiento de toda la inocencia filistina de nuestra juventud. Difícilmente podía yo imaginar por aquel entonces que llegaría un día en que aquella estampa familiar, tan perfilada, se pusiese a vacilar como la película que sale del carrete y gira a una velocidad errónea, las figuras no desencajadas pero temblonas, el propio magistrado convirtiéndose en un borrón instantáneamente ceceante. Cuando el así llamado inconformismo de Vicente, propagándose desde los salones recogidos, empezó a cobrar importancia el viejo magistrado no supo o no pudo adoptar otra actitud que la de cabeza señera, recta y no tan estupefacta como ignorante, tan incapaz de comprender la trayectoria de su hijo como un toro la de una mariposa.

Pero lo cierto es que un buen día nos fuimos a París. Yo no sé si fue incluso desde casa de Vera, saliendo una madrugada a trompicones. Yo no sé por qué en todas las casas donde se daban fiestas había mueble-bar, que se iluminaba al abrirse multiplicando engañosamente en sus espejos un cierto número de botellas intactas que siempre se consideraban excluidas del consumo de las fiestas. Cuantas veces tuvimos que acompañar a su hermana, nos quedamos Vicente y yo hundidos en los sofás de cuero que esa gente —no sé por qué— acostumbra tener junto al mueble-bar. Allí acudía también un viejo abogado, hombre hablador y con cierta afición a la truculencia, que, a mi entender, debía de haber estado manifiestamente enamorado de ella antes de la guerra; un crítico que la acompañaba, apoyaba y sancionaba en sus campañas y mucha gente diversa, de paso entre Europa y América, que ella había conocido en el extranjero y que, obedeciendo al frío entusiasmo de la cultura, acostumbraban a visitarla. Ella fue la primera que me dijo que no me preocupara por el dinero, licenciándome una entrega que el propio Vicente se avino a adelantar. Me parece, cualquiera que fuere la farsa, que el dinero salió todo de él, limitándose ella (y el abogado) a persuadirle y avalarme.

Lo cierto es que si aquella misma madrugada, al salir de su casa y tomar un taxi desvencijado, no salimos para París fue porque, desgraciadamente, hay un tiempo fluido que enlaza y separa todos los sucesos. Lo que pasa en ese tiempo nadie lo sabe: ni se recuerda ni se prevé. Yo pasé de aquella velada en casa de Vera a una habitación sórdida de un hotel miserable cerca de la puerta de Vanves. Tumbado en la cama apenas podía reconocer la relación —de tiempo o de lo que fuera— que podían guardar aquellas estanterías de mi cuarto, llenas de latas vacías, pinceles secos, gomas podridas y alguna bomba de bicicleta con las conversaciones que habíamos oído en casa de Vera, con toda la travesía por Europa envuelto en un pijama ridículo, los discursos en inglés y, lo que parecía más grave, aquella cabellera color mate que parecía haber empezado a girar en casa de Vera para, como en las películas de los archiduques, salir por un ventanal hacia la galería, atravesar el parque girando y recorrer media Europa hechizando a un puñado de mendigos. Ese tiempo, yo creo, no existe, ni siquiera es una impostura, ni siquiera el líquido neutro donde se disuelve el ácido amoroso, el viaje a Europa, para rebajar su potencia; no es nada. Nada.

Pero estábamos en el momento en que decidimos salir. Habíamos hecho todos los esfuerzos imaginables para encender la chimenea de Vera; apenas logramos otra cosa que prender unas astillas y atufar la habitación con un humo agrio cuando, con el vuelo de unas cenizas de papel, cortando la narración, el tiempo falso se hincha y nos lleva al apartamento de París. Apenas encontré otra diferencia que la mota de ceniza y el vacío a nuestra espalda, mucho más incómodo, de aquel sinnúmero de enamorados que, sin prestar atención a la narración, abandonaron la casa. Ella era divorciada —de un noble italiano, creo que me dijo—, «atrozmente sacudida por el destino». Pero cuando volví a entrar con un vaso de noche en cada mano (y por eso recuerdo que volvía a ser de noche, tras un nuevo ardid de un tiempo más tornadizo y zafio que un caricato) tenía la cabeza echada hacia atrás, los ojos cerrados y la boca ligeramente entreabierta en actitud de degustar todo el sufrimiento que era capaz de soportar. Había leído el periódico —que me tendió hasta el otro lado del sofá— y había comprendido que *todo* podía considerarse terminado. Aún recuerdo cómo su mirada, al caer sobre una página interior, subió hasta el techo y quedó allí clavada durante el resto de la noche, con la boca entreabierta, como si hubiera leído el anuncio de su próxima ejecución.

Sí, allí estamos los tres en el sofá prolongando una conversación en la que Vera se negaba a entrar. Allí está, un poco apretado en el centro, con sus ojos saltones y el pelo prematuramente blanco coronando paradoxalmente una cabeza mestiza, evocando las desventuras de su padre, un hombre de una vez. Él vive retirado, ajeno a la política, tratando de sacar con su esfuerzo una pequeña hacienda donde fundar una familia y una nueva paz. Pero cuando los realistas queman el establo y se llevan todo el ganado su padre se echa al monte, aun cuando su madre (muy pequeña de estatura y muy hábil con la rueca de lino) arrastra el segundo embarazo. Vuelve al cabo de una semana llevando de la rienda tres caballos realistas con monturas y arneses. Luego es un día que comprende que mejor que meter el arado en una tierra sedienta y maligna, mejor para la hacienda y para la conciencia moral —sin olvidar una infancia europea estrictamente religiosa— resulta, de cuando en cuando, matar un realista al paso. Y otro día necesita la colaboración de su hijo y un indígena vecino para ampliar un establo donde cobijar treinta monturas, todas con sillas azules.

—Un hombre de una vez.

—De esos que ya no existen. Eran terribles. Había que verlos en su salsa, en camiseta y con los tirantes colgando de los hombros; aquellas cabezas leonadas con gesto altivo avizorando el horizonte. Y eran terribles. Pero ellos no lo sabían.

—Mi padre no era así.

—¿Cómo era su padre?

—¡Ah, no lo sé! Pero seguro que no era así. Así debía ser un tío mío, llamado Ricardo por mi tía. Murió de un cólico. Debía andar el pobre en camiseta todo el día. Esa generación salió así.

—Mi padre era diferente.

—Mi tío también tenía mucho pecho, un bigote borgoñón y era un poco legionario. Es imposible saber la cantidad de moros que debió matar aquel hombre.

—Mi padre no mató ningún moro. No es gran cosa matar moros. El destino de mi padre —y hablaba con veneración—, a partir de aquel momento, no pudo ser más desgraciado: una serie interminable de golpes de la fortuna que habían de conducirle a la ruina más negra.

Yo no sabía si la casa de Vera había viajado con nosotros. Allí estábamos los tres, o los cuatro, sentados en el sofá frente a un grabado de casa, satisfechos al menos de que una conversación tropical nos permitiese mantenernos aparte de aquel complicado adulterio. Luego supe que tampoco era la casa de ellos, sino del industrial mexicano (o lo que fuese) que la había amado durante los cinco días de la travesía. El otro era un marido ineficaz, de origen italiano, perlado, delgado y maduro, que sabía sostener sus maneras y su aparente ignorancia de la situación sentado en una silla alta mientras nosotros, a medida que se hundía la noche, nos íbamos hundiendo en el sofá, siguiendo la galopada de aquel padre único. Recuerdo que algunas noches me sacaron de allí y me llevaron al hotel donde debía hospedarme. En ese momento, repito, las cosas se mezclan tenebrosamente no sé si con el único objeto de hacer más patente nuestra propia vergüenza: se mezcla el marido, vestido con afectación de un gales gris y juegos granates de corbatas, calcetines y pañuelos, sosteniendo el vaso con indiferencia, con el señor Charles, al que conocí en una panadería. Era un hotel del distrito 14 que Vicente ya conocía de otras veces.

Era un hotel malo, pero grato; el portal se abría de noche con un timbre de eructo, y un ventanuco que comunicaba la alcoba de los propietarios con el primer rellano de la escalera les permitía observar la entrada de los clientes sin abandonar su lecho legítimo. Aquella visión tan fugaz de la legitimidad, además de una llamada a la conciencia, era —aunque Vicente paraba muy poco en el hotel— un estímulo a la aventura. Al parecer, nuestro hotel era el único de todo el distrito que ponía ciertos reparos a la introducción de ciertas visitas a ciertas horas. Nuestra dirección —me dijo el señor Charles comiéndose su barra y mirando a las ventanas de enfrente con pesadumbre— consistía en aquel matrimonio encaramado en su lecho-observatorio, que, sin cumplir los cuarenta, había pasado a la gerencia del establecimiento por defunción consecutiva de los padres de ella. Y un joven de gafas —intelectual «voluntariamente pervertido», como él mismo decía— que vendía o intentaba vender libros viejos y objetos de arte de papel mascado en un pequeño tugurio de la acera de enfrente, añadía que se trataba de «gente de principios, no crea usted. Ella fue una de las chicas más deseables del catorce, con su pequeña fortuna y unos abuelos veteranos de la Comuna. Ahora lee mucho; él es un animal, un mal nacido, ya se habrá usted apercibido». Aunque no tan radicalmente, yo de algo me había dado cuenta; a pesar de llegar siempre tarde y podrido de sueño, nunca dejaba de echarla un vistazo; por desgracia o por ventura, el lado de ella era el que daba al ventanuco, y puedo asegurar que no leía cualquier cosa, no; leía siempre libros forrados, que, por el desplazamiento, bien podían ser enciclopedias; tenía un pelo negro del mediodía, que se soltaba para dormir, y, fuera que mi llamada tardía despertaba en ella ansias inexpresables o fuera que el tomazo apoyado en la boca del estómago desplazaba el volumen del pecho por encima de las páginas eruditas, lo cierto es que emergía con tal ímpetu que no hacía sino producir mucho mal al viajero solitario. Algunas noches, aunque no puedo ni mucho menos recordarlas y creo incluso que hablo de referencias, me parece que intenté el diálogo desde el rellano; no tardaba en encenderse la otra lámpara.

No sé muy bien lo que pasó a partir de aquella primera semana. Como tenía mucho sueño atrasado y como empezaron a menudear las veladas fuera de casa y los fines de semana en el campo en el círculo del americano, dejé de frecuentar su casa. Una de las últimas noches tuve la sensación de que se había producido un cruce de mujeres. A las gentes como Vicente les ocurre con frecuencia equivocarse de mujer algunas noches de lluvia, cuando la visibilidad es difícil con el goteo interminable de barbarie educada y los brillos de las espaldas desnudas junto a las lámparas bajas de luz polvorienta. Yo creo que era la primera vez que ella, mezcla de tres razas (levantina una) y con un matrimonio a sus espaldas, se sentaba con nosotros para disimular su cansancio en nuestra serie ridícula de propósitos sobre la sociedad del porvenir...

«... de noche salíamos a robar caballos. Yo tenía entonces no más de dieciséis años. Mi padre, Joel, el mulato y yo. Mi padre y el mulato los seguían por el día, porque eran los que vendían a los americanos y mi padre decía que eso era devolver a nuestra tierra lo que estaban robando los políticos. Salíamos al ponerse el sol, siempre hacia el Norte, hacia la raya de Nuevo León, y descansábamos al día siguiente en cualquier lugar del río Salado. A la noche siguiente soltábamos los perros y nos despojábamos de toda la ropa. Es difícil hacerse cargo del viento que corre por aquellas tierras. Mi padre decía que a veces habían llegado a las calles de Monterrey, empujados a lo largo de todos los llanos, los diarios americanos con una sola fecha de retraso. Y mi padre y el mulato si sabían algo era de vientos. Cuando daba de cara sabían dónde estaban los caballos a más de quince kilómetros de distancia, y sabían también hacia qué lado tenían vueltas las narices. Había que enterrar la ropa bajo tierra, porque la ropa para un caballo es lo que más huele de este mundo. Había que meterse luego en el río y nos fregábamos con barro hasta que salíamos oliendo como lombrices. Entonces mi padre nos daba un vaso de aguardiente, decía unas oraciones, nos bendecía a todos menos a Joel y salíamos trotando al pelo. Joel era el mamporrero, y como mi padre conocía el efecto del viento en los caballos sabía dónde dejar las yeguas y sabía el momento, sin necesidad de ningún silbido, en que había que enmorrarlas y volver al río. Joel era guapo y buen mozo, como mi padre, y el único que le aguantaba el pulso. Se untaba de grasa el cabello y relucía como un negro, y más de una noche, corriendo entre las cercas, lo tomaron por un sátiro, atrancando las puertas de los dormitorios y descuidando las cuadras. Yo creo que también había sido rival de mi padre en alguna correría nocturna y por eso mi padre le había hecho mamporrero y decía que no importaba que una coz le quitase un día media cara, porque era un presumido. Así, mientras mi padre aguantaba las yeguas y nosotros abríamos las cuadras, Joel hacía que los animales se liberasen a sus instintos naturales antes que seguir la mano delincuente de un cuatrero endomingado.»

Yo recuerdo muy bien su peinado, esa postrer y más perfecta floración que, unida a un aura de catarro permanente, acentuaba más los síntomas de la decepción: era un pelo de color castaño oscuro y muy mate, apenas sin otro brillo que la voluta final por debajo de la oreja; un pelo negro, denso, más inquietante y tenebroso que una laguna de montaña al que yo, distraídamente, intentaba aproximarme mientras resonaban las galopadas nocturnas, los ladridos de los perros, el cruce del río Salado por los jinetes desnudos y la vuelta al hogar a la madrugada a tiempo para desayunarse migas fritas en el calor del establo. No sé cuánto tiempo me pasé aproximándome a aquel pelo, no tanto en aquel sofá como en la cama del hotel, repasando sin memoria las latas de pintura y dejando consumir las horas en una bomba vieja de bicicleta; en los departamentos de tercera, haciendo confidencias a un viajero sentimental, que, al menos, sabía consolarme en el más puro estilo parlamentario, y mirando los papeles pintados y los pájaros japoneses decapitados por los boquetes, donde asomaba el revoco, y muy cerca del despertar, años después, cuando su cara, a los golpes de la virtud y la avaricia, se iba afilando para cruzar el pasillo en sombras —se diría— sin necesidad de andar sobre las zapatillas, ¿cómo iba a explicarle al espectro de mi tía que en gran parte se debía al olor propio de un pelo sin brillo que había vislumbrado meses atrás?

«¿Qué haces todavía ahí? ¿Por qué no te levantas, calamidad?» Creo recordar que una de las últimas veces obligué al señor Charles a acompañarme. Luego le faltó tiempo para echármelo en cara, porque salió, me llegó a confesar enfermo. La había rodeado en el extremo del sofá y a cada nueva cabalgada gada nos echábamos por detrás de su espalda un un pellizco, tratando de llegar al pelo...

«... y entre seguir los rastros y organizar la caza lo cierto es que tanto mi padre como el mulato se pasaron dos años no pisando la casa para otra cosa que para el desayuno triunfal entre las cabezas capturadas... Pero, ¡ay!, un día mi madre, la pobre, empezó a tener miedo; un día (ustedes me perdonarán si les digo que el miedo, señores, arrastra el daño; podemos servirnos otros vasos) que llegamos a casa con seis cabezas y dos mulas, una mañana que podía ser de septiembre; encontramos la casa vacía, el huerto arruinado, los establos desiertos, la habitación de mi madre..., las sábanas todavía calientes hechas jirones por los suelos, sus ropas colgando por los cajones abiertos... Mi padre lo comprendió enseguida; él mismo nos sirvió el desayuno, recogió en cuatro alforjas lo que consideraba de valor, y aquella mañana, arrastrando las monturas, salimos a buscarla hacia el Oeste. Ustedes no se hacen cargo de lo que fue aquello. Casi echamos un año en recorrer los llanos atravesamos de parte a parte todo el Estado de Coahuila, para entrar en Durango, donde mi padre no era conocido. Mi padre conservaba las sábanas y algún traje carmesí que llevaba echado sobre el borrén y que, de tanto en tanto, mientras miraba las montañas, se echaba a las narices para reavivar en ellas el olor de mi madre desaparecida. Hacíamos noche en los vados, y mientras Joel y yo dormíamos, mi padre y el mulato, cada uno con un traje o una enagua, subían a los altos y olían el viento y auscultaban la tierra, porque, como decía mi padre, mi madre no era mujer que se podía estar quieta en ninguna parte. Cuando llegábamos a la quinta hacíamos lo mismo que con los caballos: la espiábamos de día y al caer la noche mi padre y Joel se despojaban las ropas y la asaltaban desnudos mientras el mulato y yo les cubríamos la entrada...»

A duras penas podíamos encontrar el hotel a una hora que ni el señor Charles ni yo sabíamos resolver de otra forma que con inconexas confidencias, o con la lectura de Dumas, que más de una vez intentamos, en tono declamatorio, en el rellano de la escalera y ante el ventanuco de la propietaria. Porque ella, eso sí, era recia, galicana hasta la médula, y... jansenista, hubiera dicho si en lugar del señor Charles me hubiera acompañado el propio Verlaine, cargado de vino hasta las cejas. Para ser más francesa se ponía a limpiar por la mañana con un aspirador eléctrico vestida con un jersey negro ceñido y abierto de cuello y tocada de la tradicional cinta de seda negra de la que colgaba la pequeña cruz de oro. Habíamos ensayado con ella casi todos los estados del alma; el desfallecimiento nocturno y la reprimida pasión tras la última callejera apelación a una razón inexistente en los cafés y los mostradores de madrugada; yo había alcanzado hasta la envidia taciturna (bajo el dominó color gris de moro) que me impelía a detenerme en el último peldaño, la mano sobre el pomo bruñido, sin querer mirarla, pero sí tratando de distraerla con mi absorta presencia contemplando mi desordenado interior. No dio resultado nada; era una mujer de principios, con una conciencia muy clara del dominio de sí misma y la responsabilidad social adquirida a través de una herencia burguesa y confirmada por medio de una lectura organizada. Todos los que antes de cumplir los treinta años nos atrevimos a arrimarnos a esa linde desde donde se vislumbra la aventura —sin decidirnos a cruzarla— tropezamos con aquella mujer: recia y blanca, no demasiado alta, ceñida de carnes, morena y un poco aceitada, y en cuyas manos —para mayor inri— no estaba ni mucho menos encomendada la fidelidad del matrimonio, injustamente fletado por un marido terco y romo, incapaz de resistir el primer empellón. Las pocas veces que entraba conmigo Vicente ni siquiera la miraba. «Perfecto imbécil —le había dicho—, qué ganas tendrás, qué mosca española te habrá picado para andar por esos mundos buscando mentiras escuálidas cuando el mismo Platón duerme en tu casa.» Cuando las cosas —no sé por qué razón— comenzaron a complicarse, buscando en el aire un pretexto, tuvimos que organizar una pequeña fiesta, coincidiendo con una cierta fecha del verano: no sé si el 14 de julio, el 10 de agosto o la Virgen del Pilar. Me atrevo a creer que por haberlo organizado él se trataba de la fiesta de la Raza.

Había estado durmiendo casi todo el tiempo. Tenía tanto sueño atrasado que desde el momento en que pisé París por vez primera me había decidido a recuperarlo para aprovechar los días siguientes con más calma. Aunque el resultado no pudo ser más triste, estaba de cualquier modo resuelto a no dejarme llevar por el frenesí del viajero y malgastar mis mejores días en un montón de tarjetas postales. Hasta entonces había tenido confianza en Vicente; el resultado no pudo ser más anacrónico. Cayó en mis manos el libro de Dumas y durante cuatro días no abandoné el hotel más que para acompañar al señor Charles a comprar pan y vino de Argelia, y tratar de recitar nuestros versos en el rellano de la escalera. Tenía una habitación del primer piso, que daba a la calle; muy alta de techo, con una desvencijada antesala flanqueada por dos columnas de fundición, decorada con viejos papeles pintados y provista toda ella de una estantería donde quedaban viejos botes de pinturas, piñones de bicicleta y botellas vacías; había también, tras unas cortinas harapientas, un sillón *recamier* desfondado, donde el buen hombre se tumbaba a beber vino y leerme, del otro lado de la cortina, algunos capítulos del mago, antes de dormir. Como fuera que comenzase nuestra buena amistad lo cierto es que a los cuatro días de convivencia nos tratábamos no sólo de usted, sino de señor. Era un hombre holgazán y pedigüeño, pero educado.

—Y bien —le dije al cuarto día—, creo que ya es hora de conocer París.

—En tal caso, señor, tendrá usted la bondad de excusarme.

—No faltaba más. Espero que no se sentirá usted obligado a acompañarme. No creo, por otra parte, que le interese en absoluto.

—En efecto. Interés, ninguno. Pena, mucha. Pero usted puede irse tranquilo. Sin duda, ha venido usted a eso, y el que yo pensara de otra manera ha sido, justo es reconocerlo, una lamentable equivocación. A mis años, señor, hay mucho que aprender todavía. Por otra parte, de la misma forma que es mi deber reconocer (y no abrigue usted duda acerca de la educación recibida al respecto) las atenciones de usted, creo que estaría fuera de lugar llevar el agradecimiento a ese extremo exagerado que tanto usted como yo, no dudo al afirmarlo, repugnamos.

—Me tranquiliza usted. Y debo confesarle, a mi vez, qué cerca me encuentro de lamentar mi decisión.

—No, no lo haga usted. Será mejor para los dos. Un último trago, eso es todo. Adiós.

—Créame que lo siento. Lo siento de verdad.

—Lo comprendo, lo comprendo —se había ido; había cerrado la puerta con tal delicadeza (ese último y traicionero click de un picaporte vencido por la pesadumbre para ocultar los sollozos) que me sentí avergonzado y no pude salir en un par de días más.

Una noche, en un momento de percepción entre dos sueños profundos, comprendí que nos habíamos equivocado y que quien debía haber salido era yo. Pero era tarde para remediarlo. Por fortuna volví a verle unos pocos días más tarde, asomando con picardía la cabeza por entre las cortinas raídas para espiar mi sueño: a las seis de la tarde, cuando el sueño se prolonga en una continua agridulce sucesión de reproches sobre el empleo del tiempo; a las siete, vencido por el peso de la fatalidad vespertina, cuando la voluntad se resigna a no servir más señora que a la cama; a las nueve y media, cuando el último y definitivo crepitar de las brasas de una actividad agonizante, confundiéndose con el parpadeo de los letreros luminosos, es capaz de desvelar el sueño de los cruzados caídos delante de Jericó; a todas horas entró, carrillos hinchados, la mirada burlona, una compuesta sonrisa de candor para tratar de superar la falta de intimidad. Qué sé yo la cantidad de gente que al cabo de poco tiempo era capaz de alojar aquella habitación. Sobre todo a partir del momento en que, por una razón que desconozco, dejamos de ir al apartamento del mexicano. Yo le había hablado al señor Charles del whisky y del pelo, y al punto quiso conocerlos. Pero cuanto más cerca estábamos de él, cuando, sintiendo tan próximo en torno a nosotros el zumbido de las noches en los llanos, cargadas de venganza, deseos y hombres desnudos, tratábamos de abismarnos para siempre en aquel terrible y estupefaciente remolino de color epiceno junto a la oreja pequeña

«Estamos en el momento en que mi padre y Joel, armados de pistolas y desnudos, irrumpen precipitadamente en el dormitorio principal de la quinta. Imagínenlo, señores...»

tratando de llegar a aquel mechón en forma de cuerno naciendo en la sien y, tras rodear la oreja, acabando en un punto que casi tocaba el lóbulo con un punto brillante, quieto y sereno, donde quería converger toda la dramatizada sucesión de alucinantes tardes galopando desde la adolescencia hasta el departamento tapizado, y el despertar de mil mañanas hambrientas preconizando en el compás de los pasos por el pasillo de la tía embrujada el horror y el desprecio de una edad miserable, todo el insatisfecho apetito de una juventud premonitoria tratando de calmar su inextinguible acidez con la pequeña píldora color cera y un punto de brillo como todo adorno

«...más que el miedo, la sorpresa. Cuando en la claridad que entra a través de la mosquitera ven acercarse al hombre terrible imagino que ella se esconde bajo las sábanas. Y que el hombre (e imagino también que en la mayoría de los casos debía tratarse de matrimonios muy dispares en la edad) intenta por un momento pedir auxilio, pero es pronto reducido a su condición más vergonzosa con un cañón colocado en su entrecejo. Y mientras Joel apunta y vigila, mi padre enciende un candil, se acerca a la cabecera, levanta las sábanas y dice: "Sal de ahí, perdida". Pero cuando se apercibe de su error la arroja de nuevo en su cama, con un gesto de desprecio. Furioso, perplejo, recorre la habitación rugiendo como un poseído, abre los armarios, lanza los vestidos por el aire hasta que, tratando de encontrar la explicación, encuentra una enagua en la que olfatea afanosamente. "Ustedes las mujeres son todas...", dice, abrumado de dolor. Y poniendo su manaza sobre el hombro del viejo marido le aconseja que la deje y abandona la casa decepcionado para unirse a nosotros y seguir cabalgando toda la noche. Al cabo de unos meses la locura en aumento de mi padre le lleva a las proximidades de Torreón. Una noche, algo raro sucede. Tal vez es la desesperación, el desengaño definitivo o solamente la fatiga, el deseo de probar una cama después de dos años de dormir al raso. El marido y Joel esperan a la puerta y cuando a la mañana siguiente se abre la puerta mi padre ya no es el hombre incorruptible y temido, sino el Adán avergonzado, escondiéndose de la voz en las alturas. Cuando Joel intenta entrar él se vuelve:

»—Imbécil, tráeme los pantalones. ¿No ves que estoy desnudo?

»Y allá atrás, enmarcada en una melena suelta, una cara pequeña y temerosa, pero agradecida. Salimos de allí; en cabeza

va mi padre, en silencio; el último va Joel, también en silencio. Al cabo de un mes, con aspecto cada vez más taciturno, habían asaltado más de doce quintas sin ningún resultado positivo. Al correr de aquel año la fama de mi padre se fue extendiendo por todo el estado de Durango y la alegría, en parte, volvió a renacer. Ya no era necesario hacer la guardia ni cubrirles la salida. Mi padre y Joel se desnudaban en las cuadras y entraban en la casa llamando a la puerta principal. Al mulato y a mí nos metían en la cocina y nos daban una sopa caliente. Luego, cuando el concierto en el piso de arriba se iba haciendo más fuerte, el mulato subía también y yo me quedaba solo; a veces el viejo hacendado venía a hacerme compañía; se sentaba a mi lado, mirando el techo y acariciando mi cabeza repetía toda la noche: "Dios mío, Dios mío". Al cabo de un tiempo cambió hasta la cara de mi padre. Pronto se hizo viejo, y no se hizo cínico, por fortuna, porque su naturaleza era demasiado noble, porque tuvo siempre a bien dilapidar su fortuna sin mirar a su provecho. Pronto empezó a echar de menos el riesgo y la aventura, el asombro en los dormitorios en penumbra cuando entraba incontenible con el cuerpo aceitado. Huimos hacia otras tierras, hacia el Sur, donde no era conocido. Recorrimos de nuevo el país; entramos hasta en los lupanares de la capital; volvimos hacia el Norte, hacia Nuevo León. Un día —mi padre había llevado tan lejos su misión—, un día... entramos en nuestro viejo hogar. Todo estaba intacto: en la cocina, junto al establo, ardía el fuego y se freía una sartén de migas...»
surgía, tras un pequeño giro insolente, la nariz recta (como la costa calabresa en la neblina mañanera) y un ojo aguamarino que miraba un instante con tal indiferencia que todo el Sinaí se derrumbaba sobre mí y encima de los escombros se posaba mi tía Juana, apoyada en su futuro bastón de anciana.

En realidad, no estoy seguro de que se tratara de una fiesta. Lo cierto es que algunas tardes —y repito que las noches en casa del americano pertenecían al pasado, un pasado en el que se había esfumado, sin que nadie supiera cómo, aquella cabellera meridional y toda la cohorte de maridos compuestos, pero fatalizados, y escotes abiertos— un grupo de gente, por lo general vestida de negro, encabezada por el propio Vicente irrumpía en nuestra habitación para interrumpir la lectura. Recuerdo aquella noche que había que buscar café y servicio a todo trance. La señora Mermillon nos sugirió que tal vez nos lo pudiera suministrar todo Chez Lucas, en la misma acera y un poco más abajo. El señor Mermillon opuso una serie de reparos, su amistad con Lucas y «la correcta condición de todos sus clientes que en cualquier momento era preciso considerar», tal vez para evitar los comentarios de una calle que cada ventana cobijaba y ocultaba un envidioso. El señor Charles, discretamente apoyado en el umbral y sosteniendo a un lado el viejo sombrero manchado de grasa, con una elocuencia tranquila, discreta y razonablemente apasionada, que muy bien podía quedar registrada en los anales de los martes literarios (el propio Boileau, con la nariz como un dátil y una melena de piña tropical, y toda su cara con la civil, libertina y frutera hinchazón académica, enmarcado en un óvalo de funeral dorado, le contemplaba complacido) supo convencer a la señora Mermillon para adquirir en nuestro nombre, y a nuestro cargo, media docena de tazas de café de porcelana (?) negra que la señora Durand, su amiga, tuvo a bien venderle a un precio exagerado, «si se consideraba exclusivamente su valor real...», «aunque usted me permitirá decirle que no tengo por qué admitir otra valoración que la real...» «No vale la pena entrar en detalles. Ahí están las tazas. Es lo que usted quería. Y no olvidemos el gesto de la señora Mermillon, y no lo que ahora se ha dado en llamar un acto gratuito», dijo con suficiencia, riéndose para sí mismo. Estaba embriagado con su triunfo; caminaba por la calle Losserand delante de mí y a un paso vivo, la barbilla levantada y deteniéndose cada veinte pasos para sacudirse el polvo de las rodillas, con un gesto de gladiador. Hasta después que adquirimos el café molido Chez Lucas, fue a contárselo al artista, que nos recibió sin ningún entusiasmo:

—Todo eso es un disparate. La señora Mermillon pisa muy bien la tierra. La conozco desde niña. Créame, un disparate.

—¿Quién es ese señor que asoma en su ventana?

—No lo sé. Es que usted, como de costumbre, se deja arrastrar por su entusiasmo. Aunque su aspecto le desmienta, tiene usted un alma infantil.

—Ciertamente, así lo confieso yo también. ¿Y qué mejor?, me pregunto...

—Pero ¿es que ella le ha dejado entender algo...?

—Nada en absoluto. Pero él se cree con derecho a adivinar sus sentimientos.

—Nada de eso. Experiencia, psicología. O muy mal ando yo de conocimientos de la naturaleza para suponer en ella una ausencia total de pasiones o...

—¿Aun las más bajas? El otro día nos dijo usted que aún guardaba una botella para una ocasión como ésta.

—Qué gran verdad. Pero ¿quién es ese señor de la ventana?

—Volvamos a la realidad, caballeros. En primer lugar, es necesario sacarle de allí.

—¿De un hotel? Usted me asombra; no comprendo la necesidad de añadir nuevas dificultades.

—¿Y pretende usted asaltarla en su propia fortaleza? No ve usted que a ello se opone su descrédito.

—¿Descrédito? Nada de descrédito. Ya veo que no me conoce. Yo pico más alto, caballero, mucho más alto, infinitamente más. Le asombraría a usted, no me cabe ninguna duda, conocer la altura de mis ambiciones.

—¿No saben ustedes quién es ese señor que asoma por la ventana?

—No he querido molestarle. Créame. No soy un intruso. No me tome por un hombre indiscreto.

—Esto está bueno de verdad. ¿Qué dice, señor Charles?

—Desde luego. Y ahora verá usted quién soy yo.

—Alto. La idea partió de mí.
—Debe usted respetar la edad.
—De ninguna manera. Es más, creo que lo último que he de respetar en esta vida es una edad tan... lasciva.
—¿No va usted demasiado lejos, joven? Yo también tengo mis principios...
—Principios humildes, supongo.
—Humildes, sí, como todos. ¿Acaso procede usted de una buena familia?
—Buena, buena, no; pasable.
—¿Quién será ese señor que no deja de mirarnos?
—Es mi amigo Vicente. Un plomo. Un hombre inmensamente rico.
—Pues nos está buscando; no hay tiempo que perder.
—No salga, no salga. Usted no salga, no sabe lo que hay allí. Unas señoritas que al segundo vaso alargan los labios, cierran los ojos, se bajan los tirantes y se meten en un rincón a pedir café. No hay derecho.
—Ahora hace gestos. Está gritando.
—Vamos a ocultarnos. ¿Usted lee a Dumas, señor Charles?
—Todas las noches, señor; todas las noches. ¿Cómo cree usted que podría tolerar esta porquería de vida?
—Entonces usted sabe lo que quiero decir. Huyamos.
—Sí. Huyamos.
—¿Y las tazas?
—¿Qué tazas?
—Huyamos, huyamos todos.
—¿Están ustedes borrachos?
Luego volvió la serenidad, la compostura. Estábamos los tres sentados en el sillón central del tresillo de mimbre, tras haber cruzado la calle agazapados; la señora Mermillon se prestó a hacer el café y el señor Mermillon, el cuervo, dejó la lectura del vespertino para indagar el contenido del paquete: además del café, unas frutas endulzadas, unas galletas que parecían coral y una extraña pieza triangular veteada como un

ágata que al saber que se trataba de extracto de hígado dulce americano, el señor Charles pasó al señor Mermillon con un gesto de impaciencia, «se lo advertí, allá usted con su conciencia». Yo estaba ya debajo de la mesa cuando advertí detrás al señor Charles:

—¿Está usted loco? ¿Pretende usted acompañarme a todas partes?

—A la cocina nada más. El señor... (lamento haber olvidado su nombre) obsequiará al señor Mermillon.

—De ninguna manera. No quiero cómplices ni testigos.

—Vamos, vamos, no sea niño. El tiempo apremia.

—He dicho que no. No me obligue usted a emplear la violencia.

—De nada le serviría. Soy fuerte, señor; muy fuerte.

—En fin, usted será el primero en lamentarlo.

Se había hecho de noche y empezaba a caer una lluvia fina. Nos volvimos a meter bajo la mesa cuando el señor Mermillon volvió a pasar, con el hígado en un plato, en dirección a la cocina. De un salto el señor Charles alcanzó la pared y apagó la luz.

—Usted será el primer perjudicado. Un fracaso a sus años puede ser fatal.

—Sepa usted que esa mujer sólo tiene ojos para mí.

—Calle usted, hombre. Usted abre la boca sólo para decir groserías.

—Algo de cierto hay en eso. Entremos. ¿Qué hacemos aquí?

Cuando el señor Mermillon volvió dando voces, yo, que conocía la distribución del pasillo, me escabullí por él dejando al señor Charles en su rincón. A través del ventanuco y del hueco entreabierto de la puerta del dormitorio vi cómo la señora Mermillon pasaba el café por la manga y distribuía los dulces en cinco platos. Cuando empezó a cortar el extracto de hígado gelatinoso, algo gelatinoso y horrendo de mi memoria infantil hizo saltar en mi interior toda la insuficiente banalidad de una tarde acidulada de pasión. Allí quedó mi cabeza como la copa atónita caída en el mantel tras haber estallado inexplicablemente su peana de cristal; toda la obsesión de un aburrimiento infantil, temporalmente olvidado al friso de los quince años para reaparecer a la vuelta de los treinta, cuando un cierto grado de conocimiento (no lo suficiente para alejar la desolación, pero sí lo bastante para borrar aquella irascible soberbia ante la medicina gelatinosa) resulta ser el único precio alcanzado, tras muchos años de inútil puja, en la enajenación de todos los misterios y las furias de la edad ninfa, que se deja sentir en los crepúsculos y las manchas de vino, en el momento de sentarse en la cama y mirarse los pies. Nos sentamos en el arranque de la escalera.

—Huyamos —dijo, apurando el vaso.

—¿Cómo vamos a huir? Usted no está en su sano juicio.

—Usted tampoco.

—Tampoco. ¿De qué se trata?

—Se trata... de la señora Mermillon.

—¿Qué le pasa?

—Que está ahí.

—¿Y bien?

—La señora Mermillon.

—¿Y qué?

El artista quedó pensativo, sobre el primer peldaño, balanceándose sobre la punta de los zapatos y mirando el vaso vacío:

—Bien mirado, a mí tampoco me importa. ¿Por qué no nos vamos?

—No; a mí sí me importa. Ya está bien de hipocresía.

Era un dormitorio que olía a colchas rojas, con aterciopelados flecos y dragones deshilados, decorado con fotografías familiares, un paisaje suizo y una gran cama con cuatro bolas en las esquinas, un armario de luna, donde me quedé contemplando la ingrata brevedad de mis días. Entreabrí la puerta al tiempo de ver cómo el señor Charles, cruzando el *comptoir*, entraba en la cocina; aún veía detrás de él las piernas cruzadas del señor Mermillon sentado en un sillón de mimbre y sosteniendo el plato sobre las rodillas. Me parece que llegué a dormirme un rato, sentado junto a la jamba del dormitorio a oscuras, y cuando desperté, ella se estaba cambiando el vestido detrás de la luna abierta, se puso unos zapatos altos, un vestido negro que dejaba al aire los hombros y salió con una sonrisa significativa, alargando el paso para no pisarme, al tiempo que yo encogía las piernas. En la cocina encendieron la luz eléctrica y debajo de la puerta surgió la raya de luz amarilla que había de terminar con la incertidumbre de una larga, ambigua y cerrada tarde prolongada en la penumbra; esa línea de luz capaz de metamorfosear los susurros intermedios y los ruidos de goznes y la monotonía de la lluvia en la recortada, lenta y detallada conversación de dos sirvientas en un cuarto de costura. El otro vino por el ventanuco para decirme que «el señor Charles jugaba ya con su cordón». El señor Charles siempre había dicho que había que empezar por el cuello, la mejor playa para iniciar el desembarco, dentro de una cierta legalidad, y avanzar ulteriormente bien hacia la península de la cabeza o bien hasta el mismo continente. Casi abrimos la puerta de par en par y vimos que, efectivamente, el cuello podía darse por perdido; por encima de sus hombros —que se estaba perfumando con un dedo que mojaba en el frasco— (y por encima también de un cepillo) los ojos pardos y brillantes del señor Charles surgían como un par de boyas en la galerna para volver a hundirse y aspirar el aroma en el nacimiento del cuello.

—Yo creo que va a besarla.

—No, no puede ser.

—Ya lo verá. En el hombro. De un momento a otro.

—No puede ser. Sería intolerable.

—Ya lo creo que es. Mire.

—Es inaudito. Qué diablo de hombre. Quién lo iba a pensar.

—Es un demonio. Mire, otra vez.

—Y con más ardor. Yo no sé si debemos tolerarlo.

—Qué remedio nos cabe. Ahora en la boca.

—Con verdadera pasión. ¿Y ella? ¿Qué me dice usted de ella?

—Se ha entregado.

—¿Y el marido? Me parece que hemos ido demasiado lejos.

—No lo crea. Estamos en el principio. Diga usted mejor que ha de llegar un día en que estas cosas sean tan necesarias como la agricultura.

—En absoluto. Yo creo justamente lo contrario. El mundo no va por ese camino. Éste es el final de una época, amigo mío.

—Nada de eso. He ahí los precursores. Día llegará en que una mirada intensa será suficiente para desbaratar todo el orden local.

—De tanta maldición, ¿qué hacen ahora?

La señora Mermillon, la expresión un poco atontada —sacudiéndose la melena y destapándose el oído como si acabara de salir del agua— nos miraba con indiferencia cuando el señor Charles le susurraba al oído algo que no podíamos oír, y de tanto en tanto en la comisura de su boca asomaba una sonrisa inquieta y juguetona, como el rabo de una lagartija debajo de una piedra.

—Me parece que se burlan de nosotros.

—Mientras quede un poco de vino.

—Venga, venga. Me parece que lo necesito. ¿Dónde ha dejado usted la otra botella?

—Fíjese, fíjese ahora. No hay derecho.

—¿No se irá usted a poner triste?

—Lo soy por naturaleza.

—Bueno, esto se ha acabado.

—¿Y qué hacemos nosotros aquí?

—Estamos —dijo el artista, pervertido por sí mismo, echando la cabeza hacia atrás y quitándome la botella, sentado en el suelo a oscuras—, estamos como el día que vinimos al mundo: tratando de convertir la desgracia en falsedad.

Primero no lo oí, como me ocurría siempre. Luego, dentro, ello mismo fue repitiéndose por un conducto oculto (la puerta se había entreabierto introduciendo una cierta claridad en todo aquel ámbito donde ahora se extendía un antiguo, pero instantáneo, silencio acentuado por unos ruidos de loza en una habitación próxima y el sonido de una gota cayendo en la pila trayendo el olor de la madera fregada con agua y lejía precipitando esa antinómica materialización del vacío por las puertas abiertas y las paredes cadavéricas, esa definitiva claudicación ante el vacío que toda habitación parece llevar consigo cuando más allá de las puertas entreabiertas alguien ha olvidado una luz encendida y entre la fortaleza donde irrumpen no triunfalmente las cenizas, el silencio y el horror y las tinieblas intemporales con sus harapientos estandartes envueltos en una gasa de materializada y fatal temporalidad) para emerger, unos días después, tumbado en la cama y tratando de encontrar el dibujo de los boquetes en los papeles pintados. Se había ido sin decir nada; se levantó como un perro aburrido y se fue; cuánto tiempo permanecí allí, rodeado del silencio del rellano y el olor de la madera fregada..., no lo sé.

Luego seguí oyéndolo sin necesidad de comprenderlo. En mi habitación, y por la tarde, y por las calles con número 14, y por la estación de Mercancías, y durante todo aquel viaje estéril por el norte de Europa, atravesando la llanura irrompible a través de los cristales empañados, toda la Westphalia y Hannover y creo que hasta el mismo Mecklenburgo; en todas las estaciones húmedas, sentados el inglés y yo sobre las maletas mientras Vicente y la mujer buscaban *nuestro* alojamiento; en todas las habitaciones precarias con olor a colchas rojas y los departamentos de tercera tratando de encontrar el pretexto de un viaje que el inglés se resistía a abandonar: «...Pues ello es menester atribuirlo a la firme asistencia de Dios Nuestro

Señor y, en consecuencia, a vuestra perseverante dirección y prudente sabiduría, honorables Lores y Comunes de Inglaterra...». Bebía como un demonio, tenía una cara infantil y sonrosada como si hubiera salido de la ilustración de uno de sus libros juveniles: sin haberla mirado más de un par de veces, sin haber cambiado con ella ni con Vicente más de cuatro palabras, se comprendía que al primer estímulo por parte de ellos habría abandonado su tierra, su familia y su carrera para seguirlos hasta el fin del mundo.

Una tarde de lluvia y de cielo pesado los encontré en mi habitación, casi a oscuras, echados en el sillón de espaldas a la ventana.

—No enciendas, Juan.

—¿Qué pasa? ¿Qué haces ahí?

—No pasa nada. ¿De dónde vienes?

—Qué sé yo. De ningún sitio.

—Hace tres días te fuiste a buscar café.

—Está ahí abajo. Lo tiene la señora Mermillon.

Me senté al borde de la cama. Apenas distinguía otra cosa que la claridad del espejo, la sombra de ellos contra la ventana (un cierto clima de tregua o desfallecimiento) y la lumbre del cigarrillo, que se repetía en el cristal iluminando en parte una frente.

—¿Tienes ganas de volver?

—¿De volver adónde?

—A casa. A España.

—No lo sé. No sé qué hago aquí; me parece que estoy perdiendo el tiempo.

—Yo no pienso volver.

Ella le susurró unas palabras, incorporándose algo; estaba tumbada encima de él con las piernas por encima de un brazo del sillón y la cabeza sobre el otro.

—Qué tontería. Eso lo dices ahora porque te encuentras bien.

Ella volvió a susurrarle algo al oído y le dio un beso.

—No pienso volver, Juan.

—No seas imbécil, no digas tonterías. No me queda salud para oír esas cosas.

—Tú también debías quedarte.

—Vamos a tomar un vaso de vino. Hace tiempo que no lo hacemos juntos.

Empecé a sacar la botella y a lavar el único vaso. Yo me llené una de las tazas de café. Ella se había levantado, estirándose la falda y el jersey; al pasar junto al espejo se atusó la melena sin encender la luz y salió de la habitación diciendo algo en francés.

—Es una mujer extraordinaria.

—Qué duda cabe.

—Tenemos que ayudarla.

—¿A qué?

—Está pasándolo muy mal.

—A ver si logra dormir un poco.

Vicente bebió en silencio; se había arrodillado sobre el sillón y miraba la calle escondido detrás de la cortina.

—Esto es serio, Juan —dijo, volviendo a su postura, sosteniendo el vaso en alto y mirando a través de él.

Ella entró de nuevo; yo me levanté de la cama; durante unos instantes estuvo mirando con mucha atención la calle, ocultándose detrás de la cortina. Era casi de noche. Luego se sentó en el brazo del sillón y estuvieron contemplándose abrazados, y susurrando palabrejas durante un largo rato.

—Bueno, yo me voy.

—Espera; ¿te veré luego?

—No lo sé.

—Tendrás que dormir en mi cuarto. La señora Mermillon te ha preparado una cama.

—¿Y por qué?

—Ya te lo explicaré más tarde.

A mí todo aquello me importaba poco. O si me importaba algo, lo cierto es que me enteraba de muy poco. El nuevo cuarto estaba forrado con papeles pintados con dibujos orientales. Me metí en la cama y no sé lo que dormí, me parece que un breve rato; allí estaba de nuevo la cabellera morena y mate, con olor propio, la voluta naciendo en la sien y rodeando la oreja encajada en un desgarrón blanco cerúleo del papel, girando, borrándose y reapareciendo en blanco y negro hasta producir el golpeteo insistente de una vena bajo la nuca, como la válvula quemada de un motor viejo: era —me lo dijo ella misma, completamente cerúlea, volviendo un poco la cara y dejando asomar la nariz puntiaguda con cierto ademán de desdén— lo que tú decías, el final de una edad; y a costa de dejarte exánime en ese lecho durante un par de semanas sin otro quehacer que contemplar tu propia descomposición traspasada a una pared desportillada, te diré que viniste aquí forzando un viaje lleno de esperanzas, a fin de alcanzar el definitivo desengaño. El dibujo repetido y enlazado representaba una complicada trenza de pájaros orientales y hojas exóticas verdes y negras cruzando como una espina de pez una trenza de girasoles. Te encontraste con el pelo, el bucle y la oreja y ello te servirá para hacer de ti un hombre desengañado, un hombre de una vez. Tiene razón tu amigo el artista: os engañáis en la desgracia. Porque cuando se emprende un viaje nada debe esperarse si se ha alcanzado ese límite deseable de la incredulidad que ha de coartar el nacimiento de nuevas ilusiones. Ya no eres joven. Ya no eres joven. Ya es hora de que te des cuenta de que cuanto más exijas de un futuro engañoso, cuanto más pretendas disfrutar de él, aparejándolo con las gracias de una imaginación zalamera y adúltera, más duro y contradictorio será el destino que te aguarda. Porque tu destino no será otra cosa que lo que tu imaginación no incluye no porque lo desdeñe ni porque lo olvida, sino porque su misión es justamente dejar de incluirlo hasta el día en que te hayan convertido en otro hombre sinsabores como éste. Al cabo de unos días, Vicente entró a despertarme, sacudiéndome fuera de la cama:

—Ven, ven enseguida —me arrastró a la otra habitación, donde estaba su amiga, oculta detrás de la persiana, haciéndole gestos afirmativos con una expresión muy grave.

Yo estaba tan dormido que ni siquiera la saludé. Vicente me arrastró detrás de la persiana:

—¿Ves ese hombre de gabardina parado en la acera de enfrente?

—¿Quién?

—Cuidado, hombre. Que no te vea.

—¿Ese hombre de gabardina y gafas? ¿Qué le pasa?

—Cuando yo te diga, sales a la ventana y te quedas mirándole durante un rato. Venga.

—Allá voy.

Estuve un rato mirándole. Era un hombre normal, con gabardina, boina negra y gafas, que ni siquiera se molestó, a pesar de mirarle como un búho durante unos minutos.

—Venga, métete ya. Ahora vas a salir a la calle. Procura pasar junto a él y mirarle a la cara despacio. Vete al Dupont, te compras un periódico y te estás tomando un café hasta las... hasta las siete. ¿Entendido? Si te sigue vente al hotel dando un rodeo.

Así lo hice; yo estaba bien despierto, qué demonio. El hombre estaba apoyado en el hueco enrejado de un banco, fumando y mirando a la cornisa de enfrente tan distraídamente que ni siquiera me devolvió la mirada. Me leí todo el periódico en el Dupont, me tomé dos cafés, no apareció nadie y a las siete estaba de vuelta en el hotel.

La habitación estaba vacía; se habían llevado todo e incluso mis trastos los habían metido, con cierto orden, en mi maleta. La señora Mermillon me dijo que Vicente había pagado la cuenta y se había ido en un taxi con la señorita sin decir más.

—Dígame: ¿ha abonado también mi cuenta?

—Ah, no, señor.

—¿Y no le ha dicho dónde ha ido?

—Ah, no, señor. Se fue con la señorita.

—Yo también me tendré que ir, señora Mermillon... Ahora que estamos solos... y tranquilos, ¿por qué no sube usted a ayudarme a hacer la maleta? Tomaremos también un poco de café.

—Voy a avisar a mi marido.

—No se moleste, señora Mermillon. Buenas tardes.

No sabía qué hacer. Anduve dos días desorientado. Me metía en la cama y al cuarto de hora volvía a salir a beber un poco de vino; volvía a mi cuarto a ver si encontraba algún recado de él y acababa siempre en la cama, no tanto para dormir como tratando de sumirme en delirios semiorientales o en discretas y alentadoras evocaciones de mi primera juventud y última madurez de mi tía, asociada a un pájaro verde tropical con un boquete en la cresta.

Unos días más tarde me sacaron de la cama porque un señor me llamaba al teléfono. Era Vicente; con voz tranquila y con arreglo a un plan bien estudiado me indicó todo lo que tenía que hacer: hacer la maleta, pagar al día siguiente la cuenta del hotel y presentarme, dispuesto a hacer un corto viaje, en determinado restaurante del distrito 9. Me señaló también, una por una, todas las seguridades y precauciones que debía guardar, a fin de no ser seguido desde el hotel al restaurante.

El restaurante era un local pequeño, con mesas alargadas y una sola mujer, que servía comidas a un promedio de 950 francos. Encontré a los dos en la última mesa, casi ocultos detrás de una percha. Metió mi maleta debajo de la mesa y no me preguntó ni lo que quería comer. Por primera vez veía yo a la joven a la luz del día. Llevaba gafas oscuras, hablaba muy bajo y se notaba que durante varios días había dejado de cuidarse la cara. Solamente nos dimos la mano.

—Pero ¿qué pasa?

—No pasa nada. No pasa absolutamente nada. ¿Entiendes?

—No, no lo entiendo.

—Pues lo tienes que entender.

—¿Te has metido en algún lío?

—¿Quieres hacer el favor de dejarnos tranquilos?

Allí mismo, cuando acabamos de comer, sin cambiar cuatro palabras, empezó la odisea. Primero salieron ellos, cogidos del brazo y arrimándose a las paredes como si cayera un chaparrón. A mí me tocó esperar hasta que desaparecieron en la esquina. Luego, correr a la esquina, arrastrando la maleta, vigilar las cuatro calles y cubrirles de nuevo. Atravesamos así media docena de manzanas hasta que con una breve carrera se metieron en un discreto hotel para turistas modestos. En una pequeña habitación interior de una sola cama, invadida por una profusión de combinaciones y peines y frascos de belleza y un cierto olor a crema cutánea mezclado con el de los zapatos femeninos colgados detrás de la puerta, parecían haberse refugiado de un mundo hostil que preparaba su ruina. Toda aquella tarde me la pasé en la habitación con ella —Vicente salió a arreglar determinados papeles y reservas—, tratando de fumar lo más posible para evitar el mareo que me producía el olor de las cremas. Se quitó las gafas: su cara no tenía nada que ver con la anterior. Al principio sólo advertí que era notablemente mayor que Vicente; luego comprendí que aquel solo hecho era suficiente para apercibirse de la gravedad del asunto, cualquiera que fuese. Tenía una cara expresiva, que cambiaba a su antojo, desde una actitud analítica y dura —mirándose los ojos y rizándose las pestañas, casi pegada al espejo— hasta la mirada de tierno interés, preguntándome si era la primera vez que estaba en París y quitándose el vestido para darse una ducha. Apenas hablamos, pero sabía jugar con sus ojos —parpadeando y reanimándose como una bombilla pueblerina en una noche de tormenta— para sostener un estado de conversación sin pronunciar una palabra. Se duchó, se secó, se perfumó, se hizo el repaso de la piel y se vistió —en menos de tres horas— como si yo no estuviera en la habitación. Al principio simulé dormir, luego pensé que eso no se veía todos los días y me quedé tumbado, cruzando las manos bajo la nuca, siguiendo con atención toda la faena. Cuando se estaba poniendo las medias la llamaron por teléfono y tuvo la discreción de cerrar la puerta —el teléfono estaba en el pasillo— para impedirme escuchar. Fue una conversación de una hora, lo menos. No sé qué pasó después. Cuando me desperté era bien entrada la noche, se oían unos silbidos lejanos y una luz rojiza subía del patio. Todavía la habitación seguía en desorden, había un cenicero lleno de colillas manchadas de rojo de labios. Aquello me gustó poco; en el patio no se veía más que alguna ventana alta iluminada, unas conversaciones en un piso bajo; tras las cortinas de otra ventana abierta. Escuché un rato, no entendí nada. No sabía qué hora podía ser, aunque se me figuraba que muy tarde por el silencio un poco cavernoso que salía del pasillo y del hueco de la escalera a oscuras. Aunque tenía bastante hambre me sentí invadido por tal sensación de fatalidad y desamparo que no encontré fuerzas para salir a buscar la cena y decidí, por una vez, tratar de dormir un rato.

Al mediodía siguiente me despertó la camarera con una llamada telefónica. Otra vez Vicente me citaba a comer en un sitio distinto, cerca de la rue Dunkerque. Era un bar para viajeros, pequeño y rápido, donde la gente entraba y salía cargada de paquetes y maletines para tomar sus sándwiches y sus cafés mirando al espejo (donde en un rincón, un tanto desmemoriados, pero sabiendo mantener un punto de animación, permanecen sentados bebiendo pernod desde que acabó la gran guerra un par de veteranos). Vicente parecía nervioso. Se levantó tres veces a llamar por teléfono; del bolsillo superior de la chaqueta sacaba una pequeña tira de papel arrugado donde había escrita una dirección y un número con una letra muy grande. Mientras comí salió un par de veces a la calle, estuvo hablando con la mujer del mostrador, a la que, al fin, le entregó la nota escrita que ella colocó entre dos botellas de la estantería.

—No sé qué ha podido pasar.

—A lo mejor ha encontrado su hombre.

—¿Por qué no te vas a reír de tu madre? ¿Por qué no te largas de una vez y me dejas en paz?

—Mi madre, la pobre, tiene poco que ver en esto. Si me dijeras mi tía...

—¿Quieres tomarte eso de una vez?

Era una copa de coñac de 160 francos. Lo menos hacía tres días que no lo probaba.

—Si tienes tanta prisa, ¿por qué no vas pagando?

—Porque esta vez lo vas a hacer tú. Empiezo a cansarme de alimentar a un inútil.

—Está bien, está bien por esta vez —mis pobres francos salían del bolsillo de billete en billete—; recuérdame cuando volvamos a Madrid que te presente a mi tía Juana. Estoy seguro del flechazo.

—Te guardas tus gracias para otro momento, ¿entendido?

—Entendido. Dos mil ochocientos y pico francos. También te podías guardar las tuyas.

—Vamos, vamos.

Yo no sabía —ni me importaba— dónde diablos teníamos que ir. Nos metimos en un taxi y durante casi dos horas estuvimos dando vueltas por París (aunque bajo el efecto del coñac estaba decidido a dormitar, creo que por primera vez llegó a desvelarme el espectáculo de unas calles que hasta entonces me habían pasado inadvertidas), preguntando direcciones inútiles, haciendo averiguaciones absurdas, tratando de despertar en porteros escépticos un algo de interés en no sé qué. Volvimos a nuestro viejo hotel; bajé a saludar a la señora Mermillon, que —acaso porque aquella visita postrera la teñía de colores sombríos— me pareció mejor peinada y peor intencionada que nunca. Cuando cruzamos la rue des Thérmopyles y me volví a contemplarla por última vez —más ancha de caderas también— pensé que volverla a ver habría de contribuir a creer en una modesta, acaso incómoda, supervivencia. Luego continuamos por Émile Richard, rue Gassendi hacia el boulevard Raspail. En una esquina Vicente se apeó; me dijo que estuviera a las ocho en el hotel, todo listo para salir.

Aquella misma noche nos encontramos los tres en la estación del Norte. Ella se había puesto un abrigo color canela, unos zapatos cerrados, unas gafas oscuras y llevaba el pelo echado hacia atrás atado en la nuca con un pañuelo de seda. Por primera vez me di cuenta de que era de la misma estatura que Vicente, que miraba a todas partes nervioso y la llevaba del brazo. Ella parecía muy tranquila y reservada, se diría que no tenía ninguna necesidad de que nadie se desvelase por ella ni, mucho menos, intentase llevarla del brazo.

Por más que he intentado reconstruirlo jamás he logrado desentrañar el itinerario de nuestro viaje. En Alemania nos vimos aquejados de súbito por una falta de dinero y tuvimos que prolongar nuestra estancia en Hamburgo, esperando un envío de Madrid. Vivimos unos cuantos días en una pensión caótica, cerca de la calle Lincoln, que olía a colchas pardas y marabúes polvorientos y caprichosas y malogradas muñecas gitanas que parpadeaban todavía una demencia de preguerra por las ornamentadas repisas de un pasillo incongruente. Debieron ser días terribles y tormentosos para ellos, porque cada uno por su parte se dedicó con alguna frecuencia a pasear conmigo bajo la lluvia. Ella tenía un paso lento, inalterable, y no le importaba quedarse atrás; no le importaba comer patatas y dejar pasar las horas mirando las gabarras, escondida tras las gafas oscuras, las manos metidas en los bolsillos del abrigo canela, con el cinturón muy apretado y el pañuelo anudado en la nuca. Se me aparece ante mí (más tarde, días y kilómetros más adelante), tristemente sentado en el mismo banco y mientras las ratas corren por el borde del espigón para ocultarse en las escaleras del embarcadero, el último vendedor de un periódico anarquista. El último suscriptor desapareció a raíz de la guerra, pero la doctrina —ese vespertino afán de entendimiento bajo el signo de un mitigado coraje (o transustanciado en comprensiva dulzura)—, queda; bajo el cielo calizo, contemplando los remolcadores silenciosos o el torbellino de gaviotas gritonas en torno a un desperdicio en el agua negra, el viejo anarquista nos hablaba todavía de un próximo entendimiento universal; tenía una gabardina manchada de grasa, una barba de una semana, no llevaba corbata y se tapaba con una camisa de lana cruda anudada con una cuerda. Me acompañó muchos días (él sabía que ya no nos quedaba ni juventud ni fe y ella, sentada en el extremo del banco, cruzaba las piernas, oculta tras las gafas negras, con las manos en los bolsillos) por la misma razón que me empujaba a contemplar las estatuas —todas las estatuas de puritanos sin grandeza colocados en corro, toda la cohorte de Kingos cubiertos de malla en actitud de afrontar la independencia, o la efigie no humillada de Domela— o a terminar las tardes en los muelles, arrastrado por las obras piadosas, y los apostolados marineros, y los depósitos desiertos, y los barracones para comer patatas, mirando las gaviotas del Brook o del Osterok y adivinando en las estelas de los remolcadores, en las maromas cubiertas de vegetación y en el lento y acompasado sonido de los motores ralentizados de las barcazas, una cierta proporción o una elemental sinceridad que en otras partes se me ocultaba, por esa única razón que, llegado el momento, me puede dominar sobre cualquier otra: sin saber para qué. Tiempo atrás, mucho tiempo atrás, me decidí un día a colgar de un clavo de la puerta de mi dormitorio una combinación de color rosa, con los bordes de encaje, que despedía un intenso aroma a perfume barato y que con mucho trabajo y tras muchos ruegos me había, finalmente, regalado una conocida mía de vida irregular. Cuando a la mañana siguiente mi tía vino a anunciarme la hora del despertar, empezó a aspirar, cerrando los ojos con tal vehemencia que las ventanas de la nariz se le subieron hasta los ojos y los lentes montaron sobre las cejas. Y creo que todavía seguiría aspirando (con pequeñas y continuas sacudidas del moño hasta extraer dos palmos de cuello) si yo mismo no la hubiera detenido con una explicación:

—Se trata de un recuerdo, tía. Es una prenda íntima de una amiga mía que se gana la vida ejerciendo la prostitución.

Fue su último portazo (yo estaba acabando la carrera), el más radical: recortada en el marco de la puerta empezó a girar como un maniquí, su barbilla dio aún tres sacudidas borbónicas hacia el techo, como si tratara de buscar el contrapeso con un moño excesivo. Más tarde vino mi madre (yo seguía en la cama), vio la prenda, la olió y, mirándome con pena, se retiró en silencio, cerrando la puerta sin violencia. Aquella misma tarde un tío mío —hombre acomodado— vino a tomar café expresamente comisionado para mantener conmigo, a puerta cerrada, una conversación decisiva. Si no hubo acuerdo no se debió a la dureza de mis condiciones: retiraría la combinación el día en que desapareciera el retrato del buen Ricardo, el de los intestinos delicados, de la mesilla de noche de la tía. La paz se hizo sola: mi tía no volvió jamás a despertarme y yo, al cabo de una quincena, consideré prudente y político arriar para siempre la enseña rosa del ultraje.

Y, sin embargo, sentado junto al anarquista de corazón, comprendía que toda la epopeya de una juventud mediocre, pero insultante, se viene abajo en cuanto el hombre es capaz de engendrarse un momento de goce: allí estaban los *Heligoland*, todos los *Fairplay* con sus chimeneas negras y sus formas rechonchas de enanos forzudos, los caparazones pintados de amarillo, baluartes y rodas protegidos de neumáticos, borras y lonas, como las manos de un boxeador. Había allí, entre el olor encepado de las adujas y el horizonte calizo que abrevia las tardes y resume el cielo a los graznidos de las gaviotas histéricas, ese instante de sinceridad que una juventud desdeñosa podía haber estado buscando en vano durante treinta años de afectada indiferencia. Era un discípulo fiel, amado en otro tiempo; aún guardaba bajo el abrigo de aspecto judío media docena de ejemplares del semanario que meses atrás se había visto obligado a suspender por carencia total de fondos... Se llamaba el... *De Vrije Socialist*; el abono trimestral costaba 1,95 florines y había sido fundado por el buen Domela, ante cuya reverenciada estatua empezábamos a emborracharnos de comprensión, hombría, buena fe y deferencia a los viejos principios. Conservaba otro amigo con el que se escribía todos los meses, editor de *The Word*, que últimamente se había visto obligado a aceptar un trabajo en una fábrica para poder sacar con semanal puntualidad el periódico hermano. Yo también, le dije con algo de vergüenza, había claudicado. Ella nos miraba de tarde en tarde, sin decir una palabra, pero sin extrañeza.

Cuando nos llegó el dinero salimos hacia Dinamarca, o por el contrario, de la leñosa Dinamarca volvimos de nuevo a Alemania, acompañados ya del inglés, ebrio de tristeza, que caminaba por el día con la mirada en el suelo y siempre en diagonal, y que sólo se atrevía a mirarla a la cara cuando la ayudaba a apearse del tren. Era tal la emoción que le producía bajar su maletín de belleza y sostener un instante su mano en el aire que a duras penas lográbamos salir de la estación tres horas después de haber descendido del tren, orando por los comedores iluminados y repitiendo con pesadumbre «...agradecerlo a vuestra sabia dirección e inalterable presencia de ánimo, honorables Lores y Comunes de Inglaterra. Mi discurso, por ello, más que un trofeo ha de ser un testimonio...» por el largo y desierto mostrador; fue al principio un viaje mustio, con un tiempo de perros; apenas pudimos hacer otra cosa, el inglés y yo, que tratar por todos los medios y bebidas de evitar el contagio con el mal humor que reinaba en aquella pareja. Viajaban siempre en otro compartimento, sentados junto a la ventana, mirando al techo y separados por la mesa repleta de cigarrillos, periódicos que no leían, cajas de chocolate y botellas de agua mineral. Me parece que viajaron todo el tiempo con las gafas puestas y las bocas un poco entreabiertas, como si acabaran de tragarse la primera espina del bacalao.

Hacia las últimas semanas de septiembre mejoró el tiempo y su estado de ánimo. Pasamos unos días tranquilos en una zona donde se recogía la manzana, una manzana pequeña y agria con la que aquella gente hacía una especie de agraz repugnante que a punto estuvo de acabar con nuestra salud. Se quitaron las gafas, hicimos algunos pequeños trayectos todos juntos; cuando llegaba la noche el inglés y yo nos retirábamos al aguardiente y ellos se acurrucaban en el mismo rincón. Las pequeñas tormentas surgían, más que en el tren, en las ciudades donde parábamos; en algunos hoteles en los que escaseaban las habitaciones en más de una ocasión tuvimos que dormir los tres juntos, porque ciertos días ella exigía una habitación para ella sola. Y hasta hubo noches también que no pudimos salir de la estación, con la ayuda retórica del inglés y su maleta de botellas. Una madrugada —estábamos pasando dos días en un pueblo llamado Celle o algo así— Vicente nos despertó muy temprano:

—¿Tú sabes si hay consulado en Hannover?

—¿Si hay qué?

—El día que tú sepas algo...

Tuvimos que salir precipitadamente para Hamburgo. La tormenta debió ser fuerte, porque ella salió con la cabeza altiva, anudándose el pañuelo y sacudiendo la barbilla. No sé qué diablos pasó con nuestras maletas, el caso es que tuve que meterme en el tren enfundado en una gabardina, tiritando como un gato recién nacido, apenas cubierto por la chaqueta de un pijama, floreado y cerrado por el cuello, que Vicente me alargó en el último momento. En Hamburgo se casaron; celebramos un pequeño banquete, en una torre elevada sobre el puerto, al que tuve que asistir con la gabardina abotonada hasta la nuez porque las maletas habían quedado en consigna. Me compré una bufanda y salimos de luna de miel hacia el Oeste; a Vicente le ponía enfermo la idea de pasar su primera noche matrimonial en Hamburgo. Varios días después todavía seguíamos viajando entre Hamburgo y Coblenza, por el Palatinado, hacia la frontera francesa, sin otro sentido ni otro rumbo ni otro objeto que alargar todo lo posible aquel frenesí ferroviario y retrasar indefinidamente la llegada de la sibila que había de aparecer en la madrugada, en una cantina de cristales lechosos, para indicarnos la fecha de la vuelta. Nos refugiábamos en los muelles del río —que ella rara vez pisaba—, en la proximidad de las estaciones, entre los muros negros con olor acre y las vías abiertas hacia el caos, huyendo paradoxalmente de la tácita e inapelable sentencia de un destino —escrito en las flechas y en las tablas, en las horas escritas y las salas vacías y el aroma a aceite y hollín pulverizados— opuesto a un deseo desconocido.

Una noche —viajábamos ya con dirección a Francia— decidimos festejar un cercano adiós. Apenas pudimos pronunciar tres palabras —y regar el suelo de cerveza—, porque en el compartimento viajaba una persona más: un hombre de gabardina, con gafas oscuras y pelo moreno y brillante, atusado con fijador. Los tres viajaban en silencio, mirando el techo y resolviendo el largo compás con lectura de periódicos y revistas. Creo recordar que el inglés y yo nos habíamos cambiado las chaquetas y pretendimos divertirlos un rato. Qué demonio, volvimos a tumbarnos en nuestro compartimento para continuar el recitado:

—¿Conoce usted bien Antonio?

—Admirablemente.

—Adelante, sir. Estoy escuchándole.

—*This common body, like to a vagabond flag upon the stream, goes to and back, lackeying the varying tide, to rot itself with motion.*

—Eso es..., el final, el final.

—*To rot itself with motion.*

—Admirable, admirable. Muy propio. Adelante, sir.

Habíamos adquirido la costumbre de meternos mutuamente los dedos cuando nos cargábamos de verso. En medio de un recitado salimos precipitadamente —qué sé yo si serían las cuatro de la mañana—; yo me detuve en el extremo del corredor; cuando aparecí en la plataforma ella le estaba entregando un papel —semejante a un documento oficial con algunos sellos y pólizas, muy doblado y arrugado— que se guardó rápidamente en el bolsillo del abrigo al darse cuenta de mi presencia. Los dos se habían quitado las gafas; el otro me miraba con suficiencia: una cara torcida y chulesca, unas facciones grandes que despedían olor a loción y una frente pequeña y trapecial; en la mano tenía otros papeles, un poco de dinero, me parece, y un pasaporte. Volví al compartimento de Vicente sin saber qué decir.

—Esto...

—¿Dónde has dejado a tu amigo?

—Esto, Eugenio...

—No me llames Eugenio.

—¿Dónde has dejado a tu mujer?

Ella entró, me miró tranquilamente. En el espejo se estiró las cejas, se arregló el peinado y se puso las gafas. Luego entró el inglés, que se puso a dormir sobre mi hombro, y al cabo de una media hora entró el individuo de la gabardina, que se sentó junto a la puerta, fumando con afectación, golpeando el cigarrillo en un encendedor de oro y en el reloj de pulsera con la cadena plateada. Horas más tarde, cerca del amanecer —una línea color tiza morada bostezando detrás de granjas cerradas y luces somnolientas y filas de árboles— me desperté porque una botella vacía se me clavaba en los riñones. Vicente, pegado al cristal, miraba el paisaje. El otro miraba al techo y ella parecía dormir.

—Dámela.

—No abras —le dije—, nos podemos morir todos.

Vicente se subió al asiento. El otro le miró con indiferencia y aplastó el cigarrillo en el cenicero de la puerta, recostándose en la orejera y frotándose los ojos. Entonces, desde la altura de la rejilla, Vicente le estrelló la botella en la cabeza; sus gafas saltaron hasta el asiento opuesto y el hombre —atónito y peinado, toda una rodaja de pelo sujeto con gomina se levantó como una tecla salpicada de sangre— se desplomó contra el respaldo, con los ojos abiertos, deslizándose lentamente hasta que la nariz tropezó con un botón de la tapicería, volviendo su cabeza, que se abatió, girada en el asiento, como el muñeco de un ventrílocuo al final de la representación.

Bajamos de distintos vagones; el inglés seguía dormido, apoyado en mi hombro. Aquella misma noche desaparecía para siempre. Ella volvió hacia Alemania, a Colonia, donde nos debíamos reunir tres días después.

Durante tres días no hicimos otra cosa que dar la mayor vuelta ferroviaria posible para llegar a Colonia. Vicente no salió del hotel en toda la semana. Apenas probaba bocado; se pasaba el día tumbado en la cama, mirando la bombilla o mirando la calle a través de los visillos, sentado en un pequeño sillón de mimbre. Cada media hora bajaba en camisa a la conserjería a preguntar si había algún recado para él. Sin poder alejarme demasiado de su lado, refugiado en la vecindad de la estación, pensaba en mi próxima vuelta, pensaba (prescindiendo del fracaso) quién sabe si influido por esa indeterminación moral que un día se transforma en anhelo ferroviario, los silbidos lejanos y los nombres nocturnos y el silencio mercurial de las vías en la noche, si un día sería posible dejar de preguntarse por la clave de un porvenir que por fuerza había de estar en alguna parte.

Me tropecé con él en la escalera, acompañado de dos policías. Se había echado el abrigo sobre la camisa abierta, y, sin afeitar, sorbiendo en el aire un catarro inminente, cruzó ante mí sin volver la mirada.

La habitación había sido ordenada; había hecho las maletas dejándolas abiertas. Junto a una chaqueta vuelta por el forro y encajadas junto a la tapa había metido con cuidado aquella media docena de tazas de café con las que, una vez, quisimos demostrar la espontaneidad de una aventura insensata.

[1961]

Los padres

Era ya tarde, la orquesta estaba tocando *Even* y un grupo pequeño y apretado bailaba en la pista, casi a oscuras, cuando entraron cinco individuos.

Estaba próximo el verano y, a pesar de la lluvia, se sentía ya un inminente calor. En el local —un sótano aprovechado hasta los escalones— cuatro ventiladores pretendían aligerar la atmósfera cargada, agitando cintas de todos los colores.

Los cinco individuos, encabezados por el más bajo de ellos, se adelantaron hasta la balaustrada del arranque de la escalera para observar a las parejas que bailaban en la pequeña pista circular: un grupo cerrado, lento, apenas sin otra luz que los reflejos tardíos sobre los hombros desnudos, que parecía haberse congregado allí no por un azar, sino para despedir melancólicamente toda una época y un momento que ya no podían existir. El local era estrecho, alargado y bajo de techo. Las paredes estaban pintadas de un cierto color grosella, tapizadas en algunos rincones con una tela oscura y neutra; lo habían decorado de una manera indecisa y contradictoria, que pasaba sin transición de un ambiente de albergue inglés —falsas ventanas emplomadas, vigas de madera, una chimenea inútil con una campana para colocar trofeos y algún grabado de caballeros enfundados en sus casacas rojas partiendo al galope a la caza de la zorra y alejándose de un palacio Reina Ana— a una cúpula marinera, sobre la pista de baile, circundada de maromas de escayola y banderas del código.

El más joven de ellos parecía haber bebido en exceso; se había cogido al brazo de un hombre alto y delgado, con la nuez prominente, detenido en el tercer escalón sin quitarse la gabardina. De vez en cuando, el otro lanzaba a todo su alrededor una mirada de extrañeza, con las cejas fruncidas, para refugiarse luego en el pecho del alto. Bajaron los escalones, bordearon la pista de uno en uno —tratando de llevar derecho al borracho— y se sentaron en la barra.

—Un café para éste.

Los demás tardaron en contestar. Más que aburridos, parecían intoxicados, contemplando inertes la sala humeante bajo las luces indirectas. El más pequeño, colocando un cigarrillo en una boquilla higiénica, hizo un gesto al barman para que lo encendiera:

—Un ron con Coca-Cola. Y una rodaja de limón.

Fumaba dejando ver los dientes, apretando la boquilla. Los otros tres pidieron coñac; el quinto, vestido con un traje verdoso y muestras de luto, se fue al otro extremo de la barra a iniciar una conversación ambigua con la única mujer que quedaba libre. Hubo un cambio de luces y la orquesta calló, retirándose los músicos —con pantalones blancos y camisas cubanas, las mangas como guirnaldas de papel— con sus instrumentos. Un hombre de esmoquin blanco y clavel en el ojal anunció por el micrófono —con una voz dulzona y gangosa— la segunda parte del espectáculo.

Una pareja diminuta —casi enanos— bailó primero una jota, tan propia para aquel lugar como un oficio de difuntos, y luego un baile flamenco y unas sevillanas, con otras dos parejas.

Cuando se extinguieron los aplausos, el hombre de esmoquin blanco anunció de nuevo en la pista la actuación de Roger, el artista más discutido de Madrid, que volvía a la sala tras una triunfal gira por Europa y América. Salió corriendo, vestido con una blusa de grandes lunares y una faja roja, para detenerse en el centro de la pista y hacer una reverencia, enfocado por un haz de luz blanca. De detrás de la penumbra, salieron algunos aplausos que se extendieron débilmente por la sala.

Primero fue un número de malabarismo, que la joven sentada en el extremo de la barra, reclinada en la pared con un codo desnudo sobre el mostrador, fue la primera en aplaudir. De vez en cuando sonreía al hombre con traje verde y mostraba una muela de oro. El más pequeño, sentado en el centro de la barra, volvió la espalda a la pista, mirándose en el espejo de la estantería, ajustándose el nudo de la corbata entre dos botellas:

—Esto está muy muerto, esta noche.

—¿Por qué no te tomas el café?

De nuevo salió Roger, vestido de calle, con una gorra de campo y un largo pañuelo blanco que empezó a anudarse al cuello. «Roger parodiará ahora...», dijo desde la penumbra la voz, una emulsión de melaza impregnando de falsa dulzura una noche de despedida: las telas neutras, las luces esquivas sobre los tripudos búcaros en los rincones, la canción saltarina volviendo con funeral repetición sobre las teclas de un piano descompuesto que iba a anticipar el fin repentino e inesperado de algo cuyo principio se había olvidado...

—Tómate ese café.

El más pequeño le miró de soslayo, fumando en boquilla y apoyado con los dos codos en el mostrador. De tanto en tanto, se volvía a contemplarle, haciendo ostensible la distancia y un algo del disgusto que podía producirle como cabeza responsable; aun cuando su posición superior a todos los demás estuviera de sobra inmunizada. De repente, acompañada de un rápido cambio y juego de luces blancas y rojas, sonó una barahúnda de tiros por todas partes: mesas que rodaron, botellas que estallaron y cuerpos humanos que se desplomaron en el suelo: en el centro de la pista, emergiendo de una delgada columna de humo que salía de un revólver de cartón, con el lazo caído por el pecho y la gorra en la nuca, aparecía lentamente la cabeza de Roger, contemplando los estragos de su puntería. Otra vez el aplauso recorrió toda la penumbra humeante, caras pálidas y sombras tras las pantallas y las cortinas, ojos instantáneos y pendientes que brillaron al resplandor de las lamparillas.

—¿Qué? —el más pequeño volvió otra vez la espalda a la pista, contemplándose en el espejo entre las botellas. Lanzaba el humo hacia el techo y miraba sus manos rodeando el vaso—. ¿Estamos en la sesión infantil?

El barman no le respondió, limpiando la coctelera.

—Me parece que está lloviendo todavía.

Se empezó a oír entonces por todo el ámbito —se diría que era capaz de enajenar los sonidos y colocarlos sobre cualquier lugar que se le antojara, transformando un jarrón en flemático reloj de una estación olvidada, alargándose la pista y difuminándose en el polvo y el vacío de un andén— el tictac en aumento de un reloj inquietante combinado con el silbido —primero—, luego las fatigadas emboladas de una máquina de vapor alejándose impasible de un lugar amenazado por el abandono.

Desde las mesas en la penumbra, salían las voces coreando nombres conocidos. Eran siempre voces femeninas, desde detrás del humo, descubriendo todo su descarado, vicioso y ofensivo metal al levantarse y brillar en la penumbra con la fosforescencia de las baratijas y los cigarrillos encendidos.

—¿Por qué no nos vamos?

—Nos vas a dar la noche.

—A mí nadie me da la noche —dijo el más pequeño con aplomo, haciendo un gesto al barman para que llenara de nuevo su vaso con lo mismo—. ¿Por qué está tan muerto esta noche? ¿Dónde se han metido las chicas?

El otro tenía un aire provinciano. Hasta ese momento, no se había quitado la gabardina: llevaba una camisa azul y una corbata negra, bastante vieja; entre las gafas oscuras y las entradas de la frente, su cara (más que por modestia, por una continuidad de régimen, fiel a la última posición de equilibrio victorioso en que —no boquiabierto pero sí inconsciente— le dejó una sacudida, algo más que una algarada provinciana, veinte años atrás) había desaparecido: no quedaba más que la nuez.

—Vámonos a otro sitio —era todo lo que sabía decir.

—Aguarda —contestó el más pequeño, mirándose las manos.

Apareció un muñeco feo, con cara de golfo, un pelo colorado y alborotado y una expresión permanente de malhumor y alerta, acentuada por unos ojos grandes y negros que se movían a ambos lados con gallinácea rapidez. Lo habían vestido con cuello alto, una levita verde y unos pantalones a rayas, y el hombre de esmoquin y clavel en el ojal lo presentó por el micrófono como el «universalmente famoso» Tadeo.

Era una voz baja pero chillona, cascada, infrahumana, engendrada en un permanente estado de injuriosa ansiedad.

—No te enfades, Teo. Hay que ser amable con el público.

—«¡El público, el público...!»

Agitaba los brazos, girando con la cabeza cerca del suelo y guiñando los ojos en dirección a las mesas: «Oye, Ro-geeer, ¿has visto qué hembra...?».

—Bueno, vamos a ver, Tadeo. Me han dicho que el otro día...

—«Sí, señor Roger...»

Hizo un chiste procaz y en la penumbra surgieron estentóreas las risas femeninas. De nuevo entraron el borracho y el hombre que le había acompañado. El borracho parecía más despejado, calado hasta los hombros y el pelo revuelto: en su boca parecía haberse perfilado definitivamente una sonrisa mezclada de fastidio y de sombría y estúpida aquiescencia. Se apoyaba en el brazo del otro y durante unos minutos, detenido en los escalones en una posición inestable, permaneció con la boca sonriente contemplando atentamente al muñeco.

Surgieron otra vez las risas y los aplausos. El muñeco los recibió con un gesto de sospecha, mirando de soslayo con la cabeza agachada, muy cerca del suelo y lanzando guiños, de tanto en tanto, en dirección a las mesas.

—No seas maleducado, Teo. A ver si demuestras la educación que has recibido.

Fue una rápida letanía de mal disimuladas palabrotas, terminando en un calderón y unos gestos procaces en la misma dirección, una actitud de chulería en la cabeza y en el giro de los ojos, con esa independiente e intencionada malicia del niño que conoce, mide y desprecia la magnitud del castigo.

—¡Teo!

Los labios del ventrílocuo no se movieron cuando habló el muñeco. Sólo empezaron a temblar al quedar callado y suspenso, avergonzado del efecto de sus palabras. Una línea brillante de sudor había aparecido en toda su frente que más de una vez le obligó, sin poder disimularlo, a secarse con un pañuelo oscuro.

—Calla de una vez, Teo. Calla de una vez...

—«Pues ni que fuera yo quien ha empezado, señor Roger...»

Se encaró directamente con el público, las voces de metal ordinario en la penumbra humeante. Llegó a insultarle, a medida que las risas —y en algún momento los aplausos— se fueron sucediendo y solapando, excitándose con su triunfo para exagerar la rotura del vínculo con la hazaña suprema del desprecio...

—«Hay que perdonarle porque es muy tímido, ¿verdad, se-ñor Ro-geeer? Con las mu-jer-es es iguaaal...»

Pareció necesitar un gran esfuerzo para levantarse. Se secó la frente y el foco iluminó su pecho, con el muñeco en el regazo; aun en la sombra, se percibía el temblor de su boca.

El borracho dio un traspié soltándose del brazo del otro, y tuvo que apoyarse en la espalda de un hombre sentado en una de las mesas cercanas a la pista. Dos de ellos se levantaron y un vaso cayó, rompiéndose. El borracho se excusó torpemente y, dando media vuelta, fue hacia el mostrador, atravesando la pista. En el centro, se detuvo cegado, cortando el haz de luz blanca. La voz del muñeco salió detrás, haciendo gala de peor humor:

—«Sal de ahí, hombre, que me estás quitando la luz...»

Luego se oyó un ligero susurro:

—Cállate, Teo.

—«¡Que-te-qui-tes-de-ahí he-di-cho!»

El joven se adelantó hacia él, caminando con las piernas cruzadas y un poco encorvado. Levantó y agitó la mano derecha haciendo sombras chinescas sobre el muñeco.

—«¿Es-que-no-me-oyes? El público quiere verme a mí, bo...»

—¡Teo!

El otro salió a la pista, tirándole del otro brazo: «¡Sal de ahí, hombre!».

Hubo unas risas ahogadas en la penumbra. Algunas sombras se levantaron. Una voz gritó, como si saliera del bosque: «¡Cuidado, Teo!». Entonces el muñeco se enderezó, apeándose para la lucha, abriendo los brazos: una voz más extraña, más dura e inhumana, carente de toda razón, surgiendo como un vómito de una secreta, insondable y sostenida necesidad de venganza.

—«Vamos, mocoso, atrévete, atrévete, si eres hombre...»

—¡Teo, Teo! ¿Qué haces? ¿Qué haces?

El joven dio un paso atrás, sin comprenderlo. Resbaló de nuevo, tirando una silla. Se apagaron las luces. Hubo una risa aislada en un rincón y las sombras se levantaron preguntando qué había pasado. Sonaron unos aplausos que se extendieron artificialmente por toda la sala y se prolongaron cuando las luces se encendieron de nuevo y seis músicos, vestidos con chaquetas olímpicas de color azul eléctrico, aparecieron en el escabel tocando *Bellulah*, unas notas lánguidas y blandas, extendiéndose sobre los vasos y las sombras levantadas, por entre las lamparillas de luz corta y los manteles color crema, con un intenso y ceniciento aroma de despedida a un momento o a toda una época cuya frágil y espuria naturaleza se había roto al mismo tiempo que el vaso.

Le habían puesto otro café delante y todos, menos el más pequeño, trataban de que lo bebiera.

El joven blasfemó. El barman le acercó un azucarero: «No ha sido más que una broma», intentó decir. El joven le miró sin comprenderle.

—¿Qué broma?

Ya no quedaban en el local más que media docena de parejas que bailaban sonámbulamente, arrastradas por un lejano contrabajo escondido en un rincón, un saxo con sordina y algunas notas infantiles de un antiguo piano en descomposición. El hombre más pequeño hizo un gesto al barman, levantando las cejas y metiendo la mano en el bolsillo. Luego dijo al joven por primera vez:

—Venga, tómate eso.

El otro se lo tomó de un trago.

—Llévatelo a casa, Luis —dijo el más pequeño, colocando un cigarrillo en la boquilla— y vuelve enseguida.

Hizo un gesto al barman para que le encendiera el cigarrillo.

—¿Dónde está la salida de los camerinos? —preguntó.

[1970]

Catálisis

(*Catálisis*: Transformación química motivada por cuerpos que al finalizar la reacción aparecen inalterados.)

Septiembre había vuelto a abrir, tras una semana de abstinencia de sol, su muestrario de colores y matices que desde las alturas el clima había escogido para la fugaz temporada del preámbulo otoñal. Las lluvias anteriores habían servido para borrar toda muestra del verano, para cerrar el aguaducho, para llevarse los restos de meriendas campestres y dejar desierta la playa y sus alrededores —el promontorio y la carretera suspendidos en el inconcluyente calderón de su repentina soledad, como el patio de un colegio que tras un toque de silbato queda instantáneamente desprovisto de los gritos infantiles que le otorgan toda su entidad, un mar devuelto a su imposible progresión hacia las calendas griegas, apagado el bullicio con que había de intentar su falsa impresión en el presente.

«Es uno de los pocos privilegios que nos quedan.»

Fueron paseando a lo largo de la carretera, cogidos del brazo, deteniéndose en los rincones de los que habían estado ausentes durante toda la usurpación veraniega, como quienes repasan el inventario de unos bienes arrendados por una temporada. Y aun cuando no pasara un día que no celebrasen los beneficios de la paz que les era devuelta cada año al término del mes de septiembre, en su fuero interno no podían desterrar la impresión de enclaustramiento y derelicción que les embargara con la casi simultánea desaparición de la multitud que tantas incomodidades les provocaba.

Un rezagado veraneante, un hombre de mediana edad que paseaba con su perro, que en un principio les había devuelto la ilusión de compañía hasta el verano de San Miguel, había de convertirse por la melancolía de su propia imagen en el mejor exponente de un abandono para el que no conocían otros paliativos que las —repetidas una y otra vez sin entusiasmo pero con la fe de la madurez, con la comedida seguridad de la persona que para su equilibrio y confianza necesita atribuir a una elección libre y voluntaria la aceptación de una solución sin alternativa posible— alabanzas a un retiro obligado por motivos de salud y economía.

Todas las tardes salían a pasear, en dirección al promontorio y el río, si estaba despejado el cielo, más allá de la playa y hacia el pueblo si amenazaba lluvia; todos los días tenían que comunicarse los pequeños cambios que advertían (todos ellos referentes al prójimo o a cuanto les rodeara) y las menudas sorpresas que aún les deparaba una existencia tan sedentaria y monótona. Porque para ellos ya no había cambios ni margen alguno para la novedad, a fuerza de haberse repetido durante años que envejecerían juntos.

A pesar de vivir en el pueblo (eran las únicas personas con estudios, como allí decían, que habitaban en él durante todo el año) desde bastante tiempo atrás no tenían otros conocidos que los obligados por su subsistencia y solamente de tarde en tarde un pequeño propietario y su señora pasaban a hacerles visita y tomar una merienda en su casa. Tan sólo recibían los periódicos y semanarios de la ciudad y las cartas del banco y no se sabía, desde que asentaron allí, que se hubieran ausentado del pueblo un solo día, a pesar de las incomodidades que provocaban los veraneantes. No eran huraños, no se podía decir que sus costumbres fueran muy distintas a las de la gente acomodada del lugar y se cuidaban con sumo tiento —no lo hacían ni en privado— de no expresar la añoranza de la ciudad o el eterno descontento por la falta de confort o de animación del medio que habían elegido, al parecer, para el resto de su vida.

Se diría que lo habían medido y calibrado todo con la más rigurosa escrupulosidad; que, a la vista de su edad, de sus achaques, de sus rentas y gustos, habían ido a elegir aquel retiro para consumir gota a gota —sin un derroche ni un exceso ni un gesto de impaciencia ni una costosa recaída en el entusiasmo— unos recursos que habían de durar exactamente hasta el día de su muerte; por eso se tenían que pasar de todo dispensable capricho y de la más inocente tentación, no podían sentir curiosidad hacia forasteros y veraneantes ni se podían permitir un brote de envidia, siempre reprimido, o un gesto de asombro ante cualquier emergencia de lo desconocido que permitiese la irrupción en la escena montada para el último acto de la comedia de esos decorados y agentes secretos que todo tiempo esconde a fin de otorgarse de tanto en tanto la posibilidad de un argumento. Empero todos los días debían esperar algo imprevisto, que ni siquiera se confesaban uno a otro. Porque la negativa a aceptarlo, la conformidad con la rutina y la disciplina para abortar todos los brotes de una quimérica e infundada esperanza eran —más que el pueblo tan sólo animado durante dos meses, aparte de los preparativos para el verano y los coletazos de los rezagados— lo que constituía la esencia de su retiro.

Decidieron llegarse hasta el cruce a nivel, un paseo algo más largo que lo usual. Al toparse con él debieron pensar que la situación del hombre del perro no debía ser muy distinta a la suya. «Fíjate, han talado los árboles que había allí ¿te acuerdas?» o «Vete a saber lo que van a construir aquí, una casa de pisos» o «Me ha dicho la panadera que cierran el negocio; van a poner en su lugar una tienda de recuerdos y chucherías y cremas para el sol», constituían el repertorio de frases usuales con que ambos seguían día a día el curso de unas transformaciones que nada tenían que ver con ellos, que tanto contrastaban con aquella tan monástica austeridad que hasta la eliminación de una camisa o un trapo viejo llegaba a suponer un cierto quebranto al duro voto de duración que tan firme como resueltamente habían profesado para poder subsistir.

La lluvia y la desaparición de los veraneantes hicieron el resto en aquel momento; esto es, una nueva acción de gracias por las bondades de su retiro, por el encanto de una naturaleza que volvía con todas sus prendas a enseñorearse del lugar, tras dos meses de humillante servidumbre a los requerimientos de la moda estival.

«Fíjate cómo huele aquí; qué delicia. Cuatro gotas y cómo se ha puesto todo esto.»

Una acción de gracias con renovada fe, con tan sincera convicción que apenas dieron importancia al nuevo encuentro con el rezagado veraneante del perro, un hombre de medio luto, con quien se habían cruzado poco antes en el mismo sentido y que, por consiguiente, hubo de hacer el mismo camino que ellos con mayor rapidez y tomando un itinerario paralelo.

Se detuvieron a escuchar el canto de unos estorninos que, en un frondoso seto de plátanos, también se preparaban para el viaje. Se asomaron a contemplar el mar en la revuelta de la carretera sobre el promontorio, olas grandes y distanciadas que rompían a sus pies con una reverencia de reconocimiento y vasallaje a todos los que —como ellos— se habían elevado por encima de las contingencias diarias para sacrificarse en lo último, atentos tan sólo a lo inmutable. Pocas veces se habían alejado tanto por la tarde; era uno de esos días que rebosaban seguridad y firmeza, tan necesarias para los seis meses de frío. Con frecuencia habían comentado cómo aquellos paseos fortalecían su espíritu.

«Nos acercaremos hasta la venta. Todavía oscurece tarde y tenemos tiempo de sobra. Hace una tarde magnífica.»

La venta distaba todavía casi un kilómetro. En los últimos tiempos sólo habían llegado hasta allí, a sentarse bajo el alpendre a tomar una cerveza o un refresco, cuando alguien del pueblo les había acercado en el coche.

Ya habían descendido la cuesta del promontorio, enfilando la recta al término de la cual se hallaba la venta —tras una revuelta, escondida entre una masa de árboles— cuando ella se detuvo súbitamente, para escuchar algo que no llegó por entero a sus oídos. «¿Qué ha sido eso?», preguntó mirando hacia el cielo, «¿no has oído nada? ¿no has sentido algo raro?»

Fue como un relámpago diurno que, sin acompañamiento del trueno, al ser apenas vislumbrado por el rabillo del ojo necesita de una confirmación para despejar la inquietante sensación que deja el visto y no visto. «No sé... por allí, o tal vez por allí ¿no has visto nada?»

«Allá lejos debe haber tormenta. Está el tiempo muy movido. No sé si será mejor que volvamos.»

«Vamos a acercarnos hasta la venta.»

Siguieron caminando, con frecuentes miradas hacia el cielo, cambiando entre ellos esas frases tranquilizadoras que todo ánimo optimista espera que alcancen y persuadan a los elementos para que refrenen sus impulsos tormentáceos.

Llegaron a la curva cuando todavía quedaba un par de horas de luz. Impaciente por localizar su objetivo estiraba el cuello o salía de la calzada para apaciguar la inquietud que se había apoderado de sus pasos. Y de nuevo ella se detuvo de repente, con los pies juntos y la boca abierta, completamente inmovilizada, con la mirada fija en el frente.

«¿Qué te pasa?»

Sacudió su brazo, tomó su mano y la apretó con fuerza, una mano inerte a través de la cual sintió que pasaba a su cuerpo todo el flujo de su espanto, casi reducida a la nada en el momento en que, todo el campo sumido en el repentino silencio que preludia a la tormenta, cuando se siente que se han agazapado hasta los seres invisibles, en otro punto muy distinto pero también a sus espaldas, percibió —no vio— el relámpago, el desgarrón conjunto y contradictorio de un cielo y un mar que tras el espejismo mudaran hacia un continente más falso y grave, como el niño que con su cuerpo trata de ocultar el desperfecto que ha causado; en un momento envejecidos y deteriorados por una película de vicioso óxido.

Se había vuelto para observar al paseante del perro —inverosímilmente lejano, aun cuando terminaba de cruzarse con ellos, en el mismo momento del trance— cuando despertó.

«¿Y la venta? ¿Dónde está la venta?», preguntó.

Fue aquella insistente pregunta lo que colmó su desorientación. Se adelantó unos pasos, dejándola sola en la carretera, se encaramó a un pequeño montículo para otear en todas direcciones y volvió aún más confundido.

«Me parece que la hemos pasado.»

«Es a la vuelta de aquella curva.»

«No sé en qué íbamos pensando. Vamos a volver de todas maneras.»

Pero ella le miró de manera singular; carecía de expresión pero la incredulidad se había adueñado de tal manera de todo su cuerpo que no pudo reprimir un gesto de disgusto.

«Vamos», le dijo, tratando de volverla en dirección opuesta a la que habían traído. Pero ella se mantuvo rígida, con la mirada puesta en el frente.

«Es inútil», contestó.

«¿Qué es lo que es inútil? Vamos, se va a hacer tarde. Es hora de que volvamos.»

«Es inútil», repitió.

«Pero ¿qué es lo que es inútil?»

«Todo. Todo ha cambiado. Fíjate cómo ha cambiado todo. Dame la mano. Fíjate.»

Obedeció y se produjo de nuevo el relámpago, acaso a consecuencia de la descarga que sufrió a través de su mano. Todo había mudado, en efecto: tras el deslumbramiento provocado por el rayo, todo en su derredor —sin producirse el menos perceptible cambio— era irreconocible, de igual manera que la fotografía de un paisaje familiar, cuando ha sido revelada al revés, no resulta fácil de identificar porque no esconde ningún engaño.

Dieron unos vacilantes e ingrávidos pasos, en la misma dirección que habían traído; luego pronunció unas palabras inconexas.

«La venta..., el fondo, más al fondo.»

«Eso es, más al fondo.»

Quedaron inmovilizados, cogidos de la mano y mirando al frente de la carretera boquiabiertos, sin mover un músculo ni hacer el menor signo cuando el hombre que paseaba con su perro se cruzó de nuevo con ellos, sin reparar en la inusitada imagen que componían.

Tampoco el perro se volvió a mirarlos, marchando apresuradamente, con la cadena tirante.

En cuanto a ellos... los últimos vestigios de su percepción no les sirvieron para advertir que además del perro se ayudaba de un bastón, siempre adelantado y casi inmóvil sobre sus rígidos y acelerados pasos, no giraba la cabeza y ocultaba sus ojos tras unas gafas oscuras.

[1972]

Syllabus

El primer año tras su jubilación fue tan amargo y difícilmente llevadero para el profesor Canals que, cuando una institución privada le ofreció desarrollar un extenso ciclo de conferencias para un número muy restringido de especialistas y profesores, no vaciló en volver a aquel remedo del servicio activo no sólo al objeto de ocupar tan buen número de horas vacías sino decidido a coronar su carrera con un curso de inusitada índole, pensado desde años atrás, que la cronología administrativa había abortado antes de que pudiera prepararlo con el rigor que caracterizaba toda su actividad docente.

Se hubiera dicho que la jubilación le había cogido desprevenido; que la rutina de la cátedra, los libros y la vida académica, al empujarle hacia el límite de la edad activa le había convertido en un hombre tan olvidadizo y desdeñoso respecto al reloj y al calendario que a duras penas pudo sobreponerse a la avalancha de horas de ocio que había de sepultar con la indolencia la conclusión de una obra pensada y desarrollada en buena parte durante vigilias nocturnas y veranos interrumpidos por viajes al extranjero.

Acostumbrado desde siempre a trabajar entre horas llegó a temer que la carencia de obligaciones urgentes pudiera suponer, por paradoja, una cesación de aquella inspiración creadora que tanto más generosa y enérgica se demostraba cuanto más apremiado se hallara por los compromisos oficiales. Por eso, la invitación vino a infundirle tan nuevos ánimos y tantos arrestos que se decidió a utilizar el curso para desarrollar aquellas lecciones —extracto y contradicción de muchos años de disciplinada labor— que hasta entonces su propia ortodoxia académica no le había permitido exponer en un aula pública.

Sin que llegara a constituir una sorpresa para aquellos pocos que bien porque habían gozado de una cierta intimidad con él, bien porque habiendo seguido su obra con interés y continuidad habían sabido descubrir las insinuaciones a la rebeldía y las veladas amonestaciones a los axiomas de la ciencia que de manera sibilina introdujera en su monumental corpus, reputado por todas las sociedades cultas de España y América como un inconcuso hito en lo sucesivo imprescindible para toda investigación histórica de su tierra, lo cierto es que con aquel postrer curso el profesor Canals, al adivinar que contaba ya con pocas oportunidades para revelar lo que había mantenido siempre si no secreto al menos velado por la penumbra del escepticismo, quiso dar todo un giro a su trayectoria precedente, llevando al ánimo de su reducido auditorio un espíritu de censura e ironía respecto a sus propios logros como para darles a entender que sólo con aquella burlesca nota contradictoria y regocijante podía coronar una obra para la que hasta entonces no se había permitido la menor de las licencias.

Acaso por esa razón el curso fue cobrando a medida que progresaba una mayor resonancia y expectación, llegando a constituir tal acontecimiento dentro de la etiolada vida cultural del país que los hombres que regían la institución que lo patrocinara empezaron a pensar en una segunda edición dedicada a un público más vasto. Pero el Profesor se negó rotundamente a ello, alegando motivos de salud y ocupaciones privadas y familiares, resuelto a limitar la lectura de aquella especie de testamento a los pocos que desde el origen, y antes de que se pusieran de manifiesto sus secretas intenciones, habían acudido a él para requerirle su último gesto de docencia. No sólo se negó a ello sino que reiteradamente cursó las instrucciones precisas para que, a la vista de las numerosas peticiones, se limitara con todo rigor la asistencia al aula a las personas que se habían inscrito en el curso durante el período abierto para la matrícula, no vacilando para ello en desoír toda suerte de recomendaciones de colegas y personajes principales que hasta aquel momento habrían jurado que podían gozar de toda su confianza y deferencia. Tan sólo hizo una excepción con un joven estudioso de una Provincia lejana que, rechazando para sí el vehículo de las cartas de recomendación o la influyente intervención de un tercero, le hubo de escribir una carta tan medida y sincera que el profesor no dudó en enviarle, a vuelta de correo, la tarjeta de admisión tras haber rellenado y abonado él mismo la ficha de inscripción.

Para los asistentes no podía ser más satisfactoria la conducta de su maestro que así les situaba en una situación de privilegio, tan codiciada por muchos colegas y conocidos; gracias a ello se había de crear, en la ostentosa, achocolatada y semivacía sala de conferencias, ornamentada con una decoración de rocalla y frescos dedicados al triunfo de la industria y el comercio, un clima de intimidad que había de permitir a Canals ciertas actitudes y extremos que estaban lejos de su mente cuando tuvo la primera idea del ciclo. No sólo hacía gala de una erudición que —se diría— acudía voluntaria a su memoria en el momento oportuno, sin necesidad de ser reclamada para ello a fin de corroborar con un dato incontestable una afirmación que de otra forma podía ser reputada como aventurada, sino que de tanto en tanto un espíritu mordaz —e incluso chocarrero— se permitía los mayores desaires sobre esa clase de saber basado en el saber de otros, al igual que el señor que, inesperadamente y a espaldas de ella, se permite toda clase de bromas acerca de la servidumbre que mantiene y da rendimiento a su hacienda. Y no era infrecuente que toda la sala —un grupo selecto y reducido, devuelto a sus años de estudio y obligado a dedicar a aquella sesión semanal un buen número de horas de estudio, a fin de poder recoger todo el fruto de tantas insinuaciones sutiles e inéditas interpretaciones que ponían en jaque toda disciplina poco acostumbrada a someter a juicio sus propios cimientos— irrumpiera de tanto en tanto en estruendosas carcajadas o unánimes ovaciones con que la asamblea celebraba el triunfo de un espíritu que había sabido en el declinar de su vida liberarse de las ataduras impuestas por la más honesta y sincera de las vocaciones.

Al profesor Canals no pudo por menos de sorprenderle la incomparecencia de aquel hombre que, a pesar de haber obtenido mediante un precio tan exiguo —tan sólo una carta escrita en los términos precisos— un premio que al decir de él mismo tanto ponderaba, de tal manera se demoraba en cobrarlo. Conocía de sobra su auditorio para saber que no se trataba de ninguno de los presentes quienes, con muy escasas excepciones, habían acudido con puntualidad desde el primer día. Se hallaba a punto de escribirle para conocer la causa de su incomparecencia (pensando que tal vez se había extraviado su respuesta) cuando, en la conferencia que a sí mismo se había señalado como límite de su silencio y de su espera, denunció la presencia de un hombre que por su aspecto y por su tardanza no podía ser otro que su corresponsal de provincias; se trataba de un hombre joven, prematuramente calvo y de pelo rubicundo, que tomó asiento en una silla separada del resto del auditorio por toda una hilera vacía; que a diferencia de casi todos los presentes no sacó papel ni hizo el menor ademán para tomar apuntes; que escuchó toda la charla con inmutable actitud y que al término de la misma desapareció del aula sin darse a conocer ni hacerse ostensible, aprovechando la pequeña confusión que en cada ocasión se creaba en torno al solio, cuando algunos asistentes se acercaban al Profesor para inquirir acerca de cualquier detalle del que precisaran algunas aclaraciones.

Idéntico desenlace se había de repetir en ocasiones sucesivas sin que al profesor Canals le fuera dado en ningún momento llegar al trato con aquel hombre que manifestaba su reconocimiento de manera tan singular. Tal vez fuese eso

—unido a la poco elegante costumbre de entrar en la sala una vez iniciada la conferencia— lo que despertó su impaciencia; o aquella postura distante e inmutable, correcta pero adobada con un matizado gesto de insolencia, como si más que a escucharle o aprender acudiera allí con el propósito de demostrar —aunque sólo fuera con su indiferencia— que en modo alguno se hallaba dispuesto a dejarse influir por su ciencia, por su oratoria o por su magnanimidad.

No acompañaba con sus risas al resto del auditorio, no tomaba notas, en ningún momento asentía, jamás se acercó al estrado. No sólo se cuidaba de que su expresión reflejara la falta de interés que le provocaba el acto sino que —la cabeza ladeada apoyada en la mano derecha; dos dedos en la sien y otros dos bajo el labio inferior forzaban un rictus de la boca de augusto e incorregible desdén— parecía empeñado en demostrar que su presencia en la sala no obedecía ni a una necesidad ni a un deseo, sino al cumplimiento de un fastidioso compromiso que le obligaba a permanecer durante una hora escuchando unas cosas que nada le decían, que para él carecían de todo atractivo, de todo ingenio, de todo rigor y toda novedad y que —ateniéndose a su despectivo talante— a su juicio solamente podían causar impresión en el pequeño grupo de papanatas acomodados en las filas delanteras.

Incapaz de recurrir, en su situación, a otras armas el profesor Canals trató en un principio de sacarle de su indiferencia con miradas y frases cargadas de intención y simpatía, con gestos y palabras secreta y expresamente pensadas para él y, por encima de un auditorio incapaz de percibir aquellas fugaces dedicatorias, en especial dirigidas hacia él. Su discurso se fue oscureciendo, cargado de sentidos ocultos que sólo él —así lo presumía— estaba en situación de aprehender. Y hasta en ocasiones le hizo el objeto directo de sus invectivas, llegando a forzar algún giro de su dicción para convertirla en pieza de acusación —acompañada de todo el peso de su justo enojo— contra aquella presencia que de manera tan desconsiderada como desagradecida se había permitido romper la armonía de una fiesta a la que tenía derecho y a la que no estaba dispuesto a renunciar. Fueron gestos y palabras imprudentes con los que sólo había de conseguir un efecto contraproducente; porque lejos de moverle de su acrisolada indiferencia sólo había de afianzarle en ella, en cuanto el Profesor, al comprender que su oyente se había percatado de todas y cada una de las insinuaciones que le dirigiera, no tuvo más remedio que aceptar la situación de inferioridad —ignorada para el resto del auditorio— en que le situaba la tácita, suficiente y despectiva declinación de todos sus secretos ofrecimientos.

En días sucesivos optó por olvidarse de él y eludir su vista aunque no pudiera, de vez en cuando, dejar de levantar los ojos hacia el lugar que ocupaba para constatar la permanencia de su presencia y de su actitud, y a pesar de que cada una de aquellas rápidas (pero a continuación deploradas) comprobaciones suponía una caída en el vacío, tantas veces señalada por un hiato o un silencio que si bien el Profesor se cuidaría de reparar y reanudar gracias a su mucha práctica, no por eso dejarían de repercutir en el tono de aquellas lecciones condenadas a perder la agilidad, el vigor y la despreocupación que las distinguiera durante la primera parte del curso.

Contra su voluntad se vio obligado a recurrir a la lectura, a hundir la mirada en las hojas mecanografiadas —con el consiguiente tributo a la espontaneidad que no podía pasar inadvertido a sus oyentes, añorantes de aquel espíritu burlón que había desaparecido del estrado para dar entrada a cierta monotonía— y protegerse tras el intenso haz de luz del flexo, aislado en lo posible de aquella presencia vislumbrada a través de una nube de polvo. Incluso llegó a tener dificultades con la lectura, su pensamiento puesto en otra parte: porque fue entonces cuando —para sus adentros, mientras leía— vino a interpretar el origen de tanto desdén: no acudía allí a escucharle sino que —poseedor de unos conocimientos y un poder más vastos que los suyos— se permitía tolerar su actividad a la que en cualquier momento, con una mínima intervención por parte suya, podía poner fin. Ésa era la causa de su zozobra; ésa era la mejor razón para que, durante todo aquel período, al término de cada sesión en la frente del profesor Canals surgiesen innumerables gotas de sudor que una mano temblorosa y anhelante secaba con un pañuelo una vez que se vaciaba el aula.

En estas circunstancias se produjo el momento de alivio. Algo más que un momento. La tarde en que el Profesor, a punto de alcanzar el límite de su resistencia, estaba decidido a anunciar la reducción del curso —y si no lo hizo antes fue por el temor y la vergüenza a hacer pública su rendición en presencia de quien la había consumado— al levantar la mirada hacia la sala comprobó que el asiento del oyente de provincias se hallaba vacío y eso bastó para procurarle tal alivio que pudo seguir adelante sin tener que llevar a cabo su resolución. Vacío había de permanecer durante varias sesiones consecutivas y en la sala volvió a campear su espíritu animoso y despreocupado, que resucitaba la facundia y el ingenio de los primeros meses, que le devolvía la confianza y seguridad en sí mismo necesarias para completar el ciclo tal como lo había programado en su origen. Aquellas herméticas sentencias, cuyos secretos sentidos tantas veces escaparan a la concurrencia, volverían a aclararse por obra de su propia ironía, y aquel talante taciturno y apesadumbrado quedaría despejado por la un tanto impúdica concepción de la historia, aderezada con la benevolencia necesaria para hacer pasable todo el rosario de abusos y tragedias que constituían la esencia de su relato. Hasta que su atención fue de pronto distraída por un crujido en el suelo y un rumor de sillas en el fondo de la sala: había vuelto el oyente de provincias que, con el mismo gesto de fastidio y suficiencia, tomó asiento bastante apartado del auditorio habitual.

Se produjo un largo silencio, una tan estupefacta paralización del Profesor que algunos asistentes volvieron la cabeza para observar al recién llegado, en busca de la causa de tan inesperado cambio. De repente el profesor Canals despertó, animado por una súbita inspiración; cruzó las manos sobre la mesa, inclinó el fuste del flexo para iluminarlas con mayor intensidad y, dirigiendo la mirada al techo, reanudó su disertación con inusitada energía y precipitación para —a partir del punto donde había quedado a la llegada del intruso— hilvanar una sarta de consideraciones de oscuro significado y difícil intelección —salpicadas de citas y frases en latín, griego y hebreo—, pautadas de tanto en tanto con intensas y furiosas miradas al fondo de la sala.

Aquellos que tomaban notas dejaron el lápiz para escuchar la coda, solemne, emocionante; los más se inclinaron hacia adelante en la esperanza de que el acortamiento de la distancia en unos pocos centímetros les devolviera lo que el cambio les había arrebatado o, al menos, entenebrecido. A la postre, cuando para rematar aquellas turbias ideas acerca de la constitución del Estado el profesor Canals extrajo del bolsillo una tira de papel donde había escrito la frase con que Tucídides explica la retirada del más sabio de los atenienses de la escena pública, a fin de preservar la armonía de quienes no sabían ver tan lejos como él, frase que chapurreada con tosca pronunciación nadie sería capaz de localizar ni encajar en el contexto de la lección, no había hecho sino alinear las últimas armas de que disponía; sólo esperaba su inmovilidad, la permanencia de su gesto de desdén, a fin de desenmascararle ante sí mismo, y no pretendía más que, al abusar una vez más de su ficticia superioridad, denunciar la ignorancia de la que se había prevalido para ostentar lo que no era. Pero el joven prematuramente calvo y rubio, no bien hubo terminado Canals de leer su cita y quitarse las gafas para observar el efecto que producía en el fondo de la sala, se levantó con flema y, tras dirigir al Profesor una mirada cargada con su mejor menosprecio, abandonó el local sigilosamente en el momento en que el conferenciante —de nuevo absorto, boquiabierto e hipnotizado— se incorporaba de su asiento en un frustrado e inútil intento de detención y acompañamiento, antes de desplomarse sobre la mesa y abatir el flexo.

[1972]

Sub rosa

I

Las circunstancias que rodearon el último viaje del *Garray*, conduciéndolo al naufragio y, en último término, al procesamiento criminal de su capitán, don Valentín de Basterra, son todavía de sobra conocidas del público para ser repetidas en toda su extensión y detalle.

La curiosidad y ansiedad que despertaron tan trágicos sucesos no sólo quedaron satisfechas con el esclarecimiento de los mismos durante la vista del proceso —del que en su día se ocuparon, con copiosas y pormenorizadas informaciones, todos los diarios de la nación— sino también con la sentencia que recayó sobre el único encausado y que por su propio rigor, unido al aura de misterio y sacrificio que envolvía a aquel hombre enigmático, llegó a crear un estado de opinión tan clamoroso que movió a la Corte —más atenta en aquel momento a la sedición política que a un demasiado estricto cumplimiento del código— a conceder un indulto que la capa más culta y dubitativa de la sociedad, salvo contadas excepciones, recibió con alivio. A decir verdad el caso llegó a crear en ciertos ámbitos un problema de conciencia que empezaba allí donde terminaba la capacidad del aparato judicial para lograr una satisfactoria verificación: y no de los hechos que —de manera incontrovertible— se demostró que constituían materia de delito sino de las intenciones y móviles que los provocaron y cuya investigación resultó poco menos que imposible tanto a causa del escaso número de testigos y testimonios cuanto por la reluctancia del encartado —tras la aceptación y confesión sumarias de su culpa— a explicar las raíces de su conducta. Como en parecidas ocasiones, los más penetrantes aprenderían con ello una sempiterna y siempre olvidada lección: que la verdad es una categoría que se suspende mientras se vive, que muere con lo muerto y nunca resurge del pasado; y que por lo mismo que su resurrección no es posible se espera siempre su advenimiento, porque la verdad puede ser no una cifra ni un hecho ni una abstracción sino algo que vive pero no se manifiesta. Y por eso algunos detalles...

La triste popularidad que un día despertara el capitán Basterra había de etiolarse en cuanto las puertas del penal de Santa María se clausuraran tras él, con una sentencia capital sobre sus espaldas. A partir de aquel momento bien puede decirse que desapareció y dejó de existir como parte integrante de la sociedad; encerrado tras los muros del penal hasta el recuerdo de un nombre, perdida toda posibilidad de convertirse en un símbolo o una alegoría, había de quedar borrado por un indulto que liberándolo del garrote lo abstraería del mundo de los vivos para reducirlo a poco más que un servicio penitenciario y un registro en los libros del establecimiento.

Con la misma rapidez con que había entrado en la conciencia del ciudadano, salió de ella sin dejar la menor reserva ni duda, ni el más residual interés por su persona, gracias a la completa satisfacción que había de procurar el perdón real. Tan borrado como una noticia pasada o una deuda amortizada nada tiene por consiguiente de extraño que la noticia del fallecimiento de un hombre que veinte meses atrás había acaparado la atención del país, no saltase a las columnas del periódico local.

Así pues, con excepción de los funcionarios del establecimiento penal y los pocos familiares que dejara el difunto, nadie había de enterarse que el un día famoso oficial finalizaba sus días en la celda —menos de dos años después de ser pronunciada la sentencia—, en un acelerado proceso de diselpidia.

Sin embargo, no faltaron personas, relacionadas al parecer con el partido liberal, que tras la obtención del indulto vieron en su caso suficientes puntos oscuros como para utilizarlo con fines políticos. Aprovechando el concurso de voces amigas que en su día habían gozado de toda su confianza, fueron varios los intentos que se hicieron cerca del capitán para que firmara la solicitud de revisión de su proceso. Ni que decir tiene que tales iniciativas sólo secundariamente estaban informadas por un interés en la suerte personal de un hombre que, sufrido y experimentado, sensible como pocos para adivinar los verdaderos móviles de unas presuntas pruebas de solidaridad y unos deseos de rehabilitación, solamente sabría ver en todo ello, con dolor y desprecio, una nueva demostración —por más encubierta, más lacerante— de la incomprensión que le rodeara.

En todo momento, Valentín de Basterra rehusó prestarse a tales maniobras. Tras haber cancelado, el día de la sentencia, el poder general para pleitos que otorgara a sus abogados, nadie sino él —a no ser un fiscal que no demostraría la menor voluntad para ello— gozaba de capacidad jurídica para tramitar las formalidades de la revisión. A todos los que acudían a visitarle en su reclusión los despachaba con prontitud, sin hacer la menor concesión o promesa, indiferente a un asunto que para él ya estaba concluido y resuelto, sordo a todas las sugerencias, incapaz de contemplar las perspectivas de su rehabilitación y tan intransigente a un cambio respecto a la decisión que había tomado que más de uno habría de salir con la sensación de inferioridad jerárquica que provocaba aquel hombre que, del otro lado del locutorio, conservaba la arrogancia que había mantenido siempre en el puente.

Ni siquiera habían de moverle un ápice las súplicas de una hija que, casada y residente en Gijón, se había de trasladar al

Puerto (ciertamente también había hecho el viaje a Cádiz, seis meses antes, para asistir a la vista del proceso) a fin de persuadirle a aceptar las iniciativas de quienes sólo querían favorecerle y tan desinteresadamente habían abrazado su causa. Ya que no por él —le vino a decir—, debía hacerlo por el buen nombre de su familia, por la memoria de su difunta madre y por el porvenir de unos nietos que para siempre habrían de llevar, si él no lo impedía, un nombre cargado de ignominia. Apenas le replicó, pero en su mutismo pudo adivinar la negativa a cumplir con aquel segundo sacrificio que nadie —ni su hija, ni sus nietos, ni la memoria de los seres queridos o el buen nombre de los homónimos— tenía derecho a exigirle. Su decisión estaba tomada —le vino a decir— y nada le podía producir más enojo e incomodidades que los intentos de arrebatarle con insidiosas promesas la paz que había adquirido con la aceptación de la sentencia. Parece ser que en una de sus postreras visitas llegó a tener un acceso de cólera en el momento en que, antes de retirarse, llegaron a sus oídos las palabras de su antiguo abogado, aconsejando a su hija paciencia y perseverancia, palabras que fueron cortadas por una orden violenta y estentórea a fin de detenerles en el centro de la estancia y obligarlos a escuchar su última voluntad: «¿Acaso cree usted que por estar sujeto a la disciplina de este lugar voy a prestarme indefinidamente a sus caprichos? No les recibiré en lo sucesivo; no acudiré aquí mientras no reciba por escrito la seguridad de que renuncian a los buenos oficios de su misericordia» .

Tras escuchar el dictamen del médico de la prisión, en el sentido de que sus desvelos no aportaban ningún bien a la salud de su padre, patológicamente receloso respecto a todas las iniciativas que buscaran una mejora o alteración de su suerte, su hija volvió a Gijón sin haber obtenido otra cosa que su consentimiento, ante la promesa de la administración, a un posible traslado a los penales de Santoña o San Carlos, a fin de tenerlo más cerca y hacer más frecuentes y económicas las visitas de su único pariente. A los pocos meses había de recibir una carta del mismo facultativo informándole que su padre padecía una desesperanza maligna, tan crítica que ni siquiera respondía a un casi clandestino tratamiento de estimulantes que, sin conocimiento por su parte, le estaba aplicando a fin de liberarle en lo posible de su cada día más acusado abatimiento. Aunque la carta no dejaba prever la inminencia de su fin, el tono en que estaba escrita —con detalles muy precisos acerca de su pasividad y atonía, su absoluto desinterés por todo, su total carencia de apetito de vivir— parecía insinuar que el cuerpo de su padre se había embarcado en un viaje irreversible. Ciertas dificultades domésticas —y las económicas no eran las menores— le impidieron hacer un viaje que día a día se veía postergado por las promesas de la administración de llevar a cabo el traslado del recluso a un establecimiento del norte. Y cuando decepcionada por la lentitud de la máquina administrativa y la insustancialidad de las promesas impartidas por los responsables del penal, se decidió a visitar de nuevo a su padre, acuciada por el temor de no volver a verle, le llegó en un despacho oficial la noticia de su fallecimiento de muerte natural, ocurrida en la celda, como colofón del largo e inexorable proceso de desesperanza que había hecho presa en el cuerpo del recluso.

Si Valentín de Basterra se llevó a la tumba las secretas motivaciones de una conducta bastante inexplicable —y que sólo bajo el marchamo de la locura fueron tímidamente expuestas y demostradas por la defensa como atenuantes del crimen—, en cambio algunos y muy importantes extremos relativos al último viaje del *Garray* solamente después de su muerte habían de ser esclarecidos o, mejor dicho, complementados con dispersas revelaciones que —habiendo muerto o desaparecido, algunos también tras los muros de los penales del Estado, casi todos los protagonistas de la tragedia— tan sólo tendrían interés ya para la pequeña crónica negra, para los buscadores de noticias de almanaque o para los eternos insatisfechos con los procedimientos de la justicia. Si el conocimiento de tales detalles no llegó hasta el dominio público, el hecho se debió sin duda a que ya no cabía encontrar en ellos materia para el escándalo; por el contrario, la ampliación del conocimiento de los sucesos con fuentes y detalles desconocidos en el proceso vino a poner de manifiesto el riguroso e irreprochable proceder de un Tribunal que, basándose sobre todo en el testimonio de un hombre convicto y confeso de otros crímenes que nada tenían que ver con la causa, aceptó y demostró la culpabilidad de aquel sobre quien, a la vista de los hechos entonces probados, recaía toda la responsabilidad de la tragedia. No cabía poner en duda que en el último acto de esa tragedia el barco ya no se hallaba bajo su mando; toda la documentación —la de mejor crédito que cabía obtener, a falta de los papeles del barco y del testimonio de aquellos que promovieron la suspensión de su mando— venía a demostrar que la deposición se había hecho con arreglo al código y las regulaciones propias de la firma propietaria del barco y si los hechos promovidos por el capitán Basterra, que habían de desembocar en la tragedia, obedecían al intento de restablecer una disciplina y una jerarquía, ante la insubordinación de una tripulación que le juzgó incompetente para el mando y exigió su relevo en la forma prescrita, ¿qué nueva luz podía arrojar un suceso que el más interesado en ponerlo en claro poco menos que había pasado por alto? Al no haber sido acusado de sedición por falta de pruebas concluyentes, ¿a quién podía beneficiar una nueva culpabilidad —excepto al más que dudoso y abstracto prurito de esclarecimiento de la verdad— si aquel que la había aceptado en su totalidad no había podido o querido hacer uso de ella para mitigar la suya propia?

Por muy incomprensible que pareciese la conducta de aquel hombre a aquellos compañeros que le habían tratado o conocido, que habían servido bajo sus órdenes o simplemente habían hecho suya la causa de su defensa y su buen nombre, mucho más lo habría de parecer al curioso investigador provisto de la paciencia necesaria para reunir y ordenar las aportaciones con que el reflujo del tiempo y las sucesivas desapariciones enriquecen y oscurecen el conocimiento de un hecho casi inextricable. Las muertes son también naufragios, que dejan sueltos pequeños residuos insumergibles en el olvido y que liberados de aquel destino único empecinado en la supervivencia arriban al litoral como testimonio de un secreto que ya apenas despierta interés. Años después de la muerte del capitán Basterra un armador de La Habana completará su testamento con un codicilo estipulando una manda para beneficio de su más próximo sucesor; un miembro de la tripulación del *Garray* escribe una casi ininteligible y fantástica relación del viaje que el correo deposita en el consulado español de Veracruz; un sacerdote de la provincia de Oriente afirma haber recibido en secreto de confesión la verdadera historia de la tragedia que demuestra la verdadera naturaleza del capitán... que uno o dos años después es desmentida por las últimas palabras de un borracho que amanece en El Malecón para cerrar su delirio con el relato de sus culpas... y de tiempo en tiempo, y con frecuencia decreciente, van surgiendo los contradictorios vestigios de un suceso que carecerá para siempre de verdad, de la misma manera que un portento no presentará nunca el mismo cariz a los diversos testigos que lo presenciaron, hasta que el olvido y el desinterés se cierran definitivamente sobre él, como las aguas del Atlántico —su atención despierta instantáneamenre por la indefensa víctima que con su imprudencia ha venido a interrumpir su sueño— se soldaron y cerraron de nuevo sobre el remolino de espuma negra donde desapareció el casco del *Garray*.

A los pocos meses de ocurrida, la tragedia estaba tan olvidada que tampoco aquellas confesiones de última hora —insuficientes para rellenar el vacío de una columna escasa de sucesos— volverían a despertar el interés por uno de tantos misterios de la mar. La verdad acerca de él ya no podría nunca establecerse, extricándola de una maraña de relaciones confusas, contradictorias e inverificables, envueltas por el silencio del protagonista. Aparte del afán de rehabilitar su nombre ya no existía el móvil para una labor que a nadie reportaría el menor beneficio. Y el anónimo descendiente, empeñado en averiguar los móviles de la conducta de su antepasado, o simplemente el curioso investigador atraído por las fragosidades del enigma no acudirían a la cita con que el silencioso y esquinado capitán Basterra los emplazara, una vez aplacados los ánimos y disipada la turbulencia del caso. Se podría afirmar que su propósito de ocultación obedecía a algo más que al abatimiento sufrido por una persona que al final de su carrera se enfrentaba con una ignominia sin paliativos. Pero durante el juicio demostró tal entereza y tesón —nada propios de un hombre vencido y abochornado por su falta, intimidado por su suerte y temeroso del castigo— que bien puede suponerse que de haber elegido la palabra, en lugar del silencio, habrían cambiado algunas cosas. De ahí que muchos abrazaran la teoría de su propio sacrificio, en evitación de mayores males, como cabeza de turco para encubrir a cambio del indulto la responsabilidad de otro u otros personajes que para evitar el escándalo tuvieron que recurrir al testimonio de otro hombre castigado por la ley; o para comprar su silencio con el silencio de la justicia respecto a pasados delitos toda vez que en una carrera como la de Basterra, después de casi cuarenta años de navegación por unos mares donde todavía era frecuente la piratería, donde el delito era el hábito de los más y la ley de la fuerza una necesidad para la supervivencia, era más que probable que su hoja de servicios no estuviera exenta de posibles inculpaciones que de ser expuestas y probadas constituyeran materia bastante para enviarle si no al patíbulo sí al menos a presidio por un plazo suficiente como para evangelizar a un canónigo. Habida cuenta de que la mitad de esos años no había tenido, como capitán, que dar cuenta de sus actos más que a unos armadores más que satisfechos de que al término de cada viaje se cumplieran los términos del contrato y de que en numerosas ocasiones —que incluían sin duda negocios de trata— había navegado en su doble condición de capitán y consocio en los fletes, se comprenderá en parte la voluntad de silencio de un hombre enfrentado a un Tribunal en cuyo poder obraba el conocimiento de muchas cosas pasadas que si bien nunca habían salido a la luz pública no por eso dejarían de ser manipuladas en contra suya. Sin duda que eso no lo explica todo; en rigor no explica nada ya que para que existiese un clima dominado por la coacción, debía postularse previamente la existencia de aquellas personas o intereses hacia los que se dirigía esa coacción. El capitán estaba solo, no tenía sino que defenderse a sí mismo y a nadie ni a nada parecía proteger con su culpa. Ésta fue en su día la impresión que dejara sobre los observadores más imparciales que, habiendo sabido ver en él el primer obstáculo para el esclarecimiento de los hechos, un muro ante el que hasta se habría estrellado la acción de la justicia si insatisfecha con su declaración —convicto y confeso de su crimen— hubiera deseado llevar más adelante su investigación desdeñando una culpabilidad hacia la que apuntaron desde el primer instante todas las circunstancias y testimonios, nunca lograron desentrañar la procedencia y la dirección de aquella hipotética coacción que le forzó al silencio. Para los más avisados (los primeros que habían aventurado e incluso asegurado la existencia de un misterio —fundamentado en la necesidad por parte de la Ley de recurrir a los testimonios de hombres fuera de la Ley— y de una u otra forma habían de reconocer finalmente el sentimiento de decepción que les deparaba la imposibilidad de llegar al fondo del mismo) no hubo otra coacción que la engendrada en el espíritu del propio capitán, demasiado orgulloso como para adoptar ante el Tribunal una actitud distinta de la solemne y silenciosa admisión de su participación en un crimen que no sólo cometió con todas las agravantes sino que siempre consideró como única solución (no justa ni conveniente ni forzada por su temperamento ni elegida en un momento de pasajera demencia, tan sólo única) para cualquier hombre colocado en sus circunstancias. Por consiguiente, el misterio se reducía a saber cuáles eran aquellas circunstancias que sólo él —tampoco los testigos que prestaron su declaración, algunos transportados de otro penal y custodiados por la fuerza pública, las conocían— podía aclarar. Tan sólo se vino a decir, como es costumbre, que a bordo las cosas presentan siempre otro cariz y así lo insinuó —sin verdadera y vehemente convicción— la defensa. Desde el momento en que hizo su entrada en la sala y se sentó en el banquillo, humillado ante un Tribunal que le observaba desde tamaña altura —exactamente en la posición inversa a la que él había llevado durante muchos años de vida a bordo—, quedó de manifiesto que no expondría sus razones; razones que posiblemente no tenían entrada en el código ni en la religión porque el lenguaje del odio, del cual no podía sustraerse, no tenía entrada en aquella Sala; porque no estaba dispuesto a abjurar de unas convicciones que nunca podrían comprender los hombres que habían de juzgarle. Y no habiendo avenencia —dijeron los más sagaces— entre su naturaleza y la ley no cabía para él, elevado al solio de su propia dignidad por principios en muchos aspectos antagonistas a los de la sociedad civil, no cabía otra actitud que la aceptación de la culpa recibida como una prueba de fuerza por parte de quien en el último episodio del conflicto había demostrado ser el más poderoso.

Por eso se diría que nunca —pese al juicio— llegó a ver su crimen con arreglo a los mismos cánones que la sociedad. Y de la misma manera que no lo aceptó como tal, admitió en cambio su derrota a manos de un Enemigo con el que, lo sabía de antemano, no cabía dialogar en una sala de justicia. Aceptó la culpa porque él mismo era un justo. No cabían las transacciones y avenencias. Tal vez por eso no pudo escuchar con paciencia a su hija ni nadie logró convencerle de las consecuencias de un empecinamiento que, en el momento de empuñar su pistola, estaba ya resuelto a no transigir. En cuanto a la deshonra, no sabía introducir tal concepto en sus cálculos ni por ende podía calibrar el valor de la legitimación, de la misma manera que habría desestimado la coacción. Y desde el mismo momento en que tomó asiento en el banquillo —convencido de que no había para él más que una sentencia— aprestó su ánimo al resultado final, dictado también por el único credo que en secreto había profesado toda su vida y que el indulto que llegó de Madrid apenas alteró un ápice.

II

La independencia de los estados americanos que en buena medida apenas modificó, durante la primera mitad del siglo XIX, el estado de la cosa privada en lo que se refería a la propiedad y el comercio terrestres tuvo efectos de mucha trascendencia sobre los negocios marítimos, incluso sobre el comercio que se desarrollaría entre las recién nacidas repúblicas y la vieja metrópoli. Mientras que la tierra, en su generalidad, siguió en poder de las mismas manos que la poseyeran y explotaran durante la época colonial, en todos los puertos del Atlántico, del Caribe y del Pacífico pronto empezaron a establecerse con gran profusión armadores ingleses, franceses, holandeses y americanos, ávidos de heredar los antiguos privilegios comerciales de los españoles. Gente avezada en ese trabajo y acostumbrada a la libre competencia, a menudo apoyados por una fuerte organización en su país de origen, eran capaces de ofrecer a los negociantes americanos unas condiciones tan amplias y flexibles que pronto colocaron a muchos de sus colegas españoles en la alternativa de remozarse o abandonar el campo. Como más de una vez ha ocurrido en circunstancias semejantes, los primeros indianos en advertir la magnitud del problema apenas fueron escuchados por sus compatriotas y patrones de ultramar y tras algunos años de vacilaciones, advertencias y llamadas de atención pronto se vieron en la necesidad de romper sus vínculos sociales y contractuales con la metrópoli para establecerse por su cuenta, a menudo con ayuda de capital extranjero, y fundar nuevas sociedades y casas de contratación con arreglo a las ideas que habían recibido de sus competidores.

Tal fue el origen de la firma Douaze & Dapena, S en C, el uno francés de origen, hijo de acomodados terratenientes sorianos el otro, que con su sede social en La Habana en pocos años y gracias a la energía e iniciativa de ambos socios había de llegar a ser una de las casas de contratación más eficaces de todo el Caribe. Su código era bien simple: sus únicos vínculos dignos de respeto eran los comerciales y —exentos de una cierta gazmoñería respecto a la arruinada tradición— no vacilaron en recurrir a los hombres y los barcos mejor preparados para mantener, vigorizar e incrementar aquéllos en el momento en que, pasado el torbellino de la independencia y el período de postración y tribulación comercial del primer cuarto de siglo, el tráfico entre los dos continentes conoció un notable incremento.

En contraste, los que optaron por su fidelidad a los hábitos, métodos, hombres y barcos del tiempo de la férula real no tardaron en verse arrinconados. Nada era más usual en aquellos tiempos que el triste espectáculo de los viejos patrones vagando ociosos por los muelles de La Habana, de Cartagena o de Maracaibo, quejosos de la invasión extranjera y lo bastante dignos o achacosos como para aceptar un puesto de tripulación; o el de aquel que con orgullo había enarbolado la enseña de correo en su palo mayor para a la postre verle, hundiendo la cara en las solapas alzadas de su tabardo, a fin de pasar inadvertido en la abigarrada y heteróclita fila de hombres que espera paciente ante el pupitre del sobrecargo, frente a una goleta americana que amarrada al muelle ha izado en el trinquete la bandera cuadrada y roja; o el del viejo queche, atestado de hombres mal pagados, que necesitando una semana para llevar de las islas al continente una docena de mulas y unos sacos de grano, aún pretende aminorar el rápido curso de un airoso bergantín con un saludo de cortesía que pronto se convierte en un coro de protestas. Para Douaze & Dapena tales casos no pasarían de ser meras reminiscencias hacia las que solamente la misericordia les obligaría a dedicar una menguada bolsa de dinero, sin la menor pretensión de vuelta. Arrinconando los viejos cascos se decidieron por armar tan sólo barcos capaces de cruzar el Atlántico en menos de tres semanas y con preferencia construidos en la costa americana entre Nueva Escocia y Newport, de más de ciento cincuenta toneladas y menos de doscientas cincuenta, equipados con el más moderno y sólido utillaje a fin de ahorrar miembros de tripulación y acortar en lo posible las onerosas estadías. En cuanto a la tripulación, carecían de toda clase de prejuicios, bien dispuestos a contratar gente del oficio, lo mismo americanos, griegos, africanos, kanakas y hasta algún que otro cimarrón; y tal era su énfasis en procurar lo más adecuado —técnica y comercialmente— a cada caso, haciendo oídos sordos a cualesquiera injerencias, que en más de una ocasión se vieron obligados a enmendar una primera decisión sólo para evitar un agravio a una persona de influencia, comprometida con viejas amistades y apegada a usos de otros tiempos.

Pues bien, una carta de piloto de Douaze & Dapena pronto sería considerada en aquellas latitudes como un diploma en el arte de navegación. Las primeras reservas de ciertos capitanes, poco acostumbrados a determinadas limitaciones y exigencias, serían sin tardanza puestas de lado a la vista de las atractivas condiciones y remuneraciones que ofrecía la firma, y aun cuando en los primeros años de su actividad no faltaran los plantes —difíciles de mantener cuando el empresario es capaz de contratar aquí y allá— a partir del momento en que la firma supo demostrar que podía llevar el negocio adelante contra cualquier clase de boicot, apenas tuvo ya necesidad de hacer públicas sus ofertas para que acudieran a sus puertas unos hombres bien dispuestos a trabajar para la casa. Por lo general los patrones de Douaze & Dapena eran hombres jóvenes, de menos de cuarenta años y con más de veinte en el mar, de cualquier nacionalidad. Ya se habían apagado, en aquellas tierras y décadas, hasta los más imperfectos y asordinados ecos del estruendo de la revolución del 89; y si hasta allí habían llegado frases inacabadas, un tropel de adjetivos y parrafadas y arengas, fórmulas que en sí apenas decían nada desprovistas de su necesaria y original fogosidad, por el momento para gobernar un barco, lo mismo que una hacienda, volvía a buscarse al hombre de oficio con cuanto menos espacio para las ideas sobre la sociedad dejasen las convicciones y conocimientos sobre el mando y el mar. Una de las pocas excepciones era el capitán Basterra, un hombre que ambos socios —que le conocían de antiguo y con el que en ocasiones habían negociado en comandita— buscaron desde el primer momento con cierto ahínco. Se trataba de una excepción porque cuando lo contrataron frisaba ya los cincuenta años, llevaba más de treinta en el oficio, había cruzado el Atlántico en todo objeto con línea de flotación, había doblado el cabo de Hornos más de una docena de veces —por todos sus pasos y en ambas direcciones, en todas las estaciones del año— y, por encima de todo, contaba con un historial que muy pocos hombres dispuestos a seguir en el puente eran capaces de mejorar.

No era un hombre envanecido ni que se hiciera de rogar; tampoco se le habían de subir los humos porque a lo largo de dos años de travesía por el Pacífico en todos los consulados encontrara un despacho instándole a ponerse en comunicación con una nueva casa de La Habana. A todos ellos contestó escrupulosamente, sin hacer esperar la respuesta, pero dejando bien sentado que se hallaba decidido antes de entrar en cualquier clase de trato a dar cumplida satisfacción a los compromisos que tenía contraídos. Sin duda era un hombre que sabía aprovechar su carácter grave y su reputación de seriedad para observar con comodidad y sin prisas los ajetreados y a veces quiméricos proyectos de cuantos vivían del negocio.

No gustaba de la respuesta pronta ni, por supuesto, jamás denunciaría entusiasmo alguno por una cierta empresa. Aquello que fue tomado por una reservada negativa, aunque se atribuiría más adelante al cansancio y apetito de reposo de un hombre que ya no deseaba sufrir más sobresaltos en la coda de una vida profesional que si bien le había permitido acumular una discreta fortuna invertida en bienes de tierra adentro en treinta años no le había eximido de un solo día de trabajo, se había de demostrar pocos meses más tarde como un rotundo mentís a quienes demasiado prematuramente le habían jubilado. Por la actitud pausada y grave con que hizo su entrada en las oficinas, por la manera humilde con que se dio a conocer y, tras colgar la gorra en la percha, se decidió a esperar sentado en el borde de un estrecho silloncillo de peluche, por el gesto con que observó el suelo, entrelazó sus manos sobre su rodilla y al cabo de un rato, cortando las salutaciones, inquirió: «Díganme, ¿de qué se trata?», ambos socios pudieron colegir que el capitán Basterra, el mismo de siempre, estaba una vez más decidido a cumplir una misión —sin exigir emolumentos o participaciones desmesurados— como cualquier meritorio oficial elevado al puente, por necesidades que no admitían demora, a falta de una persona más avezada. Y con un trato que en una mañana de febrero, unos días después, quedaría cerrado no sólo le dieron el mando de su mejor barco, un bergantín de unas doscientas toneladas, de construcción inglesa y fletado en sociedad con un americano, sino que le destinaron la oficialidad más diestra y prometedora que pudieron reunir, con el propósito de formar aquellos cuadros que, con dos o tres años en la escuela de Basterra, saldrían más que capacitados para tomar el mando.

Sus métodos eran de sobra conocidos y despertaban una confortable confianza: de entrada exigía de la compañía un poder para llevar a cabo, sin previo aviso a los armadores, cuantas operaciones tuviera a bien ejecutar; firmaba personalmente todos los contratos con sus hombres, se constituía en único responsable ante la ley a la hora de litigar y dejaba bien claro el principio de que todo convenio quedaría automáticamente rescindido —el hombre con sus bártulos depositado en el primer muelle que tocase el barco— en cuanto a su leal saber y entender el interesado no cumpliese a su satisfacción lo que se interesaba de él. En contraste, hablaba muy poco, dejaba a cada cual en completa libertad, dentro del marco de su jerarquía, para el cumplimiento de sus funciones y solamente asomaba por cubierta para visitas de rutina o en circunstancias que escapaban a la competencia de sus subordinados; pero jamás interfería en sus labores; era ya un hombre lo bastante viejo (y seguro de lo que cabía esperar de cada momento y cada circunstancia) y lo bastante sagaz como para disfrutar con el mando, y nada fortificaba tanto su espíritu y su humor como verse acertadamente secundado; no sólo nunca ponía el menor obstáculo a la ascendente carrera de un oficial sino que con frecuencia —con astucia disimulada con una falsa negligencia— hacía voluntaria dejación de obligaciones propias de su puesto a fin de abrir un portillo libre a las iniciativas de sus segundos. Pero, por lo mismo, en cuanto un desmedido afán de mando, con alguna intemperante intromisión y unas pretensiones que no se conciliaban con la capacidad del individuo en cuestión, trataba de aprovechar su aparente pasividad para adquirir una jerarquía que estaba lejos de merecer, del fondo de su carácter surgía aquel implacable espíritu rapaz que (como el felino que aparentando dormir atrae al gorrión dentro de un dominio que su especie tiene prohibido) saltaba sobre su víctima porque sólo siendo desollada merecía aprender cuál era el orden que había tratado de perturbar y el mando que en vano había desestimado.

En una ocasión, en una travesía a lo largo de la costa chilena, fue lo bastante explícito acerca de sus propias ideas sobre el mando. «El mando, había dicho, no se recibe ni se transmite; se adquiere.» Teniendo a su primero rebajado de servicio a causa de unas fiebres altas y pertinaces, llegó el momento de designar un segundo, elegido por la tripulación y propuesto al capitán según la costumbre de a bordo. Pero un hombre quiso interponerse, un hombre recomendado por sus armadores y que creía gozar de la confianza de ellos, un hombre orgulloso y ávido de distinción que voluntariamente se había distanciado de sus compañeros a causa de sus pretensiones. Y bien, en aquel momento Basterra calló, ni siquiera le permitió adivinar su pensamiento y cuando la comisión fue a interesar a su capitán la designación del segundo, Basterra señaló a aquél a despecho y a sabiendas de lo mal recibido que sería un gesto tan impropio. Sabía que no tenía capacidad para aquel puesto y no buscaba otra cosa que demostrarlo con sus propios hechos. No tardaron en producirse las negligencias, los desmanes y la desobediencia en la guardia de babor y no habían transcurrido diez días desde la designación del segundo cuando a raíz de un incidente nocturno, a través del primer oficial le fue comunicada al segundo la decisión del capitán de rebajarle del servicio por toda la duración del contrato, a menos que decidiera rescindirlo y abandonar el barco en la primera escala. No lo hizo así, cobijado en un taciturno despecho y haciendo estopa a regañadientes por el resto de la travesía, pero en el ánimo del capitán Basterra debió quedar grabada la señal de una advertencia —la sospecha de un recelo hacia su propia confianza— que tal vez había de influir en su conducta cuando tiempo después se encontrara frente a unas circunstancias que guardaban con aquélla ciertas similitudes. Porque la imagen de aquel vanidoso y distante segundo se había de proyectar numerosas veces sobre la figura del primer oficial del *Garray*, Ernesto Saint-Izaire.

Lo conoció, y lo tuvo por primera vez a sus órdenes, en una travesía para cargar pieles y madera de construcción en algunos puertos de la península de Labrador, un viaje corto y casi todo él con tiempo bonancible, el tercero o cuarto que realizase para la consignación de Douaze & Dapena, en una goleta americana de ciento ochenta toneladas, rebautizada

Martina Calero y matriculada en La Habana. Era un joven natural de la isla, sobrino de Douaze en segundo grado y muy apreciado por él; huérfano de padre, había sido educado con esmero; antes de cumplir los veinte años había viajado por Europa y tras residir durante más de un año en la Marsella de Luis Felipe había vuelto a Point au Pitre enfundado en uno de esos apellidos, Saint-Izaire, de tanto efecto en la vieja colonia. De su estancia en la tierra de sus mayores volvió convertido en un hombre pagado de su porte y seguro de su capacidad para hacer una fortuna en poco tiempo, de talante impenetrable y descontento, cuyo aspecto un tanto delicado ocultaba una notable fortaleza de carácter y de físico, al decir de los que habían convivido con él. Y sobre todo un exagerado laconismo y un humor inmutable —siempre un mismo gesto adusto, como si nada pudiera satisfacerle— constituían su mejor defensa contra un genio desabrido y un hipertrofiado talante crítico. Pero era hombre eficiente —como había de reconocer sin ambages el capitán Basterra— «de los que parecen siempre sobrados de tiempo y, sin aparente esfuerzo, todo lo llevan en orden».

El viaje de vuelta de Terranova y Nueva Escocia no adoleció de otros incidentes que los provocados por una larga sucesión de turbonadas, antes de rebasar los bancos del Sable, que durante dos días y dos noches obligaron a ambas guardias a permanecer sobre cubierta a consecuencia de la orden del capitán —quien atento al barómetro esperaba en todo momento vientos más fuertes—, decidido a seguir navegando de bolina, arrizando las gavias. Por poco acertada que encontrara el segundo aquella medida, tuvo buen cuidado de callarse, ordenando y observando el incesante halar y arrizar con una actitud que si quería significar su desacuerdo al capitán no debió pasar inadvertida. Cuando después de cincuenta horas de fatigas amaneció un tercer día con cielo despejado, una mar tranquila y vientos moderados del suroeste, al tomar la altura y comprobar el escaso progreso realizado a costa de unos esfuerzos que bien podían haberse ahorrado arriando todo el paño, es posible que aquel orgulloso y pagado de sí mismo segundo se cuidara de poner de una u otra forma de manifiesto lo bien fundada que estaba su discrepancia. No era el capitán Basterra un carácter que supiera sobrellevar una censura que sin aflorar a los labios había denunciado un vicio en su manera de navegar; por lo mismo que no perdonaba, no olvidaba. Incómodo siempre en presencia de un hombre —un joven sin demasiada experiencia anterior, cuyo acierto se debía más a un golpe de suerte que a una visión acertada de la situación— cuya mirada bastaba para despertar en su seno muchas acusaciones y reproches, sin embargo optó por mantenerlo a su lado —aun cuando nada le hubiera sido más fácil que solicitar de los armadores la dispensa de sus servicios o su traslado a otro barco— y no tanto para cuidar y acelerar su aprendizaje cuanto para utilizarlo para su propia disciplina, intransigente respecto a cualquier negligencia que supusiese un menoscabo en el bien cimentado edificio de su autoridad.

Por consiguiente, a su arribada a La Habana, tras dar cuenta del viaje a la Compañía, formalizó la inscripción de su segundo a su servicio y, no queriendo alargarse en explicaciones, señaló los párrafos escritos de su puño y letra que hacían hincapié sobre su irreprochable conducta, su capacidad para el mando y su eficacia en el puesto, no vacilando en afirmar que en poco tiempo sería merecedor de un puesto de primer oficial y, de mantener su progreso, en un par de años se le podría encomendar el mando de un barco. Sus opiniones en tales cuestiones eran siempre tomadas en consideración y nadie habría de oponer la menor reserva a una de sus particulares, no muy frecuentes ni gravosas pero siempre inesperadas imposiciones que, sin pasar a la letra escrita, sus patrones sabían que era forzoso aceptar y respetar como garantía de su continuidad al servicio de la firma. Sus pronósticos se cumplieron; durante un par de años lo tuvo a su servicio a bordo del *Martina Calero* tanto como segundo como primer oficial. Un día, tras una larga época de rutinaria actividad, Basterra —al echar el ancla en un puerto de California, con un cargamento de grano y reses y con propósito de poner a continuación proa a Vancouver donde cargar pieles y lumber—, recibió en la sede del agente de la Compañía instrucciones de Douaze & Dapena de confiar el mando del barco al capitán Evans —un americano que a tal efecto esperaba puntualmente en la oficina, con la cartera negra de los documentos credenciales bajo el brazo— y de pasar a Veracruz a la mayor brevedad posible, haciendo el viaje por tierra a través del istmo mexicano, para hacerse cargo de un nuevo servicio. Allí se despidió de Saint-Izaire, el hombre con el que había mantenido una relación distante y estricta y con el que en los próximos tres años apenas había de cruzarse en tres ocasiones en lugares muy distintos, en la oficina de la consignación o en un muelle desierto, bajo la lluvia de diciembre. No había de volver a verle hasta el viaje del *Garray*. Pero estando previsto que el *Garray* viajaría a España al mando de Saint-Izaire y habiendo oído Basterra que el viaje, además de realizarse sin pasaje, encubría una misión especial, con el pretexto de visitar su tierra y su familia que no había visto en diez años, solicitó el mando de aquel barco porque sabía de antemano que sus armadores accederían a ello.

III

(Menos que en cualquier otra, en esta ocasión no quiere Basterra dar impresión de impaciencia ni dejar que en el ánimo de sus armadores —o en el de Saint-Izaire— germine la sospecha. No cuenta más que con cinco días. Esa misma tarde compra un caballo y al día siguiente —muy de mañana, con una bolsa de provisiones y una gran cartera de documentos— parte bajo un fuerte aguacero en dirección a Pinar del Río. Pero en Marianao deja la calzada principal para tomar la del litoral y seguir hacia Mariel donde pernocta esa primera noche, incapaz de hacer más camino a causa de la lluvia. Algo antes de la madrugada escampa y, sin despertar a nadie, dejando un dinero en lugar ostensible, abandona la casa para continuar su viaje por la calzada de la costa hasta un punto solitario que conoce de tiempo atrás. Allí toma un camino vecinal que tira hacia tierra adentro y a pesar de que es más de mediodía y ha comenzado de nuevo a llover, obligando al caballo a apretar el paso se interna por la Sierra del Rosario para llegar al collado de Zamacay bien entrada la noche. Tras reposar unas horas al abrigo de un aprisco, antes de que claree el día se pone de nuevo en camino de forma que hacia el atardecer cruza la carretera de Pinar del Río, más allá de Consolación, que abandona poco más tarde para —de nuevo por caminos vecinales— derivar hacia el sur y alcanzar su punto de destino, unos cuantos diseminados bohíos no lejos de un conjunto de edificaciones más recias que se distinguen más por sus sombras que por sus débiles luces en la primera noche despejada desde que ha salido de La Habana. Es una plantación extensa y rica, bastante poblada, denominada La Calota, que incluye tres ingenios de azúcar y grano; separado por un bosque de centenarias ceibas un exiguo poblado formado por unos cuantos bohíos y alguna casa de fábrica, vive de su eventual comercio con la hacienda y, utilizado como alojamiento por el peonaje que desde Pinar del Río y Consolación acude allí en busca de trabajo, en la época de la zafra es utilizado como mercado de mano de obra. Pero siempre parece desierto, no se oye una voz, no se ve un alma y tan sólo de detrás de una cerca de vez en cuando el golpe de un martillo sobre unas tablas viene a recordar que aún alienta una actividad que no ha cejado en su lucha contra el hambre.

Empuja la puerta y llama con voz queda, pero no obtiene respuesta. La estancia se halla apenas iluminada por el resplandor del fogón donde aún se queman unas brasas que sin fuerza ni reserva de combustión exhalan un aliento azulado, del color del hielo, para preservar en su agonía su último calor. Se despoja del capote y lo cuelga de una alcayata, encima del fuego; luego repasa sin curiosidad los objetos y enseres de la habitación, examinando con una desdeñosa atención aquellos que no conoce. De nuevo vuelve a sonar en las cañas el repique del aguacero, unos golpes admonitorios y aislados como sobre la piel tirante de un tambor, seguidos de la furiosa y chillona barahúnda de una hueste que ha salido al unísono de su escondite para lanzar su denodado ataque que pronto ha de amainar, hasta degenerar en el prolongado susurro por su fracasado empeño. Sale de nuevo para dejar el caballo a resguardo y examinar la calle —en unos minutos convertida en una lengua de barro bajo la lluvia que fosforea en un torbellino de partículas paralelas incandescentes— y, sospechando una ausencia más prolongada de lo que ha supuesto, tras repasar con el dedo una perola con restos de un cocimiento de harina, se tumba en el banco cerca del fuego y pronto cae dormido.

Cuando despierta el fuego ha sido avivado, la mujer bate la harina puesta a cocer y la niña le observa desde detrás de sus sayas. No le saluda, no le pregunta cómo es que se encuentra allí, de dónde ha venido, qué le trae por la casa; le dice solamente que no tardará en darle algo de comer.

—¿Qué ha ocurrido? —pregunta él.

Pero no le contesta en un principio, atenta a la labor. Después de secarse las manos, primero en la bayeta y luego en el delantal, se encoge de hombros y dice:

—Tenía que ocurrir algún día.

A Basterra le basta:

—¿Cuándo ha sido?

—Ya va para un mes.

Basterra pregunta:

—¿Y el francés?

—Vete a saber —dice ella, atenta al cocimiento del arroz y la harina. Da un manotazo a la niña para que se aparte un poco de ella.

—¿Qué va a ocurrir ahora?

—Se los llevan a España. Allí los colgarán.

Lo dice sin darle importancia; nada en su talante tiene prioridad sobre su quehacer ante la cocina, arruinada y fortificada al mismo tiempo por su abyecta y triunfal degradación, el demoníaco poder de la carne cuarteada y las ropas harapientas, carentes ya de color, el veredicto de la noche y de la lluvia sobre el fugaz fulgor del fuego en su mirada.

—No se andarán con remilgos.

Sin mirarle retira el plato del fuego, vierte sobre la masa unos trozos de fruta y se lo acerca, más allá del fogón, colocando una cuchara a su lado.

A duras penas Basterra puede refrenar su hambre. No ha probado bocado en diez horas ni ha comido caliente en treinta; no puede hablar y aunque a toda costa trata de disimular su apetito, avergonzado de su actitud sólo replica con unos pocos gruñidos. Rebaña el plato hasta los bordes y bebe de un cazo un largo trago de agua. Entonces quiere enmendarse, con unas oscuras, casi ininteligibles palabras de ánimo, alusiones aderezadas de dudas a los sucesos que se avecinan, pero acaso siente que ha llegado tan tarde que su propósito nunca será cabalmente comprendido. Su desánimo y desconfianza han caído demasiado bajo para poder levantarlos en una sola noche, con unas palabras de consuelo, unas promesas que no obligan a nada y una cartera con todo el dinero de que ha podido disponer. No pide nada y tal vez por eso Basterra se siente incómodo, muda pero tácitamente acusado del mal que no padece y no puede paliar; porque ya no puede desarrollar el coraje suficiente para tratar de ponerle un torpe remedio, maniatado por sus compromisos. Lamenta haber hecho el viaje, de manera tan imprudente y precipitada, y en pugna con sus vacilaciones abre la cartera para de seguido cerrarla de nuevo, sin extraer el sobre de papeles. En la soledad cree en sus razones y en una capacidad de persuasión que siempre se demuestra inútil. Todo le inculpa y hasta los más ínfimos agravios se vuelven contra él porque siendo suya la primera falta y habiéndola aceptado todas las demás se justifican por ella y quedan eximidas ante ella.

Ha acostado a la niña, en un camastro al fondo de una pequeña cámara en penumbra separada de la cocina por una raída cortina de algodón. Pero siente su mirada sobre él, inmóvil y carente de pensamiento, absorta en el silencio que más fielmente grabará para siempre el primer momento de su próxima y definitiva orfandad. Comprende que nunca representará nada para esa niña, inmolada en el altar de la soledad y transportada —palabras duras y terminantes, gestos de excéntrica severidad, la pétrea e implacable economía de la miseria, exponente de ese inconsciente juramento de fidelidad a la muerte— al limbo estañado por el odio para ser preservada de la corrosiva evolución de la carne. Se ve a sí mismo mucho más lejos, perseguido para siempre por las recriminaciones y para siempre incapaz de demostrar su (¿inocencia?) honradez. Y aquel intento de venir en ayuda suya se torna tanto más ridículo... porque incluso el mar se convierte en un juguete.

Las luces de la estancia se han extinguido; solamente en un cacharro de cobre subsiste un débil resplandor procedente de las brasas del hogar. No se ha despedido de él pero sobre el banco ha extendido un cabezal y una manta, dando por supuesto su propósito de quedarse a dormir. Cuando por su respiración comprende que duerme se levanta con intención de abandonar el lugar y reemprender la vuelta; abre la cartera y deposita el sobre repleto de papeles en el lugar más ostensible de la cocina pero antes de salir se detiene ante el camastro. Luego la llama por su nombre, con voz queda, y al tercer intento recibe su respuesta, una sola palabra débil y asordinada pero no confusa, como si el último residuo de un ánimo exangüe fuera aquel único destello de una expósita, ultrajada y desarraigada supervivencia. Se sienta en el borde del lecho y palpa su cuerpo, sus rodillas. Luego a tientas busca su mano, en espera de aquella autónoma, involuntaria y perversa réplica de la carne no sometida al orden de la palabra. Pero no la obtiene; por el contrario, al apretar sus dedos toda la mano se contrae —la piel áspera y un poco húmeda, los huesos sin recubrimiento de carne— como un crustáceo que replegara sus articulaciones lenta y penosamente. Ensaya nuevas palabras de ánimo, con otro tono, y explica cómo obligado por sus compromisos a embarcarse en una semana estará de vuelta antes de cuatro meses. Cómo escribirá a sus amigos de España, personas influyentes. Espera sólo un gesto suyo para revelarle el destino de su viaje, pero solamente consigue mencionar el sobre que contiene el dinero, bastante para subsistir cuatro o cinco meses. Tiene que estar de vuelta para el próximo lunes, por lo que le es preciso ponerse temprano en camino para llegar por la mañana a Consolación. No replica nada ni mueve un músculo (el cuerpo refractario al movimiento que parece ahorrar sus energías para fijar su fosilizada huella en el lecho pétreo, más allá de la aurora de la nada; como si en silencio reconociera por primera vez el fútil ultraje de sus apetitos a la impávida y armónica rotación sin antecedentes ni devenir ni siquiera a lo largo de una eclíptica sino al conjuro de moribundos instantes que han de marcar la esférica negación de diurnas generaciones y aniquilaciones nocturnas; como si en silencio se reclamara a sí misma como primer heraldo de una paz anterior al amor y violada por el matrimonio, devuelta tras sus nupcias con la podredumbre al extraterrenal concubinato con el incestuoso y ascético afán de supervivencia y, tras la insólita y súbita rotación del día alrededor de un camino enfangado, devuelta al ardiente y azoico arenal de una niñez desnuda y carente de imágenes, carente de apetitos, glosada por la fábula oriental del niño insomne depositario de todos los destructivos secretos del firmamento), un simulacro de carne enrojecida y espatulada en el latido anterior a su transformación en mármol. No sabe levantarse, su propio brazo bajo el efecto magnético de la corriente que le une a la tierra (y observa; observa el mortuorio resplandor que exhala ese cuerpo exánime y advierte el resultado nulo que arroja la cuenta de sus días; no existe el movimiento; bajo el dosel de los inextinguibles y tal vez pseudosonoros graznidos de las gaviotas también el mar se contrae para sedimentar una losa de ágata donde por una venganza de las aguas queda impresionada su última travesía, sellada y rubricada por la imperturbable, empolvada, rosa y sibarítica mano del astro fijo) queda unido a él por el mismo voto de sacrificio que le insta a volver sobre sus pasos y romper todo compromiso. Ha callado, ni siquiera siente ya la necesidad de confirmar su vuelta porque ese cuerpo desvanecido en ondulaciones resulta invulnerable e indiferente a la palabra, en la sombría yuxtaposición de una colérica y esotérica paz a la quimérica disolución de sus anhelos. Ante él se abre de nuevo la superficie de la mar, colgada sin sustentación de un Destino que aprovecha un momento de silencio para enunciar su acertijo; las palabras son anteriores a su sentido y sólo mucho más tarde advertirá el reflejo de la bujía en las arrugas de las sábanas. Comprenderá también que su propio silencio le ha sido tan hostil como perjuro, que nunca le ha sido permitido expresar sus deseos. Y ahora sin necesidad de entornar los párpados vuelve a la superficie en calma de la mar, un paño de seda iridiscente, bajo un cielo sin promesas que ha trocado su desdén en precoz hostilidad; a la envolvente embriaguez de sus caricias con las que, en su irremisible y solitario destierro, le hará olvidar la mortal desesperanza de sus sueños de tierra y, en su tenebroso éxtasis, en su arriesgado juego, le redimirá por toda la duración del viaje de aquel ilusorio afán de paz ofrecido como decisivo y último premio a la conducta del justo. Le recibirá una vez más con la alegría juguetona de los primeros días serenos y radiantes, a pocas millas de una costa donde queda toda una vida de embuste, con los pies en tierra y la cabeza en las brumas, rodeado por todas partes de avisos amenazadores y noticias imperfectas, para recordarle que —con el aviso del naufragio— en su lecho encontrará aquella reconfortante seguridad derivada de su proximidad y su enfrentamiento con el único, constante y magnánimo Enemigo; ni un solo instante le dejará solo, como el anfitrión solícito que expulsado de la sociedad recibe en su lugar de destierro al amigo de entonces y durante su breve estancia le colma de cuidados y atenciones sin abrumarle a preguntas a pesar de que (pues considera que no es necesario hacerle comprender que soportará y perdurará en el exilio mientras la tierra permanezca dividida en dos bandos irreconciliables) nada espera con mayor ahínco que las noticias frescas de su patria. Se siente detenido y a la deriva, a la merced de minúsculas e imperceptibles corrientes que nunca revelarán el destino que le deparan, incapaz de gobernarse a sí mismo cuando carece de ese impulso al que obedecen los resortes del mando. Y dice para sus adentros: «No he terminado, no he terminado. No puedo dejarlo así». Y dice también: «Es el orgullo». Se levanta y yergue la cabeza porque aún le resta —no lo cree pero así lo espera— una última confianza en sus gestos... o en la póstuma y correcta interpretación de sus gustos y de su inconfesable holocausto. Piensa en el error del mártir; y bien, por muy justa que sea la causa es siempre menos sensible que la carne, y el más devoto sólo cree a medias. Y dice para sí: «Las palabras en la cruz... jamás debió pronunciarlas».

Pero su cuerpo no se ha movido; ya no espera nada. Y piensa: «No apelaré a tu reconocimiento y a tu fe cuando todo se haya consumado. Sé de sobra que todo sigue su curso, nada se conmueve y el sacrificio sólo atañe al mártir. Sólo quiero librarme de mi culpa y sólo yo tengo derecho a saber a donde llega. Por consiguiente no quiero tu reconocimiento, que me privaría de la paz que adquiriré pagando. Estoy dispuesto a pagar y no quiero retribución. Sólo aprecio mi propia recompensa, y por eso considero preferible que sigas en la miseria, dormida y rodeada de miseria y convencida de que nadie volverá a acordarse de tu miseria».

Recoge la cartera y el tabardo y entreabre la puerta de la cabaña. Entonces percibe cómo su cuerpo se rebulle en su lecho, no en busca de él sino de la postura propia de su soledad (que ha ansiado mientras permanecía a su lado). Calcula que antes de una hora amanecerá y desarrienda el caballo que levanta la cabeza, insomne, sereno y carente de asombro, depositario de sus designios y compenetrado con las enseñanzas del justo.

Cuando llegó a La Habana el *Garray* se hallaba listo para zarpar. Los reos —que el Gobierno había decidido trasladar a la metrópoli por razones políticas que le fueron sumariamente explicadas—, custodiados por un piquete de soldados y acompañados por dos oficiales de prisiones, embarcaron en la noche del lunes, bajo la mirada vigilante del señor Chalfont, su segundo, y provistos de grilletes fueron alojados en un camaranchón de la bodega.

IV

Levantó el ancla una mañana despejada, pero excesivamente cálida para tales fechas, de finales de octubre. Con el aire saturado del pronóstico de posibles turbonadas y tormentas, el *Garray* en cuanto cruzó los bajos de Cayo Sal puso rumbo hacia el sureste a fin de enfrentarse con las temidas borrascas lejos de los bancos de las Bahamas y de cruzar el archipiélago entre el Cayo de Santo Domingo y el paso de Mayaguana, con el favor de las corrientes. Al elegir tal derrota el capitán Basterra sabía que encontraría cierta oposición por parte de su primero, partidario de abandonar el golfo —incluso en aquellas fechas— por los estrechos de Florida que conocía a la perfección. Pero la decisión del capitán no estaba tomada tan sólo en aras de las condiciones de navegación sino también en consideración a la seguridad de una misión que no quería ver alterada o entorpecida por un encuentro fortuito en unas rutas muy frecuentadas. Al menos era ése un pretexto que no podía ser puesto a discusión. Así se lo dijo a sus oficiales —en una reunión en la cámara convocada la tarde del primer día, para darles cuenta de sus intenciones— con el propósito de excluir desde el primer momento cualquier clase de malentendido que pudiese dar lugar a ulteriores discrepancias y antagonismos de mayor alcance.

Durante los tres primeros días no se produjo otra novedad que el constante descenso de la aguja del barómetro, cuya causa parecía residir mucho más allá de la raya del horizonte. Noche y día el cielo aparecía despejado y la mar en calma y sólo a la hora del ocaso, cuando el sol enjugaba su frente en un velo translúcido, como si tras su agotadora carrera del fondo del horizonte unas manos invisibles salieran a su encuentro para envolverlo en la túnica balsámica, a punto de cobijarse en su morada nocturna, asomaba la turbamulta de impacientes y encrespadas nubes —salomónicos turbantes y azulinas guedejas y broncíneos cascos, hirsutas pieles de alimaña y un alto penacho gaseoso y rosado que erguido denuncia su jerarquía tras las primeras cabezas— para otear la llanura donde a la hora propicia habrían de llevar la devastación del temporal y transmutarse poco a poco en la sombra de un recio y continuo escarpe a todo lo largo del horizonte para augurar que en cualquier dirección habría un límite para la osadía, mientras las estrellas avivadas por un viento de altura, tras haber sido informadas del próximo acontecimiento, se aproximaban y cernían sobre los palos, ávidas de contemplar el combate anunciado.

Nada preocuparía tanto al capitán Basterra como el fuerte balanceo y las súbitas arribadas de sotavento y aquella tercera noche, en previsión de una borrasca mañanera, primer aviso del temporal, dio orden a la guardia de estribor de arrizar la jarcia fija. Pero la noche transcurrió en calma, tan sólo alterada por los quejumbrosos lamentos de la madera sometida a constantes guiñadas y cabeceos, aullando como el perro que percibe más allá de las serenas tinieblas los anómalos signos que le advierten de la proximidad de la amenaza. En la cuarta noche de travesía poca gente había de dormir tranquila en el castillo de popa del *Garray*; aquella tensa y susurrante calma, como si todos los elementos templaran sus cuerdas y afilaran sus cuchillas, estirando hasta su límite extremo los resortes de un equilibrio preparativo que sólo podía desembocar en su ruptura, no podía ser sino el preámbulo de una tempestad tan intensa como premiosa y cuyo mejor heraldo, la cifra del barómetro, a cada golpe de dedo en el cristal cubría en sentido descendente una división más de su esfera, como para ratificar con su lacónico y oracular vaticinio la sentencia que las alturas no estaban dispuestas a mitigar. Toda la noche había de persistir aquella proterva e inquietante tirantez, orlada de lejanos relámpagos y no transmitida tanto por el cielo —ocultas sus intenciones bajo su más augusta capa— cuanto por la insomne musculatura de las aguas bajo su aparente descanso en la impaciente espera de la orden que había de llegar de allende el horizonte.

Al amanecer del quinto día el viento arreció, trayendo los primeros síntomas de la marejada, pero en ningún momento su fuerza había de pasar de cuatro en la escala Beaufort. Sin embargo, el barómetro de nuevo había descendido sensiblemente. Tras las siete campanadas el capitán se presentó en cubierta, comprobó el rumbo, ordenó arriar los juanetes y arrizar gavias y velachos, para volver a recluirse en su cámara tras requerir de su primero que le advirtiera del menor cambio de la situación. No demostraba el menor interés en permanecer en cubierta en aquellos momentos; no deseaba ver a nadie ni hacer partícipe a nadie de sus aprensiones; sólo quería preservar su aislamiento a fin de prepararse en silencio para el combate que, una vez más, había sido concertado con su terco y pugnaz enemigo a espaldas suyas, para la nueva prueba que el Otro —sabedor de que nunca podría sustraerse a ella— había venido preparando con la ventaja que le concedía su eternamente renovada juventud, espiando todos sus movimientos para elegir aquella circunstancia en que la suprema voluntad de vencer y engañar había dejado paso a un más sereno y sobrecogido apetito de tregua. Porque tal vez ya no tenían sentido ni el afán de triunfo ni el instinto de superación: y si no estaba vencido de antemano —en verdad la imperceptible arenga con que el Otro trataría de inflamar la fatigada hueste del océano sólo estaba destinada a sus sentidos, conocedor de todos los secretos mensajes cruzados en las alturas— no era tanto porque ya careciera de brío para llevar adelante su cometido cuanto porque en aquellos momentos lo necesitaba todo para defenderse de un inesperado agresor: la mirada que el reo, en el extremo de la escala, había levantado hacia él en el momento de descender a la bodega. Pero demasiado bien comprendía que no estaba dispuesto a escuchar sus razones ni —porque conociéndole de antiguo sabía a qué atenerse respecto a sus estratagemas, porque a su alcance estaba la sospecha de que incluso las torvas y advenedizas ambiciones de los hombres podían obedecer al dictado de su eterna enemistad— aceptaría la tregua con la caballerosidad de quien tras muchos años de indeciso combate se hace eco de los compromisos del otro y la prioridad del recién llegado y, deseoso de enfrentarse de nuevo a solas con un rival en pleno uso de su poder, demora la ocasión.

A media mañana del quinto día comenzaron los primeros chubascos, la fuerza del viento subió a 7 y la aguja del barómetro se aproximaba a la temible división del 28,50, con tendencia a seguir descendiendo. Veinticuatro horas antes el *Garray* había dejado atrás el paso de Caicos y la punta oriental de Mayaguana, la última tierra que habría de ver por espacio de varias semanas —un mustio pedazo de corteza de limón—, para poner rumbo al noreste en la confianza de que pasada ya la época de los huracanes un rezagado retoño del estío apenas habría de causarle serias molestias en aquellas latitudes, por mucho que fuera el ansia del temporal de superar los estragos de sus aventajados hermanos. Y de repente en veinticuatro horas la depresión que el capitán Basterra y sus oficiales habían esperado dejar a popa —consumiéndose a sí misma en el holocausto de sus efímeras energías, entre resplandores, turbonadas y aguaceros— fue avanzando y cerrándose a sotavento y cubriendo el horizonte con la inconfundible librea del huracán: mientras que a barlovento el mar se fundía con el cielo, en un torbellino de gasa sobre las puntas de sus bruñidos aceros, y la barra era sometida a la constante presión de una fuerte corriente de través; mientras el viento silba ya en todas las jarcias —todo el aparejo convertido en un coro de voces desafinadas— y los palos, incapaces de sacudirse la tensión que les ha sorprendido, zumban en un aire saturado de un aroma de resina y sacuden el misterioso e iracundo polen de la tormenta, del lomo del océano brota en el arranque de su carrera esa nube de polvo que ha acumulado durante los días de calma, y la madera gime bajo el oculto apretón de las mordazas que sólo en su cresta muestran el filo y temple del metal.

Cuando el señor Chalfont, a la vista del empeoramiento de las condiciones climatológicas y la inminencia del huracán, insinuó la conveniencia de cambiar el rumbo, poniendo proa al sureste a fin de enfilar la tormenta por la cuarta de estribor (puesto que cualquiera de las otras alternativas o bien obligaban a deshacer el camino andado —un camino poco seguro en días de mar gruesa y con aquella visibilidad, a causa de los muchos bajos y rompientes— o bien exigía poner proa hacia las costas de Florida donde de seguro se enfrentarían con toda la fuerza del huracán, siempre más intenso en sus extremos occidentales), Basterra no tuvo más remedio que asentir, sin pronunciar una palabra, consciente de que todas las razones del segundo estaban tan bien fundadas que sólo con muchas dificultades podría encontrar otras del mismo peso, ateniéndose a la seguridad del *Garray*, a pesar de que —al parecer— nada contravenía más a sus planes que aquel rumbo que en virtud de la fuerte corriente de dirección sur y por breve que fuera la duración de la galerna, terminaría por desplazar su posición de tal manera que ya no le sería posible alcanzar el punto de destino previsto al zarpar de La Habana. Era la mirada del reo (y más allá de sus hombros la de sus compañeros) al descender a la bodega la que podía haber trazado aquella singular derrota entre La Habana y Cádiz y que el capitán habría podido justificar en razón a la especial misión que le había sido encomendada, sin más que ocultar lo que en buena medida le había sido ocultado a él. Es posible que ante aquella tormenta y ante la sugerencia del señor Chalfont cambiara de planes e improvisara una solución mucho más viable y razonable que aquella otra, elaborada a la vuelta de su breve viaje a Poniente, gracias al hecho de que contaba ya con una justificación capaz de despejar cualesquiera suspicacias que despertara su derrota por lo que cabe suponer que, sin ninguna clase de reservas sobre la resistencia y habilidad de su tripulación y de la fortaleza del *Garray*, no sólo en su fuero interno celebró la llegada de la tormenta sino que se decidió a sacar todo el provecho posible de sus efectos, a fin de alejarse de las rutas más frecuentadas.

Coincidiendo con los primeros aguaceros el *Garray* empezó a manifestar un fuerte balanceo, iniciado siempre por la banda de estribor, para ir periódica y progresivamente venciéndose de proa, como un caballo que sufriera la cojera —más acusada en cada paso— de su mano izquierda. A la media tarde la lluvia golpeó con su más poderosa maza: ese esperado y diferido chaparrón iniciado en un instantáneo acorde de minúsculos tambores para convertirse, tras el chisporroteo de infinitos botones argentíferos, en la violenta y turbia emulsión de agua y viento, tan íntima e inseparablemente unidos como para constituir un quinto elemento de la misma híbrida, vindicativa y transitiva naturaleza del fuego, embriagado de su recién estrenado y desdeñoso poder y decidido a hacer olvidar para siempre la fugacidad de sus pasados arrebatos.

En pocos minutos nada quedará en el *Garray* a resguardo del agua, que antes de que caiga o corra parece ascender liberada de su peso para aplastar a su enemigo —la madera metalizada, sus líneas apenas se distinguen, la proa de tanto en tanto se levanta entre surtidores y melenas de espuma bajo el golpe de la roda, caído de bruces y dueño tan sólo del movimiento de la cabeza para sacudirse el peso de su colosal adversario, como si ya sólo contase —las tres lanzas clavadas en su lomo— con el casi espiritual afán de supervivencia carente de materia hipostasiada en el ciego, tenso y desesperado estallido de todo su furor, de su más justa y enojada réplica al ultraje a su austera y virtuosa entidad, para desembarazarse del concupiscente abrazo de la nada— antes que su hermana la lluvia.

El señor Chalfont había dado orden de recoger todo el paño, dirigiendo personalmente la maniobra y designando a Mosámedes y otro corpulento mulato para que aferraran el foque. El hombre que todas las tardes, a la caída del sol, se retiraba tras el molinete para entonar las alabanzas a su Señor, se encaramó sobre el bauprés para cobrar las drizas y recoger el botalón; detrás de él saltó el mulato. Cuando extendió su brazo para retener el cabo que le largara Mosámedes, el *Garray* sufrió una violenta guiñada y picó de proa y cuando emergió el mulato había desaparecido, como si mediante un golpe de inspiración el mar se hubiera decidido a borrar la imperfecta y superflua imagen del acólito para conformarse con la de quien arrodillado sobre el palo extendía aún su diestra hacia su barco, en la ofrenda de aquella voluntad que en su sacrificio no retrocedía ante el poder que su fe denostara; porque así como ninguna mano trataría de detenerle en su descenso, aquella otra señalaría el único pensamiento (la línea tensa del único deber) que podía mantenerlos unidos. Quizá ya se dirigía hacia Basterra; sujeto al cabillero del palo mayor, ausente, con la mirada puesta en cualquier punto del combés, no parecía prestar demasiada atención a la maniobra en su mayestática y casi indolente vigilancia, más cerca de las nubes que de la cubierta y separado del resto de los mortales no por la jerarquía ni la experiencia ni la fortaleza sino acaso por esa delicada galvanización del espíritu que ha optado por inmovilizarse, lejos de todo temor y transpuesta su carne a la misma sustancia de la aniquilación, absorto en la contemplación de aquel sublime y depravado poder que sólo mostraría toda su magnificencia a condición de encararse con él a solas. Tan sólo giró la cabeza para seguir el remolino, no porque hubiera oído el grito sino porque lo había adivinado, y cuando otros dos miembros de la tripulación lograron aferrar el bauprés comprendió, ante aquel cuerpo inmóvil y crucificado en las jarcias, la clase de destino que había elegido. Tres veces trató de desembarazarse de sus ligaduras y sólo a la cuarta lo consiguió; tres veces trató de ganar la cubierta, sujetándose con la diestra al obenque de bolina y pasando la pierna por debajo del palo, y otras tantas tuvo que volver atrás ante las embestidas de un oleaje que, descuidando otras presas, había decidido concentrar todos sus esfuerzos para cobrarse aquélla. Entonces el capitán movió la cabeza y le señaló también con su mano derecha: una mancha inmóvil y parda sobre la franela verdosa del cielo, como el informe borrón de un nido sobre la invernal y desvanecida arborescencia de las jarcias, única réplica de aquel gesto que desde cubierta —tendiendo la mano hacia el sur— señalaba un único destino y se identificaba con un solo símbolo, más apto para el bronce que para la carne.

Todo venía a indicar que el *Garray*, bajo los efectos de una fuerte corriente de través, derivaba rápidamente hacia el sureste, alejándose del centro de un huracán que el capitán y Saint-Izaire, atentos a la brújula y la grímpola, con los escasos datos de que disponían habían situado a bastantes millas a barlovento, por la cuarta de estribor. Pero conocedores ambos de los temporales que, por otra parte, raramente acaecían con tal intensidad en aquellas latitudes y en aquella época del año, su mayor preocupación había de cifrarse en el cambio de rumbo y de dirección del viento que impondría al cabo de diez horas la rotación dextrógira del huracán. En tales circunstancias su mayor aprensión la provocaba una posible intensa deriva hacia el suroeste, con fuertes vientos de popa, en la dirección de los bajos de las Indias Occidentales y convergiendo hacia el centro de un tifón que, con toda probabilidad, en su carrera hacia el noroeste corría a una velocidad veinte veces superior a la del *Garray*; de suerte que —el compás lo ponía en evidencia— de acontecer en las próximas horas un sensible cambio de rumbo de la deriva, el *Garray* podía encontrarse si no en el mismo centro del ciclón —ese lugar de calma, al decir de algunos navegantes y geógrafos, defendido por su propio vacío y rodeado del furor del vórtice— sí en el periférico cinturón donde la fuerza del viento alcanza su mayor intensidad. Así pues se dispuso —con la alerta de ambas guardias— que en cuanto remitiese la lluvia, lo cual tenía que ocurrir para dejar paso al huracán descendente, se aprovecharía el lapso de vientos de superficie, que en ocasiones llega a durar turnos enteros, para largar parte del paño y navegar de bolina en oposición a la dirección centrípeta de la corriente y a fin de alejarse en lo posible de la temida succión.

En efecto, antes de la caída del sol del sexto día había de amainar la lluvia; pero la marejada dejaba sentir ya el efecto de la duración de la galerna a lo largo de la carrera atlántica desde las costas orientales del seno mexicano; al día siguiente el barómetro señalaba 27,81 —un límite que pocas veces había alcanzado, tal vez nunca— y el viento, durante las horas de luz en que llovió con fuerza e intensidad, no pasó de ocho o nueve en la escala —temporal fuerte— con una mar encrespada y rota, olas de altura media que sistemáticamente barrían la cubierta, con esporádicos surtidores y crestas de espuma. Pero ya antes del ocaso la visibilidad había de quedar muy reducida, no siendo posible hablar de cara a un viento que silbaba en los obenques en un continuo crescendo, sin una nota de fatiga, hasta alcanzar el inverosímil y metalizado chisporroteo del aire en mil partículas incandescentes; el rugido de la mar, los continuos rociones de espuma no tanto en crestas cuanto en ininterrumpidas avalanchas que parecían querer adelantar a la ola en el límite de su carrera, para descargar su golpe desde su más elevada posición, eran indicios suficientes de que, antes de lo previsto y sin que mediara transición con el temporal duro del crepúsculo, el *Garray* se hallaba envuelto por un huracán cuya intensidad trascendía todos los límites de las escalas y la memoria de sus hombres más curtidos y experimentados. Y de repente todo se hizo uno; una mar olivácea y densa, surgida de un abismo sin luz y determinada a borrar para siempre la estampa de un océano soleado, vendría a fundirse en su ímpetu con un viento anhelante de unirse a ella violando su quimérica y halciónica frontera, conjurados todos los elementos para dar por terminada la intolerable tregua y desobedecer aquella orden que los separara, restableciendo el caos original con un primer torbellino de exasperada espuma que el iracundo anciano desatará sobre el *Garray* para disolver su obra y asimilarla a sus tinieblas. Tres veces estuvo a punto de desaparecer y otras tantas emergerá de proa, absurdo y estupefacto gesto carente de toda decisión, de toda voluntad y de todo apetito, en la abúlica y no altanera y sorprendida disposición de espíritu del cuerpo que en el destello delator no observa su fin sino el vaticinio de muerte. Ha entrado ya en los dominios del sueño, sin memoria ni causa ni siquiera —cada golpe de mar surge y crece por sí mismo (porque en el caos todo es independiente y nada se perfila) para tomar posesión de un objeto sin valor, codiciado por capricho y afán de saqueo, que acepta la invasión de la nada antes que las manos suelten su último asidero— sorpresas. El hombre no se reconoce a sí mismo cuando, tras tres seguidos golpes por la banda de babor, con una fuerte y casi permanente inclinación, se inician las roturas con los chasquidos de la jarcia fija; al segundo rindió el palo mesana, y fue preciso rifar sus velas y desguarnir las perchas que se desplomaron sobre el puente; al tercero quedaron segados los masteleros de popa, arrastrando consigo la cangreja, que cayó extendida sobre la borda. Entonces varios hombres —anticipándose al fin del *Garray*— quisieron arriar los botes y se perdieron. Los más prefirieron hundirse con el *Garray*.

V

Casi dos semanas habían transcurrido desde su salida de La Habana cuando el capitán —por primera vez después del huracán— pudo tomar la altura y situar la posición del *Garray* a unos ocho grados de latitud Sur y a unas quinientas millas al Este de Fernando Noroña, en el extremo septentrional de la cuenca brasileña donde la corriente central atlántica se divide en dos ramas que corren en direcciones opuestas: la meridional, separándose del tronco común en la zona donde el *Garray* quedó a la deriva y con dirección sursuroeste alcanza el litoral del Brasil a la altura del paralelo veinte para bordear y caldear sus costas hasta su encuentro y disipación, a la altura de El Plata, con las corrientes frías que proceden del estrecho.

A la vista de las condiciones y circunstancias en que había quedado el *Garray*, tras superar el azote del huracán, Basterra decidió poner proa al Brasil, a cualquier punto de la costa que le ofreciera posibilidades de avituallamiento y reparación, medida que tan funestas consecuencias había de tener pero que en aquel entonces (e incluso para el Tribunal de Cádiz) fue acogida como la más prudente de cuantas podían tomarse.

El *Garray*, desmantelado de dos palos, tan sólo con la posibilidad de izar el paño sobre el trinquete, apenas podía desarrollar más de tres nudos con vientos favorables por lo que, teniendo en cuenta su posición y con muchas probabilidades de enfrentarse con vientos de proa, esto es, sin recursos para superar la fuerza de la corriente del litoral, resultaba más que temerario intentar de nuevo la travesía del océano poniendo proa a las Azores. (Las circunstancias en que involuntariamente había desembocado combinaban tal vez la situación más propicia para llevar a cabo un plan —muy distinto del primitivo— basado en la posibilidad de hacer escala en un punto no sometido a la autoridad real y, acaso, lo bastante apartado como para estar exento de toda clase de autoridad deseosa de entrar en detalles sobre ciertos aspectos secretos del viaje del *Garray*. Se adaptara o no a sus proyectos lo cierto es que Basterra, en la pobre situación en que había quedado, no tendría la menor dificultad en justificar el cambio de derrota, poniendo proa al Brasil bien para alcanzar sus costas bien para introducirse en la ruta habitual entre Natal y el golfo de Guinea, lo bastante frecuentada como para encontrar en alta mar ayuda para las más elementales reparaciones y poder proseguir su curso con garantías de seguridad.) Tal era también, según quedó cuidadosamente consignado por el propio Basterra en el diario, la opinión de Saint-Izaire, obstinadamente empeñado en que —en caso de poder adquirir en alta mar un par de perchas— no tendrían mayores dificultades para enjarciar y halar la mayor y la gavia, largando así paño suficiente para poder dirigirse al lugar de su mejor conveniencia, que no dudó en aceptar la nueva derrota, encargándose él mismo del control de la barra a la vista del estado de la tripulación. Porque, por otra parte, también habían de pesar en el ánimo de Basterra —a la hora de tomar su decisión— otras circunstancias que venían a sumarse al mal estado de su barco: había perdido cuatro hombres y un bote; un quinto permanecía inconsciente en su litera, tras haber recibido un fuerte golpe en la espalda y en la nuca y, por último, el señor Chalfont había sido rebajado de servicio atacado por fiebres muy altas y una tan intensa descomposición que hacía presumir que el huracán, antes de retirarse, había apelado al azote de la disentería para consumar su fracasada destrucción. Se habían perdido gran parte de las provisiones, toda la galleta, la carne en salazón y las patatas se habían echado a perder y en cuanto al ganado sólo un pequeño cerdo —que se encontró hozando entre los destrozos de la bodega— había quedado milagrosamente vivo e ileso. El informe del sobrecargo, tras un sumario inventario, era contundente: era preciso proceder al racionamiento del agua y no podía garantizar una mediana alimentación para más de diez días. Así pues, no pudiendo tampoco disponer más que de nueve hombres (contando con el cocinero y un carpintero abrumado por las reparaciones más forzosas) el capitán, contraviniendo las órdenes recibidas y consignándolo así en el diario, ordenó que bajo su responsabilidad se liberase a los cuatro reos durante los turnos de día, a fin de contar con dos guardias de seis hombres cada una que en buena proporción se necesitaban para mantener las bombas en funcionamiento. Empero la primera sensación de alivio tras la disipación del huracán pronto había de verse oscurecida por las perspectivas de una travesía cuyas dificultades aumentaban con cada guardia; no compartía Basterra —con independencia de los proyectos que abrigara en secreto— la severa confianza de Saint-Izaire, siempre seguro de sí mismo y en exceso inclinado a ver detrás de cada vacilación la pusilanimidad o la incompetencia de un cargo que —a su entender— no podía ser propiamente ejecutado por quien se doblegara ante las dificultades. Se diría que la prueba por la que venía de pasar sólo había servido para incrementar su arrogancia y para afirmarse en un mando que gustaba ejercer como si tan sólo tuviera que dar cuenta de él a su propio orgullo.

No parece que Basterra tuviera la menor intervención en el incidente de rutina que había de poner aún más de manifiesto su abierta hostilidad hacia Saint-Izaire. Pero la tripulación tampoco podía permanecer indiferente a la conducta de ambos, a sus respectivos recelos, a la manifiesta frialdad que uno reservaba para el otro en las pocas ocasiones —que ambos procuraron reducir a las más imprescindibles— en que tenían que comunicarse. Defendido por una jerarquía incuestionable y por la segura confianza de que el recto juicio se encuentra allá donde termina la ambición, asomaría al puente de vez en cuando sólo para —tras una somera inspección de la cubierta— clavar su mirada inescrutable, sin una emoción, sin el menor signo delator, sobre la figura siempre erguida del primero ante el portalón: acechante, con las manos a la espalda y un permanente rictus de desagrado, inquieto por la idea de que algo le había sido ocultado al salir de La Habana, de cada rincón y de cada movimiento esperaba siempre levantar una sospecha. Siguiendo la costumbre el capitán podía haber tomado bajo su mando la guardia de babor pero una vez más prefirió que sus hombres eligieran al segundo mientras durase la enfermedad del señor Chalfont; y aun cuando en el ánimo de la tripulación estaba que aquel puesto debía recaer sobre Mosámedes, Saint-Izaire —sin abandonar el portalón ni desenlazar las manos— indicó para ocuparlo a Macoy, un criollo corpulento que le obedecía como un perro. «Está bien», repuso el capitán, reteniendo la respiración; le miró fijamente para darle a entender que lo aceptaba y no se congratulaba de ello y dijo de nuevo «Está bien; que sea Macoy» al retirarse hacia su cámara.

Posteriormente se argüirá que no hubo otro responsable de los sucesos que siguieron que el propio capitán, recluido en un silencio que sin duda dio lugar a las más variadas interpretaciones. Porque de haber sido más explícito —tanto con sus subordinados como con el oficial del gobierno e incluso con aquel reo al que parecía estar unido por una extraña y secreta connivencia— es muy posible que el destino de todos los hombres que se hallaban a sus órdenes hubiera sido otro. Se dirá también que quien para sí mismo ha elegido el camino más difícil, con la renuncia de sus intereses más caros y probablemente de su propia vida, bien podía permitirse la licencia de pensar que aquellos que se hallaban bajo su custodia sabrían encontrar su salvaguardia con independencia de él. El hecho de que al salir de La Habana se cuidara de destruir sus papeles y liquidar sus pocos bienes —encomendado el envío a su hija en la península de una pequeña dote que no se sabe si correspondía a la totalidad de sus ahorros— fue interpretado como prueba de que con el mando del *Garray* había tomado también una decisión que había de influir decisivamente en sus instrucciones desde el puente y en su conducta en las vísperas de la tragedia.

Comoquiera que fuese, a partir del momento en que el llamado Macoy tomó a su cargo la guardia de estribor, su talante se fue haciendo más taciturno y desabrido. Parece que la muerte de Chalfont —un hombre de su mejor aprecio, que había navegado con él durante años— influyó también en ello; ocupaba la cámara contigua y recibiendo directamente sus cuidados, fue encontrado muerto, caído de bruces sobre el suelo, la cara adherida al entarimado mediante un líquido negro y pegajoso que había exonerado su boca. Desde entonces apenas aparecía en cubierta y su aspecto denotaba que estaba pasando por una intensa prueba: la cara demacrada y cerúlea, los ojos agrandados y los cabellos hirsutos, un cuello de tortuga, delgado y surcado de profundos pliegues, sostenía una cabeza que en pocos días se había reducido, alteradas todas sus facciones por un síndrome que se había apoderado de toda su persona, un intenso aroma a ropas sucias y polvos medicinales, vinieron a demostrar lo mucho que se había depauperado y envejecido en un par de semanas. Lo más probable es que gravemente enfermo, con fiebres altas y atacado por la disentería, se cuidó de disimularlo administrándose él mismo (pues en su cámara se guardaba el botiquín y no delegaba en nadie la distribución de curas y medicamentos) fuertes dosis de quinina. Lo cual en aquellos días estaba lejos de ser una excepción a bordo del *Garray* cuya tripulación a causa de las privaciones y el trabajo continuo se encontraba, tras una semana de calmas chichas y temperaturas de horno, en un estado lamentable. Los días eran largos y la mar un desierto; el *Garray* no se movía, como si a causa del calor en lugar de flotar hubiera quedado aprisionado como una mosca en una masa de ámbar, bajo un cielo estañado, carente de color y de sonidos, todo él ocupado por un sol ubicuo dispuesto a terminar de una vez con la herejía de su planeta; y los débiles e indolentes chapoteos del atardecer, acompañados de las tímidas sacudidas de los foques, sólo servirían para despertar, con amargos y prolongados quejidos, con el crepitar de las amuras mientras el mar de aceite hierve a sus costados, en la noche paciente metrada por el latido de las bombas, al animal malherido de su sueño de muerte, reducida su conciencia a vislumbrar su agonía.

Soportando aquella calma surgió el incidente que indujo al capitán, en un arrebato de cólera y completamente ofuscado, a rebajar de servicio a Saint-Izaire por incumplimiento de sus órdenes. Antes había aparecido sobre el puente —vacilante, sujetándose con ambas manos al pasamanos— atraído por las voces de Saint-Izaire; era la segunda vez que amenazaba a un hombre con darle de vergajos. En verdad en aquellos días de calma todo el mantenimiento del barco había corrido a su cargo, el único que parecía resistir los azotes de la disentería, el hambre y la sed sin rendirse al sueño. La primera amenaza, brutal y desmedida, había sido dirigida a un marinero enfermo que tirado en el combés apenas había levantado la cabeza para replicar con una maldición a una orden. Y cuando le arrebató la camisa, entre ambos se interpuso Mosámedes para recibir toda la avalancha de su furia, cerrado a sus espaldas por Macoy que ya levantaba la cabilla cuando el golpe fue detenido por las voces del capitán.

De allí a dos días se levantó, en las primeras horas de la noche, una de esas brisas llamadas irlandesas por la gente de mar, acompañada del estimulante chasquido de los rimeros de proa contra las incipientes olas. Era un viento de proa, por la cuarta de babor, que en minutos hizo dar dos vueltas completas al *Garray* cuando ya nadie estaba atento a la barra. Un Saint-Izaire con muestras de evidente cansancio, sucio y con una barba de varios días inconcebible en un hombre que en las más ajetreadas circunstancias se afeitaba y perfumaba con esmero, fue el primero en advertir el cambio y despertando con el vergajo a los pocos hombres útiles ordenó la maniobra, largando más paño y poniendo proa al noroeste para aprovechar todo el viento. Era una maniobra correcta y bien concebida, que indicaba un claro conocimiento de la naturaleza de esos vientos nocturnos, fugaces como cometas, que aparecen de la misma manera que desaparecen y si se sabe seguirlos, pueden conducir al barco hacia una zona de constantes. Pero Basterra —al que (tal vez por respeto a su descanso) no se le había comunicado la maniobra y hubo de enterarse de ella varias horas después caminando por su propio pie hasta la mesa de la rueda— no sólo la desautorizó y enmendó —ordenando un rumbo sursuroeste, para ceñir de bolina el viento— sino que —probablemente obsesionado por la escena de días atrás, que seguía fija en su mente tras unas noches de delirio semiconsciente— ordenó a Saint-Izaire que se retirara a su cabina hasta nueva orden, quedando rebajado de servicio. Y tal vez era eso lo que había esperado un Saint-Izaire que desde tiempo atrás, confiando en las imprudencias de un capitán carente de vigor físico y mental, había preparado su plan para que en cualquier momento mordiera uno u otro anzuelo. No se sabe a partir de entonces y hasta el momento en que irrumpe de nuevo en la cabina de Basterra para retirarle el mando, cuál es la conducta de Saint-Izaire a bordo del *Garray* y rebajado de servicio. Se ignora cuáles son sus complicidades, por qué clase de acción opta para recuperar el mando, a qué y a quiénes apela. Y aun cuando la desafortunada intervención del capitán simplificara mucho sus planes, eximiéndole de la necesidad de tenderle una trampa y suministrándole causa bastante para llevar adelante su acción, con arreglo a las ordenanzas y sin más justificantes que la impericia de aquél, es probable —pero no demostrable— que la impaciencia le indujera a hacer uso de una coacción o de una violencia que —por no se sabe qué misterio— no pasaría al cuaderno de a bordo una vez que el capitán pudo transcribirla. ¿O ya no tenía tiempo tras el crimen? ¿O es que en el momento de estampar su firma en el cuaderno estaba la puerta de su cabina custodiada por el reo, con un arma en la mano?

Navegar de bolina con aquel viento era una locura que ningún rumbo podía justificar. Más de quince horas de una brisa que aprovechada de popa hubiera resultado inestimable para abandonar la zona de calmas, malgastaría el *Garray* en guiñadas y orzadas inútiles para volver casi al mismo punto que pretendió abandonar; y cuando a media tarde del día siguiente —el día vigésimo tercero desde que zarpó de La Habana— cayó de nuevo el viento, poco o ningún esfuerzo había de desarrollar Macoy para convencer a los escasos hombres que se hallaban despiertos —despiertos y exhaustos, los cuerpos extendidos sobre cubierta, las bocas abiertas— para recabar su apoyo en la acción que había decidido emprender. En su consecuencia, a primera hora de la noche el señor Macoy acompañado de cuatro miembros de la tripulación se personó en la cabina del capitán para comunicarle que, con arreglo a lo prescrito para tales casos, por decisión unánime quedaba confinado en su cámara y relevado del mando del barco —que sería encomendado al señor Saint-Izaire, en tanto pudieran comunicar el cambio a los armadores y recibir de ellos instrucciones al respecto—, a causa de su manifiesta incapacidad física y mental para ejecutarlo con propiedad, debiendo transcribirse tal decisión al cuaderno de a bordo, con la firma de los allí presentes. Parece ser que a duras penas se incorporó Basterra de su lecho para estampar su firma, un garabato tembloroso y torcido, probablemente escrito con la mirada puesta en otra parte (posiblemente en la persona que custodiaba la entrada), para volver a acostarse con un prolongado suspiro, como aliviado por una decisión que había llegado algo tarde.

Un par de días después el *Garray* navegando con lentitud proa a las costas de Bahía, fue avistado por el *Lothian*, un cúter de la matrícula de Leith a las órdenes del capitán Eccles. El *Garray* llevaba izada en el trinquete la señal de auxilio médico y el capitán Eccles, a la vista de ello y del mal estado de su arboladura, no vaciló en cambiar su rumbo y aproximarse al maltrecho *Garray* al tiempo que largaba un bote para prestar la solicitada ayuda. El capitán Eccles —un hombre bastante joven y de aspecto saludable y risueño, que posteriormente prestaría su declaración al juicio de Cádiz a través del consulado español de Glasgow— al conocer por el semáforo la situación a bordo del *Garray* se trasladó a éste y tras recibir de Saint-Izaire cuenta —precisa y contundente— de todo lo ocurrido solicitó mantener una entrevista con el capitán Basterra, que le fue concedida en tanto tenía lugar el transporte de agua, medicamentos, víveres frescos y unos cuantos materiales indispensables. No parece que el capitán Eccles sacara una impresión muy favorable acerca del estado de Basterra; de acuerdo con su declaración Basterra sufría una ligera fiebre y su pulso se hallaba alterado pero no tanto como su cabeza. Parece ser que le habló de su sangre, de su hijo y de una tierra maldita. De la vuelta al mar, de los pecados de juventud. Si bien el capitán escocés, una vez concluida la entrevista, se ofreció para trasladar a su barco los enfermos de mayor cuidado —incluyendo a Basterra y advirtiendo que él mismo, como médico de a bordo, no ganaría en tierra un desayuno al año, y que ante sí tenía una travesía de tres semanas mientras con toda probabilidad el *Garray* podría fondear en menos de una—, las seguridades y la confianza que le mereciera la actitud de Saint-Izaire le indujeron a volver al *Lothian*, una vez satisfechas todas las demandas, en la convicción de que dejaba el barco en buenas manos y en buen orden, dentro de una situación comprometida.

A partir del momento en que el *Garray* pierde de vista al *Lothian* la tragedia se precipita, las intenciones de unos y otros adquieren su forma más violenta y, a la vez, más ambigua. De la misma manera que en el ánimo de Saint-Izaire ya no quedaba lugar para nuevos conflictos —los vientos llaneros y calientes soplando en dirección a la costa—, tampoco podía presumir que en el espíritu del consumido capitán alentase un tal apetito de venganza. La defensa dirá más tarde que ésa es la mejor prueba de una locura lo bastante enérgica como para recluirle definitivamente. No podía imaginar que Basterra —escondiendo sus fuerzas bajo sus sábanas, simulando una completa consunción y procurándose alimentos por las mismas vías que le proporcionarían armas— a medida que el *Garray* se aproximaba a las costas del Brasil recuperaba en secreto sus últimas fuerzas para descargar su último golpe en el momento más oportuno.

Lo eligió a la perfección, a las seis de la madrugada, cuando desde el *Garray* ya se vislumbraban las mortecinas sombras del cabo São Tomé y el relevo de la semiguardia reclamaba la presencia del segundo en cubierta. Gateando hasta la mesa de la rueda ordenó al timonel un cambio total de rumbo —casi toda la barra a babor—, sin necesidad de levantar la mano que empuñaba el arma, cobijándose tras el castillo de popa a la espera de quien incluso dormido advertiría aquel movimiento. En efecto, parece ser que no fue Macoy sino Saint-Izaire quien lo adivinó en un momento y dio una voz antes de abalanzarse sobre él y caer al suelo, con dos balas disparadas a bocajarro que le atravesaron el pecho. A continuación disparó, con dos pistolas, sobre Macoy y otro tripulante, hiriendo a ambos de muerte, antes de desplomarse al suelo bajo el golpe con que el reo le abatió. Y por cuya suerte fue lo primero que preguntó a los pescadores brasileños que, tras extraerlo junto con el cadáver de Mosámedes de los restos del *Garray* y después de suministrarle los más urgentes cuidados, lograron reavivarlo con aromas y vahos.

[1973]

Garet

Estaba atándome un zapato, con el pie apoyado en el zócalo de la reja de la colección Frick, cuando un personaje de espesas y aplastadas cejas, a lo Breznev, en el momento de cobijarme con su paraguas me preguntó si yo era el caballero que esperaba a miss Devenant. Era evidente que, después de aquel breve claro, se pondría a llover como sólo llueve en América los fines de semana; era una de esas mañanas de sábado de Nueva York en que, a poco que se haya descuidado el programa del *weekend*, lo único que cabe esperar con cuarenta horas por delante es una reconciliación con los padres de la Iglesia.

Para escapar del chaparrón me había refugiado en la Frick cuando el reloj me advirtió que de no tomar una resolución me vería devuelto a los años de internado, con cuarenta horas por delante. Y además, la pintura flamenca, cuando se combina con el rumor de la lluvia en el césped, los pasos de los silenciosos vigilantes y el aroma de solapas y hombros mojados, me fastidia. Pero no viendo claro otro camino para tomar una resolución, contrariado por todo lo que se me venía encima y tomándome una pausa para atarme bien los zapatos, le contesté que sí y le dije —tras obligarle a repetir más lentamente la pregunta— que sin duda alguna yo era el caballero que estaba esperando a miss Devenant. Entonces me explicó que —lamentándolo mucho— a miss Devenant le había sido imposible acudir a la cita, por haber surgido una contingencia imprevista que no estaba en su mano desatender. Para salir al paso de mi expresión de contrariedad me explicó que, obedeciendo sus órdenes, tenía instrucciones empero de acompañarme a la casa, tal como ella y yo habíamos quedado, si es que yo me mantenía en mi intención de ir allí incluso en ausencia suya.

Reclamando para ello a mi educación colegial, consulté a un cielo que por encima de West Park bajó su frente apesadumbrada para indicarme la respuesta y, tras obligarle a repetir el ofrecimiento, le dije que estaba dispuesto a ir allá aun cuando miss Devenant no me acompañara. Y asegurándome que en cualquier caso me telefonearía el lunes —y rogándome que la disculpara mientras tanto— me obligó a cruzar la calle en pos de él.

Al llegar a la otra acera se detuvo ante uno de esos portales con túnel de lona roja y al preguntarme por mi equipaje —decidido a aprovechar la oportunidad hasta sus últimas consecuencias— por toda respuesta le miré hasta los zapatos con una de esas expresiones de suficiencia que mi madre me enseñó a componer para cuando me ofrecieran una taza de chocolate. Y a continuación me dirigió a una enorme limousine negra, me abrió la puerta trasera y —al tiempo que yo me acomodaba en el asiento y, sin sacarlos del bolsillo, recontaba a tientas los dólares que me quedaban a pesar de que sabía (con una certeza que ya quisiera para otras cosas) que no pasaban de cuarenta— dando la vuelta al coche por detrás se sentó en el lugar del conductor al tiempo que se calaba una gorra negra.

En el momento de arrancar asomó en la esquina un hombre joven y alto, con una trinchera *issue*, de oscura cabellera, que escudriñó en ambos sentidos la Quinta Avenida hasta donde alcanzaba su vista, consultó el reloj y se decidió a esperar con el talante confiado de los primeros cinco minutos. No era difícil adivinar que no podía ser otro que el acompañante de miss Devenant; nada consuela tanto como la correcta redistribución que el azar impone de vez en cuando a las fortuitas horas de unos y otros, premiando en aquella ocasión mis esfuerzos con un fin de semana gratuito que aquel otro (por la mucha ligereza de su alma) se vería obligado a consumir entre hamburguesas de mostrador y películas eróticas.

Así que mientras aquel hombre de cejas de gran político atravesaba Central Park y se dirigía a Riverside Drive, acomodado en el asiento y observando con displicencia a los automovilistas que dejábamos atrás, me comprometí ante mí mismo —y con el más rotundo y africano juramento— a no gastar en el fin de semana arriba de diez dólares. Me inventé un nombre y le pregunté si sabía si estaban en la casa pasando unos días, todo para impresionarle favorablemente con mi familiaridad; no sabía nada, para responderme echaba la espalda y la cabeza hacia atrás presentándome su oído derecho, y yo por el retrovisor pude comprobar que quedaba favorablemente impresionado por mis maneras de perfecto caballero.

Tardamos cosa de tres cuartos de hora en llegar a Mamaroneck, un pueblo que es una delicia —en un extremo del Sound—, habitado casi exclusivamente por gente de dinero. Pero antes de llegar a la casa, fingiendo una confusión sólo excusable por el poco tiempo que hacía que conocía a miss Devenant, acerté a que aquel ejemplar de la especie que desahuciada de Hollywood ha buscado refugio en los gobiernos conservadores (es decir, al contrario que Lugosi) me revelara el nombre de mis anfitriones: Mr. and Mrs. Mark Devenant, de Beacon Falls, una familia de lo más Connecticut; y él, Mark, hermano de Garet, hombre muy dado a las cosas de mar.

—Perfecto —dije.

—Sin duda usted también es aficionado...

—He dicho perfecto —le corté.

La casa por fuera era tan poca cosa que a punto estuve de ordenarle media vuelta. Desde luego que —aparentemente— no se correspondía con la limousine. Rodeada de un jardín no muy grande —un césped bien cortado y un camino engravillado para que en aquel clima de nieblas bajas y lluvia menuda las limousines anunciaran a los de la casa la llegada de los invitados, como debe ser en esos ambientes de alta comedia en que seres y objetos de lujo se anuncian por sí mismos, relegando al desuso campanas, timbres y aparatos de alarma; unos cuantos hermosos arces con algunas hojas ya de color guinda—, era una sólida construcción de madera, sin ninguna galanura exterior, forrada de tabla a solape como el depósito de un muelle, con la cubierta de zinc y todas las ventanas y huecos protegidos con doble malla, con los marcos pintados de esmalte blanco destacándose sobre el almagre de las fachadas. Efectivamente, la casa de un hombre aficionado a las cosas de mar.

La entrada más parecía apta para el servicio que para una notable familia de Connecticut: una puerta doble, ambas hojas forradas por ambas caras con malla metálica. Y ni siquiera un hall sino un cuartucho con unos estantes repletos de botas y trajes de agua, algunos paraguas y —creo recordar— unas cuantas maromas de diversos calibres recogidas en adujas. Tras avisar a los de dentro allí se retiró mi hombre, llevándose sus cejas y la impresión de que, tras dejarme en buenas manos, se reintegraba a sus deberes de gobierno.

Pero lo más asombroso era la caldera: el corazón de la casa, una habitación alta y espaciosa, forjada con unas vigas de madera de una escuadría desconocida para mí y dejando en el centro un foso rodeado de barandilla de tubo, estaba ocupado por un *boiler* (que de haberle acoplado un propulsor habría hecho navegar a toda la casa y sus *environs* hasta encallarla en las laderas del Ararat) tan cuidado y solemne que más que para calentar podía servir para rendir culto, como la Kaaba.

Había cinco personas —dos hombres y tres mujeres— charlando y bebiendo sin entusiasmo en el *drawing room*. La casa, como pude comprobar más adelante, estaba montada con la conseguida despreocupación de esas viejas y opulentas familias americanas que parecen tener horror a la ostentación y que, sobre muchas otras cosas, gustan que el dinero se sienta pero no se vea. Había bastantes libros y carpetas de mapas, tres o cuatro mesas desordenadas, un mobiliario de cincuenta años atrás, una chimenea encendida, modelos de cascos antiguos y grabados y acuarelas marinas bastante mediocres y *naïves*, colgadas de las paredes a la altura que en España se reserva a los radiadores. Y sobre todo tubos: tubos por doquier; sin duda procedentes de aquel monstruo, todas las habitaciones y corredores de la casa se hallaban recorridos por paquetes de tuberías de diferentes calibres y colores; porque aquel *boiler* omnipresente como toda divinidad celosa de sí misma no podía tolerar que un solo rincón de la casa estuviera desprovisto del símbolo de su fe. Tubos que aparecían por detrás de los sofás y camas, junto a los antepechos de las ventanas, por debajo de las repisas de los lavabos.

Era gente agradable, con ganas de empezar a comer, creo yo. Para mi sorpresa Mark era ya un hombre cincuentón, de pelo blanco y crespo, corpulento, desenfadado y apuesto, vestido con unos pantalones caqui muy caídos y un jersey escocés, que tras presentarme a la concurrencia me preguntó qué quería beber. «Sí, con agua y un poco de hielo, eso es» mientras pensaba para mis adentros que la tal Garet debía ser otra cincuentona para quien ya no sería fácil encontrar el joven de fin de semana. Y pensé también en el joven de la esquina de la calle 70, condenado por cuarenta horas a las conversaciones de mostrador, que tenía su merecido por dedicarse a las cincuentonas opulentas.

No, yo no era francés, estaban en un error. Es que Garet a veces no sabía lo que se decía, con una vida tan intensa. Sí, nos había presentado o nos habíamos conocido a través de no sé qué Hurst, pero yo no era francés sino español, y pensaba volver a España a los pocos días. Así quedó salvado el primer escollo y la conversación resuelta —con las sartas de vulgaridades que todos ellos exhumaron acerca de España y Europa— hasta la hora de la comida.

La que no dijo demasiados disparates fue una mujer alrededor de los treinta años, con un cuerpo espléndido y un peinado a lo paje que dejaba ver el arranque del cuello, que conocía Barcelona y Mallorca y que —casi exclusivamente— se sentaba en los brazos de los sillones para cruzar y enseñar las piernas.

Así que cuando yo di por terminado el brebaje pasamos a comer, no a un comedor, sino a otro salón contiguo, igualmente confortable, lleno de sillones y sofás en torno a una mesa cuadrada y baja donde estaban dispuestas una botella de agua mineral y una jarra de té frío cubierta con una servilleta. La cosa no parecía prometer mucho. En efecto, como nos sentáramos de nuevo en sillones —menos la belleza, que lo hizo en el brazo del asiento ocupado por Mark—, un sirviente blanco nos colocó a cada uno en la mano una taza de caldo templado. Y cuando terminamos con el caldo lo sustituyó por un sándwich asado con un huevo, un pedazo de jamón de Virginia, unos vegetales y una cucharada de uno de esos *dressing* que ahorran el sabor para añadir color, que todos comimos con moderación —hasta la belleza de Connecticut— *in situ*.

De la conversación se vino a deducir que Mark se había casado, por tercera o cuarta vez, recientemente; y como no llegara a adivinar quién era la mujer me temí lo peor. Parece que respiraba hacia las izquierdas pero se sentía muy decepcionado con la New Left; había sido editor de una revista que por su elevada disposición intelectual había gozado de vida muy breve, se negaba a vivir en Nueva York, no tenía el menor aprecio por los hombres del partido demócrata y en cuanto a Nixon, dijo no tener palabras para expresar su desprecio por ese hombre. Y a mí me dejó la impresión de que a la vista de las circunstancias que concurrían en su país aquel año, los hombres de su clase habían decidido meterse en casa por cuatro años, para hablar lo menos posible de política y dedicar el período a las cosas del mar y, a ratos, al matrimonio.

Después de la sobremesa el dueño de la casa me enseñó el barco y el embarcadero; la casa —según me dijo— existía ya a finales del XVIII; la actual no era sino el aprovechamiento de una estructura que en líneas generales seguía intacta, me dijo, señalando con orgullo pilares y vigas de madera pintadas de un barniz contra incendios. De su estudio, a través de un cobertizo húmedo y frío donde se acumulaban mesas de pimpón y aparatos de gimnasia, un bote salvavidas y un banco de carpintero con un panel de herramientas que valdría una fortuna (me enseñó también una serie de ensambles y piezas inútiles fabricados por él mismo en los inviernos y épocas de decepción), se pasaba al embarcadero donde no estaba fondeado el barco que recogido y cubierto de lonas y toldillas, vimos de lejos. La casa —me dijo, y yo me atrevo a atestiguarlo— estaba tan metida en el mar que, dos o tres veces cada siglo, con la pleamar viva equinoccial la marea refluía por las juntas del entarimado.

Lo más admirable de esa gente —lo he pensado luego— no es que gusten de invitar a cualquiera —dentro de ciertos límites— a pasar el fin de semana en el campo, sino que una vez en la casa le dejan a uno en paz, permitiéndole que haga lo que le venga en gana y ni siquiera reclamando su presencia a las horas de comer. Razón que les ha llevado a prescindir del comedor para ahorrarse el embarazo de comer ante unos asientos vacíos, que en mi familia era lo que más podía irritar a mi abuelo. Así que aprovechando que dos mujeres se fueron a sus cosas y para ahorrarme más vulgaridades y lugares comunes, me fui a visitar el pueblo. Contra lo que dice la gente tales demostraciones del espíritu de independencia son muy bien acogidas en un país donde, una vez alcanzado el límite de lo obligado, hay un gusto y toda una educación basada en la no interferencia con los demás. Me fui a pasear por Mamaroneck, me tomé dos whiskies y un par de hamburguesas —porque estaba lejos de sentirme satisfecho con aquel *lunch*—, me compré tabaco y un cepillo de dientes —un gasto total de unos siete dólares— y me volví paseando por el embarcadero, en el momento en que la niebla se hacía más pesada y sugerente y se dejaba oír el eco de un lejano cuerno.

Una vez que se es introducido en una casa como yo lo había sido lo único que no se puede hacer es sentirse intimidado. Incluso puede llegar a considerarse de mala crianza que se carezca de la soltura de maneras que capacita para tomar posesión de ella con absoluta despreocupación. Así que —sin deseos de interferir en la mortecina y casi aspirante conversación que se traían los tres en torno al fuego (y ella estaba sentada en el brazo de un sillón)— me limité a dar las buenas tardes y me dirigí a la mesa de las botellas para servirme una bebida, según mi costumbre.

—¿Le ha gustado Mamaroneck?

—Me ha gustado mucho. Incluso la estación de servicio y el embarcadero. Pero a mí lo que más me gusta es el *boiler*.

—Oh, sí, el *boiler*. Se trata de un buen ingenio.

—¿Y para qué sirve?

—Para calentar la casa, naturalmente.

Yo a eso lo llamo el lujo, el lujo subyacente.

—¿Sólo para calentar la casa?

—Justo, sólo para calentar la casa y no toda ella.

De forma que pasamos la tarde, antes de cenar, contemplando el *boiler* que a lo que pude comprobar ni siquiera apreciaban porque lo desconocían. Nadie sabía cómo se ponía en marcha ni cuál era la función de tantos manómetros y termostatos. Se sorprendieron de mi curiosidad y quedaron impresionados de mis conocimientos cuando les demostré, abriendo y cerrando un par de llaves, que estaban perdiendo el tiempo y el dinero mientras no utilizaran debidamente el circuito de recirculación.

La cena fue más formal; en el mismo lugar de la comida las damas —a lo que se veía todo el servicio libraba el sábado por la tarde— nos sirvieron un excelente *roastbeef* con vino rojo que, al objeto de poder repetir, yo puse por las nubes asegurando que ni en las mejores tablas que yo había conocido se podía probar nada más sazonado y exquisito. Y con el café, los brandies y el porto, la conversación —cómo no— de la nueva izquierda vino a recaer sobre la reciente crisis que estaba sufriendo Garet y sobre la que yo, sin duda, también tenía algo que decir.

Al hablar de Garet, Mr. Devenant se sentía obligado a pasear delante de la chimenea con las manos en los bolsillos, a encender la pipa con frecuencia y a dejar que se apagara tras tres chupadas. Evidentemente la estancia en Europa no había resuelto nada; más bien había venido a complicar las cosas un poco más, decidida como estaba a su vuelta a llevar una vida americana, cuando justamente la mucha confusión y la falta de confianza nacional imponían la necesidad de reconsiderar a fondo tal concepto.

Yo dije que sí, naturalmente; nada me podía parecer más atinado: la falta de confianza.

Y me serví otra bebida, para interpretarle mejor.

Entonces se sentó para extenderse en una disquisición —tan dirigida a mí como hacia las damas que le escuchaban con respeto— acerca de la afición americana a la *expenditure*, en cuanto que verdadera profesión de fe pública, procedente de una concepción de la sociedad como algo nunca acabado y siempre transitorio, moral que tiene su fundamento en la idea de un contrato social en permanente revisión. Cuando Mark Devenant hablaba de tales cosas hacía como los personajes de Henry James antes de dar una respuesta de cierta trascendencia: se apoyaba en el respaldo de la silla, cruzaba los brazos tras la espalda y echaba la vista al techo. Yo no entendí mucho del discurso y, sobre todo, al no saber qué tenía que ver aquello con el caso de Garet, cuando me preguntó si yo estaba de acuerdo con él lo único que se me ocurrió decir fue que siendo todo tan cierto no habría tenido, para el caso, tanta importancia de haber acertado en el matrimonio. No sé por qué dije eso, lo cierto es que di en el clavo. Se quedó cabeceando, comprendió que ya no podía dejar la vista en el techo un minuto más y, en medio de la moderada expectación de las damas, vino a decir:

—Está usted en lo cierto, muy en lo cierto.

Palabras que vinieron a confirmarme como persona responsable, amigo desinteresado de Garet —no como tantos otros que sólo fingían amistad para su propio provecho—, a la que había dedicado un cariño fraterno a pesar de no haber recibido de ella más que desaires. A punto estuve de protestar. Me contuve porque mi expresión era más elocuente. Y como colofón añadí:

—Pero todo se arreglará. Hay algo en Garet que inspira confianza, profunda confianza. Lo mejor de ella es que ignora hasta qué punto se puede sentir segura.

Con lo que los Benson, el matrimonio que también había venido de Nueva York el día anterior, se fueron a la cama despidiéndose hasta el domingo que prometía ser —si era posible— más pacífico que el propio sábado. Tampoco tardaron en irse Mark y su mujer así que, sin que mediara por mi parte el menor esfuerzo, me encontré delante del fuego con una buena provisión de leños y una botella a mi disposición, frente a la belleza sentada en el brazo del sillón vecino, con las piernas cruzadas.

—¿Está usted muy incomodado con Garet?

A mi cara debió ascender la expresión de la resignación, la fortaleza para el sacrificio.

—Es muy de ella. Siempre hace cosas así, pero no se le puede tener en cuenta.

—No me quejo. El mayor mal se lo hace ella misma.

—Tiene usted que olvidarlo.

—Depende de con qué lo haga.

—Toda la gente está de acuerdo en que a Garet no se le puede sutituir con nada.

—Lo decían antes más bien, a lo que tengo oído.

—No parece que lo diga usted muy convencido.

Obedeciendo a la doctrina que afirma que esas gentes cuando están molestas en un sitio se van y cuando están a gusto se quedan, me mudé de mi sillón al suyo. Además cambié el vaso de mano.

—¿Qué trata usted de hacer?

—Trato de poner en orden mis pensamientos. De buscar una explicación a toda la confusión que me rodea.

—¿Cree usted que es manera de conseguirlo?

—Conseguir, ¿el qué?

—La explicación.

—No, no lo creo. Más bien lo dudo. Me habían asegurado que se trataba de un método infalible, pero cada vez lo dudo más.

—Bastardo, saca la mano de ahí.

—¿Son ésas maneras de dirigirse a un caballero de respeto?

—¿Y son ésas las maneras para dirigirse a una desconocida?

—Lo ignoro. Y aun cuando no sea muy educado por mi parte, puesto que descubre la índole de mis intenciones, debe usted reconocer que son maneras más apropiadas para dirigirse a una desconocida que a una persona conocida.

—No sé qué clase de personas debe tratar usted.

—Eso es lo que yo me digo.

—Saca esa mano de ahí.

—Demasiado tarde. Lo confieso: me siento ofuscado. Sólo en parte soy dueño de mis actos.

—Entonces, bébete eso de una vez.

Pero en el momento de levantarme tomé la botella por el cuello, porque hay que estar prevenido cuando no se duerme en casa.

Se llamaba Augusta y era una mujer de una vez. Un tanto pasiva al principio pero, como toda mujer de una vez, que cogía cariño a las cosas. Estaba casada, su marido no debía de ser excesivamente importuno, y había que pronunciar su nombre con los labios apretados al principio para abrir la boca en redondo después, como para decir Yocasta. Aquel domingo a la tarde urdimos un pretexto y antes de cenar volvimos a Nueva York. Mi hotel se hallaba en Lexington, no era demasiado bueno aunque bastante grande, con una droguería en la planta baja que no se cerraba en toda la noche y en la que a todas horas entraban y salían señoritas de mala nota, sin distinción de sexos; pero a partir de las diez de la noche desaparecían todas las negras para ser sustituidas por el mismo número de blancas, como si la oscuridad de la hora y de la piel fueran incompatibles por una discriminación solar.

Le cogía cariño a las cosas y sólo necesitaba unas horas para actuar con una naturalidad que desarmaba. Yo le quise regalar un cepillo de dientes —que compré en la droguería mientras un corpulento caballero, sin tapujos ni bajar la voz, se dirigía a ella sin quitarse el cigarro de la boca para susurrarle una cifra que me pareció escandalosa— pero prefirió usar el mío, recuerdo de Mamaroneck. Se duchaba mañana y noche, siempre salía del baño en actitud tizianesca, oliendo a colonia de hombre. No tenía demasiado pudor pero tampoco era descocada. Era de un equilibrio envidiable, con un cuerpo duro y flexible como un cinturón. La puerta del baño estaba frente a la cama y cuando —atento a los ruidos de agua— comprendía que se estaba lavando los dientes empujaba la puerta para verla de espaldas y frente al espejo, con una toalla en la cintura anudada sobre una cadera que, a causa de la vibración que sufría todo su cuerpo a efectos del oscilante y enérgico movimiento del cepillo, se venía al suelo en el espectáculo íntimo más fascinante que me ha sido dado contemplar, hasta estas tristes fechas.

—¿Qué estás mirando?

—Miro cómo vibras.

—¿Qué tiene de particular?

—Vibras de una manera admirable. No he visto un cuerpo que vibre como el tuyo.

—¿Es que tú no vibras?

—Yo sólo vibro de emoción. No al lavarme los dientes. En España sólo vibramos de emoción.

—¿Cómo se vibra de emoción?

—No lo sé. Sólo los de derechas vibran de emoción.

—¿La izquierda no vibra?

—Muy rara vez.

—¿Y por qué?

—No tienen nada que les embargue. Sólo tienen el pensamiento.

—Y el pensamiento, ¿no sirve para eso?

—No lo sé. Pregúntaselo a Mark.

Con el pie dio una patada en la puerta que se cerró de un golpe. En aquel momento sonó el teléfono y una voz femenina desconocida, con un acento intencionadamente afilado e inquisitivo, me lanzó tal sarta de preguntas que no cogí ninguna.

—Soy Garet —dijo al fin.

—Hola Garet, ¿cómo estás?

—¿Cómo dices?

—Hola, Garet.

—¿Con qué derecho te crees que puedes...? —y lanzó una andanada incomprensible que al cogerme tan de improviso no dio un solo tiro en el blanco. En aquel momento comprendí que faltando a la más elemental previsión —tan impropio de mí— le había dejado a Mark mi tarjeta, con las señas del hotel escritas de mi puño y letra. Así que tuve que pasar al contraataque:

—¿Y por qué no acudiste a la cita? ¿Cuándo vas a dejar de hacer esas cosas?

—Soy yo quien pregunta, no contesto... —la segunda andanada, difícilmente inteligible también, cayó más cerca.

—No comprendo cómo puedes andar con tipos como ése. No puedes olvidar, Garet, que te debes a los de tu clase.

—Escucha, voy a explicar a Mark lo que pasó... —como su puntería se iba afinando peligrosamente tuve que hacer un nuevo viraje y recurrir a otra finta.

—¿Qué vas a hacer esta noche?

—No sé lo que voy a hacer. Sólo sé que no voy a ser tan estúpida como para decírtelo.

Por fortuna, en aquel momento salió Augusta del baño, enrollada en una toalla anudada en la cadera, y me preguntó con un gesto de la nariz de qué se trataba.

—Es Garet.

Hizo un gesto irrepetible y se metió de nuevo en el baño pero antes de cerrar la puerta me dijo:

—Pregúntale si va a ir a casa de Jane esta tarde.

—¿Qué Jane?

—Jane Hurst, naturalmente.

—Dime Garet, ¿piensas ir a casa de Jane esta tarde?

El ataque estaba progresando como había esperado.

—¿A casa de Jane?

—Jane Hurst, naturalmente.

—¿Cómo preguntas tú eso?

—Pensaba encontrarte allí, a eso de las siete, para explicarte unas cuantas cosas.

—Espero que no aparezcas por ahí.

—Creo deberte una explicación.

—¿Te lo ha dicho Augusta?

—Exactamente: Yocasta, como tú dices.

—Has andado muy rápido, ¿no es cierto?

—Por culpa tuya. Tengo a ese y otros respectos la conciencia muy tranquila. Mis manos están limpias.

—¿Has hecho el amor con ella?

—El amor exactamente no; todavía no. No nos precipitemos. Por ahora sólo hemos fornicado, el uno con el otro.

—¿En Mamaroneck?

—Por favor, pormenores no. Mantengamos una conversación de personas educadas.

—¿Está ahí contigo?

—No, Garet. La he dejado llorando en el portal.

—*Touching*. ¿Está ahí contigo? Por favor, ponme con ella.

—Te digo que no está aquí, Garet. ¿Quieres venir a comprobarlo? —Se iban desterrando las sospechas de que se trataba de una cuarentona. En aquel momento calculé unos treinta y ocho, aunque de aspecto poco simpático y costumbres —sobre todo la manera de vestir— un tanto ajadas. Y por supuesto, un cuerpo que no se podía comparar al de Yocasta.

—Ya la veré esta tarde.

—Entonces, ¿en casa de Jane a las siete?

—Por supuesto que no —por la manera de decirlo su edad se situó entre los treinta y ocho y treinta y cinco, los zapatos bajos.

—¿Te viene mejor a las ocho? ¿A cenar tal vez?

—Hijo de perra... —de repente se puso a la par que Yocasta y su falda —un traje estampado de una sola pieza— remontó por lo menos cinco dedos por encima de la rodilla.

—Garet.

Había colgado. Salté de la cama, fui al aseo y —pasando como una exhalación delante de Yocasta, que arrimaba su ojo al espejo— me introduje en la ducha, ciego como un guerrero homérico, a todo lo que el grifo daba de sí.

—¿Te ha dicho si va a ir a casa de Jane?

—Me ha dicho mierda.

—¿Cómo has dicho?

—He dicho mierda.

En aquel momento todas las flechas de vapor de la ducha se clavaron en mi espalda.

—¿Qué te pasa?

—¡Ay!

—¿Estás rugiendo, amor mío?

—Sí, rujo.

—¿Y de qué ruges?

—De amor, de celos, de vapor, de sufrimiento.

—¿No son demasiadas cosas para un rugido tan breve?

—Añade además que rujo por este país de mierda. Este país de tubos y contramaestres.

—¿Quién ruge mejor en España, la derecha o la izquierda?

—No se puede decir; unas veces unos y otras veces otros. Por lo general la derecha lo hace más alto y también es más soez. En cambio el centro no ruge nunca.

Aquella misma tarde, a eso de las siete, caímos Yoc y yo por casa de Jane, en un edificio moderno en un barrio elegante, en una esquina alrededor de la calle 80 con East River Drive, no lejos de Gracie Square. Ateniéndose al mobiliario se diría que Jane estaba de mudanza: todas las habitaciones eran corridas, casi desprovistas de muebles, una consola holandesa en una, un *cupboard* colonial en otra, pintadas de blanco y forradas con una moqueta color tabaco o gris perla, con grandes ventanales que llegaban hasta el suelo a través de los cuales la vista caía a plomo sobre un East River un poco más oscuro que la moqueta, surcado de petroleros y barcazas que cruzaban majestuosos frente a Welfare Island. Afirmo que era un espectáculo como para permanecer sentado horas y horas junto al ventanal, con una botella en el suelo, para contemplar las barcazas y apagar las colillas en la moqueta. Que fue lo que más o menos vine a hacer —de siete a ocho— en el dormitorio de Jane a donde fuimos introducidos los dos por una sirvienta enana.

Jane era una mujer notable, de mucho predicamento entre sus amistades, que algunos años atrás había publicado un par de artículos no sé si en el *New Yorker* o en el *Atlantic*. Artículos de un cierto sabor a izquierdas y preparatorios de la era Kennedy porque, con toda su inmensa fortuna, también se había sentido atraída por la New Left de la que también ella se sentía decepcionada. Además le habían quitado un pecho y hacía mucho reposo. Su dormitorio era una habitación igualmente desnuda y espaciosa, pintada de blanco, con un óleo no figurativo en la pared, una cama con dosel en el centro, debajo de la cual había un teléfono blanco en el lugar que antiguamente en España se reservaba para el orinal. Nos recibió recostada en su cama —un par de periódicos y libros tirados en el suelo y un perezoso dálmata que dormitaba en un rincón, completaban el decorado— y yo me senté en un *puff* blanco junto al ventanal para meditar al paso de las barcazas al tiempo que Yoc lo hizo, cruzando las piernas, a los pies de la cama. Era lo que se dice una mujer distinguida, culta y agradable —un tanto entrada en edad—, que conservaba el aspecto inocente de esa belleza señorial anglosajona. Y al parecer hablaba con dulzura un inglés —disciplinado en Vassar, corregido en el Surrey— tanto más perfecto cuanto que le habían extirpado un pecho a causa de un tumor. Y tenía esa conversación mitad culta y mitad banal porque entre esa gente distinguida está mal visto —además del entusiasmo y la vehemencia— hablar de una sola cosa y tratar de agotar un tema. Tampoco se dijo una palabra de Nixon por lo que empecé a sospechar que quizá no existiera, cosa que ellos sabían muy bien y que nosotros —europeos— no lográbamos alcanzar por un exceso de escrúpulos.

Repito que era una mujer inteligente y perspicaz, que dejaba frases y juicios a medias; cuando yo —por halagarla y no parecer ni maleducado ni exclusivamente interesado en el paso de las barcazas— quise tocar el tema de la confianza nacional, debió apoyar un timbre blanco escondido en su cama porque al punto apareció la sirvienta enana con una botella de whisky, un cubo de hielo y unos vasos que depositó en la moqueta al alcance de mi mano.

Haría una hora que estábamos allí cuando sonó el teléfono que Jane cogió y, tras un cambio de saludos, pasó a Yoc que recibió la comunicación con grandes muestras de alegría. No hacía más que reír y lanzar exclamaciones entre frecuentes miradas hacia mí, por lo que intrigado le inquirí con un gesto de qué se trataba y por toda réplica me hizo callar, poniendo el dedo sobre los labios. No sé qué debían decirle porque a cada carcajada me miraba como para comprobar las muchas razones que había para el regocijo, colocándome en la ridícula situación del paciente que sufre las bromas del prójimo sin llegar a saber qué motivos de su conducta les mueve a ellas. Hasta que, comprendiendo mis sentimientos, tapó el micrófono con la mano para decirme:

—Es Garet.

—Mis mejores recuerdos.

—Me lo está contando todo. Enhorabuena.

—Dile que no haga esperar al de la gabardina. Déjame que se lo diga yo.

Pero no me hizo el menor caso y al término de tres o cuatro carcajadas colgó el teléfono, sin extenderse en más comentarios.

Aquella noche fuimos al piso de Yoc que no sé por qué estaba deshabitado. No se hallaba lejos de la casa de Jane así que fuimos paseando por la orilla del East River hasta tomar una calle a la altura de la 70 para cenar en uno de esos pequeños, simpáticos, *old fashioned restaurants* con mesas en fila adosadas a la pared, separadas por mamparos de madera y cubiertas con manteles de cuadros blancos y rojos. El dueño, nieto de sicilianos, vino a sentarse con nosotros al lado de Yoc, muy honrado —a la explícita manera italiana— de contar entre sus clientes con tan ilustre huésped.

—¿Y qué es lo que más le gusta de América?

—Todo menos la comida italiana.

—No le hagas caso, Massimo. No sabe lo que dice. Es completamente necio.

—Pero ¿no le gusta nada América? ¿Qué le has enseñado?

—Le he enseñado exactamente lo que le gusta —respondió Augusta—. Las mujeres, los *boilers* y las barcazas.

—¿También los *boilers* y las barcazas?

—Sí, también. Y también me gustan mucho esos paquetes de tubos de pequeño y gran diámetro, hasta diez pulgadas; he observado que algunos tienen bridas ciegas de bronce y hay unos operarios —de ignoro qué organismos— que provistos de llaves fijas...

—Augusta, ¿cómo está tu marido?

Aquella noche, como digo, nos fuimos al piso de Yoc que, como todos los que vi, era espacioso y agradable, sin demasiados muebles. Contra lo que mucha gente cree y dice, casi todos los pisos de Nueva York son grandes, tan grandes que en la mayoría hay piano de cola y buen número de sirvientes entran y salen para servir al huésped bebidas y preguntarle su opinión sobre el clima neoyorquino. Por lo general —tengo observado— si el huésped opina que el clima neoyorquino le parece bueno, el sirviente se retira al punto, un poco amoscado, pero si el huésped afirma que el clima neoyorquino le parece malo, y aun pésimo, entonces el sirviente permanece un rato en el salón para dar conversación al huésped mientras se arregla la señora.

A media mañana Yoc tenía que ir a hacer no sé qué en una agencia de publicidad. La seguí al garaje, donde dos jóvenes mecánicos a duras penas —y dando horrendas voces para comunicarse a través de catorce plantas— consiguieron bajar su coche en el montacargas mientras, embelesado, no podía apartar la vista de un cartel que con grandes y alarmantes caracteres decía literalmente:

THIS GARAGE WILL BE OPEN FOR AT LEAST 5 YEARS

—Yoc, no te lo creas, nos están engañando. Está todo previsto para antes. Eso es una mentira piadosa de los ecólogos. Vámonos de aquí, pronto, pronto.

Como yo no tenía que ir a trabajar a ningún sitio Yoc me llevó al hotel, donde me proponía dormir hasta la hora de cenar. Advertí al pasar por la conserjería que en mi casillero había un papel —cosa bien rara— en el que estaba escrito, con esa letra americana al mismo tiempo cuidada y suelta, y con trazos muy rápidos, un mensaje bastante breve: «Estú-

«Estúpido, inmoral, ¿por qué no has dormido en el hotel esta noche? *Gar...*»

Como será fácil de creer, tal mensaje me puso tan nervioso que una vez en la habitación no logré hacer otra cosa que tumbarme en la cama a dar vueltas y más vueltas al billete, en busca de un número de teléfono que al serme privado me hundió en el sueño.

De cuyo repetitivo y negruzco torbellino me vino a sacar la llamada telefónica de mi superior jerárquico desde Madrid. Decidí recluirme en mi habitación, los días que fueran precisos, a esperar la llamada de Garet, pero cada vez que sonaba el teléfono surgía, entre oleadas electromagnéticas, la voz de mi superior jerárquico instándome a firmar el contrato y volverme a Madrid lo antes posible. Hasta que los propios apoderados de la firma americana me sacaron de la habitación para arrastrarme a su domicilio social, donde firmé un contrato que (creo yo) nadie necesitaba. Y además se empeñaron en llevarme a comer y acompañarme al aeropuerto.

El conserje no me dio una sola palabra de aliento, y en cuanto a Yoc, ignorando que mi marcha era precipitada por la furia comercial, se había ausentado de Nueva York por tres o cuatro días. Yo hice todo lo humanamente posible por retrasar mi salida e incluso, en el último día, por perder el avión con el inocente recurso de dejar olvidado un paquete en la habitación que el portero me entregó con una escrupulosidad impropia de aquel hotel.

Ya estaba todo dispuesto en el coche cuando en la puerta giratoria me crucé con una criatura que —por un instante— me hizo olvidar todo lo demás, el paquete, Garet, la vuelta a Madrid, el contrato, Yoc y Mamaroneck, anuncio de lo mucho que podría haber borrado de haberme topado con ella un poco antes. Tenía una melena rubia, tirando a roja, bastante larga; llevaba un abrigo muy largo, con un ribete de piel, una falda muy corta y unas botas negras hasta la pantorrilla. Se fue derecha a la conserjería y mientras esperaba ser atendida yo me las arreglé para comprar un paquete de tabaco en la droguería, a pesar de que dos americanos me tiraban de las mangas con el pretexto de que iba a perder el avión. Por fin al señalar el conserje hacia la puerta dio media vuelta y todo su cuerpo se silueteó contra el vuelo negro del abrigo, siguiendo el giro de la cabellera. Como el conserje insistiera se adelantó ella hacia la puerta, con pasos tímidos, con la boca un poco entreabierta. Acaso le llamó la atención la manera ruda con que sus compatriotas me introdujeron en el coche, las cuatro puertas se cerraron de un solo golpe. El conserje abandonó el mostrador para acompañarla hasta el punto que había señalado y cuando ella empezó a empujar la puerta giratoria, uno de los americanos que me emparedaban dijo: «Go ahead» y el coche arrancó sin que me fuera posible distinguirla hasta que apareció en la acera, observando la marcha del coche hasta que abandonó Lexington para tomar una calle a la izquierda. Era Garet, estoy seguro de que era Garet, como estoy seguro de que otra sería hoy mi vida de no haber dicho «Go ahead» aquel americano.

[1973]

Por los suelos

Ocurrió por vez primera en lo mejor del verano, bastante al principio, cuando más se disfruta de la soledad, en las últimas horas de una tarde de finales de julio.

Era lo que se dice una mujer libre, una criatura bastante fácil, que no da importancia a esas cosas, es decir, todo lo contrario de una profesional. Eso sí, más atractiva de espaldas que de frente y más sugerente vestida que desnuda. Una persona que sabe lo que quiere y dónde lo tiene que buscar. Y una mujer que tenía conversación y sabía ser simpática... por lo menos durante la primera hora, o las primeras horas, hasta justo ese momento en que lo menos importante es la simpatía y en el cual, de la misma manera que puede quedar resuelto, un mal gesto o una palabra importuna puede echar por los suelos todo un verano.

Tampoco era de las que complican, todo lo contrario. Una de esas mujeres independientes que se valen por sí mismas, que tienen cubiertas sus necesidades, no quieren complicarse la vida y saben aprovechar sus oportunidades como vienen, ni más ni menos. Además había hecho algunos estudios y podía hablar de cualquier cosa, trabajaba en una gran firma de exportación e importación, tenía un apartamento y últimamente había leído un libro que le estaba gustando mucho, aunque todavía no lo había terminado. Tenía un nombre de barrio, eso sí, un nombre de barrio —Manola o Paloma o Paz o algo parecido— y un cuerpo que hacía olvidar los rasgos un poco groseros de la cara.

No hizo el menor aspaviento, lo tomó como la cosa más natural del mundo, justo lo que hay que hacer en esos casos. Casi como un hombre, sin las hipocresías de las mujeres, sobre todo las mujeres de antes porque las de ahora al parecer son otra cosa. Dijo que le gustaba la casa porque tenía un aire moderno; preguntó quién era la señora del retrato (y eso es lo que la profesional no hace nunca, porque lo sabe de antemano y por el mucho respeto que tiene por todo lo tocante a la familia), pasó un momento al cuarto de baño y, sin más preámbulos, dejando el vaso sobre la mesilla de noche, se tumbó en la cama con las rodillas en alto tras haberse despojado de las bragas que dejó caer al suelo con la punta del pie.

Tenía un nombre de barrio, uno de esos que con diminutivo suena siempre al de una telefonista. Y lo hacía muy bien, se veía que aunque había empezado pocos años antes había aprendido con rapidez. Lo perfecto para una tarde de julio, a última hora, sin las complicaciones de la cena. O las otras que tienen que volver pronto a casa. La verdad es que no pudo empezar mejor, todo iba como la seda hasta que... todo se vino abajo y se perdió, vaya si se perdió. En un santiamén se había calzado y puesto de nuevo las bragas, porque ni usaba sostén ni lo necesitaba para nada. Y se metió de nuevo en el baño, pisando fuerte y cruzando las piernas para poner de manifiesto su irritación. ¿Humillación? No, humillación no ¿por qué tenía que sentirse humillada? Hay que ponerse en su caso para comprender que no podía hacer otra cosa que marcharse, una chica de barrio que probablemente habría tenido que bregar muy duro para hacerse con una educación y una situación.

Una mujer independiente, con todas las ventajas de las profesionales y ninguno de sus inconvenientes; con un cuerpo que funcionaba a la perfección, con un verano por delante sin tener que dar cuentas a nadie. Todo un verano, de haber salido bien.

¿Por qué había de sentirse humillada? Despechada en todo caso; despechada, ésa es la palabra. Tampoco es normal que a un tipo le pase eso; que todo se vaya desarrollando con normalidad hasta el momento en que... y en ese momento se acabó, vaya si se acabó. Hay que ponerse en su caso para comprender que no podía hacer otra cosa que levantarse de la cama y largarse cuanto antes. Cuando salió del baño, vestida de nuevo, todavía lanzó una mirada al dormitorio, pero allí seguía recostado en la cama, mirando boquiabierto a la puerta. Tal vez sin oír el sonido de sus tacones en el pasillo; luego recogió las gafas y el bolso que había dejado en el salón y salió del piso dando un portazo.

Un verano a la mierda. Había dicho que pensaba tomarse las vacaciones en septiembre, a finales de septiembre, cuando ya no queda gente en las playas. No tenía pensado dónde ir, tal vez a Mallorca. No es que le sobrara el dinero pero ganaba lo suficiente como para no tener que pedir nada a nadie. Esas cosas gustan y dan mucha tranquilidad. No hay ninguna profesional que diga que está leyendo una novela —una novela de fama— si no es porque anda buscando algo.

Tampoco había hecho tanto calor como días pasados. No sudaba por eso, no. No, no. Decía que ella era así de naturaleza, que no necesitaba nada para entrar en situación. Ya estaba crispada y jadeante, con los ojos entornados, lanzando gritos y abriendo la boca, mordiendo y arañando todo lo que tenía a su alcance, ya estaba lanzada hacia la carrera final del orgasmo cuando ocurrió aquello. Ocurrió entonces, en el instante preciso y crítico. Ocurrió entonces; con el gusto que da hacer el amor en verano con entera libertad, las puertas y ventanas abiertas, en la penumbra de las persianas bajadas y lo mismo en la cama que en el sofá que en la moqueta del salón. Esas tardes en que lo más que puede ocurrir es que suene el teléfono.

Ocurrió entonces, al borde mismo del orgasmo, en el último instante porque el siguiente ya habría quedado pospuesto, tras el torbellino del orgasmo. Estaba en tensión y levantaba ya el vientre, jadeando y gritando y arañando y mordiendo todo lo que tenía a su alcance cuando de repente... sonó el clic de la cerradura, vaya si sonó, un sonido demasiado conocido como para confundirlo con otro: el sonido de la cerradura de la puerta principal del piso con un chasquido seco y terminante, seguido del golpe de la hoja contra su marco. Sonidos demasiados conocidos, familiarmente conocidos: y sobre todo sus pasos rápidos e inconfundibles, la parada frente a la mesa del hall para dejar el bolso y revisar el correo y, por fin, como si hubiera adivinado algo, el firme y decidido taconeo de sus pasos sobre el parqué del pasillo hasta la puerta del dormitorio abierta de par en par. Y claro que se vino abajo, ¿cómo no se iba a venir abajo? No sólo el orgasmo sino hasta la circulación de la sangre. De todo el decorado anterior no quedaba más que el hueco de la puerta del dormitorio, iluminado desde el pasillo, nada más, ni siquiera el eco de los pasos de ella ni las voces de protesta.

Desapareció en un santiamén; y sólo mucho después aflorarán al recuerdo su salto de la cama, sus voces encrespadas, sus pasos despechados por el pasillo y de nuevo el portazo... mientras el marco de la puerta del dormitorio continúa iluminado y vacío y de todo el suceso no restan otras pruebas que un par de colillas, un par de vasos con algo de líquido amarillento, unos trozos de hielo en la pileta y abierta la portezuela de la nevera.

Un verano que podría haber sido una gloria, sin necesidad de recurrir a las viejas amigas. Y mucho menos a esas profesionales de altos vuelos que se creen por encima de su profesión por la altura de su tarifa. Una chica que no tenía más que ventajas; mucha personalidad, eso sí, lo cual es una garantía para muchas cosas. Acostumbrada a vivir con independencia y de las que entienden el amor de igual a igual. Nada de ñoñerías, una mujer libre, lo que se dice una mujer libre, que lo mismo que te coge te deja.

No había de dejar ni rastro. Seguramente contra lo que decía se tomó las vacaciones en agosto y se iría a una playa de

Levante a terminar la novela. Cualquiera sabe: seguramente le está arreglando el verano al primero con quien se haya encontrado. A lo mejor un extranjero.

Así que hubo que recurrir a las amistades de antes, una cosa bien distinta que ni por un momento se puede comparar con aquello. Todo lo contrario: esa sensación un tanto agobiante —que bien se preocupan de provocarla— de tener que recurrir a ella por necesidad. En otras palabras, que no hay otra cosa de la que echar mano. La chica del verano pasado. Y en cuanto entra, ¿no dice que todo sigue igual? Como si le perteneciera algo. Es lo que más molesta de esa clase de mujeres que porque se haga el amor con ellas se creen ya con unos derechos adquiridos para siempre. Sobre todo, el derecho al reproche. ¿Es que no quiere decir nada todo un invierno sin verla? Ya se sabe a qué vienen, ¿no?

Pero entran en la casa como para tomar posesión de algo que el invierno les ha arrebatado injustamente y aún se permiten ciertas ironías con quien, oyéndolas hablar, se diría que se la ha usurpado. Son cosas de mal gusto que cobran su verdadera dimensión cuando todo ha pasado. Pero tienen la ventaja de lo conocido, realmente la única ventaja, porque en cuanto creen haber adquirido ciertos derechos todo son complicaciones: exigencias, llamadas inoportunas, peticiones apremiantes y —sin llegar al chantaje— una serie de indiscreciones que parecen hechas a propósito, como para deducir algún provecho. Todo lo contrario de la mujer libre.

En cierto modo lo más ofensivo es la familiaridad con que vuelven a la casa: no se quedan atrás nunca, van abriendo puertas y hasta se permiten ciertos comentarios poco halagüeños sobre los cambios que se han producido en un año. Tampoco renuncian a unos pocos aspavientos antes de hacer el amor. Y cuando se meten en el baño es por media hora, todo lo contrario de estas chicas libres de ahora que en un abrir y cerrar de ojos se quedan desnudas porque si lo que ambos quieren es hacer el amor ¿a qué viene tanta comedia?

Lo más conveniente es no hablar de nada, dejar que se despachen a su gusto, nunca hay que apremiar. Pero ya estaba con los ojos en blanco y a los movimientos del vientre había de suceder esa instantánea paralización precursora del orgasmo y, bajo la tensión de los tendones, se crispaban sus dedos y levantaba las piernas mientras entrecortadamente suspiraba «más, más, más...» cuando inopinadamente ocurrió de nuevo: el ruido de la cerradura de la puerta principal, el clic del interruptor del hall, el golpe de la puerta contra su marco; el sonido de la cadena del bolso y de súbito los pasos ligeros y firmes —tan conocidos, tan de sobra conocidos— sobre el parqué del pasillo e incluso la sombra que por un instante se recorta y oscurece el hueco iluminado de la puerta del dormitorio y... al tiempo que sus piernas se desploman inertes sobre la cama desaparece el dormitorio en la vacía luz confusa del estupor marcado por intensas palpitaciones y las voces que lo llenan sin apenas sonar: «¿Qué haces? ¿Qué pasa? ¿Por qué te paras? ¿Qué haces ahí? ¿Por qué te quedas así? ¿Qué te pasa?».

Así que salta de la cama, corre hacia la puerta del dormitorio (e incluso se coloca una mano sobre el sexo para aparentar el decoro que corresponde a la dueña de la casa, como si esperara la oportunidad para representar el papel que más le conviene) y pregunta en voz alta quién anda ahí. Pero con eso no se disipa el clima lechoso del estupor ni vuelven los muebles a su sitio ni las paredes a su penumbra, ocultas por las voces casi inaudibles: «¿Por qué te quedas así? ¿Qué te pasa? ¿No ves que no hay nadie? No ocurre nada, absolutamente nada».

Lo más probable es que no sepan lo que ocurre, que no se den cuenta ni comprendan nada y entonces... es natural que tengan miedo y se vayan, sin pensarlo más. El nuevo portazo, pero con un sello de familiaridad. Pero ocurre... claro que ocurre: sonidos todos muy conocidos para que se confundan con otros: el ruido de la cerradura y los pasos, sobre todo sus pasos rápidos y firmes sobre el parqué cuando vuelve de la calle. Cuando vuelve de compras.

Lo que más molesta es tener que picar ese anzuelo que tiende un espíritu ofendido y sucumbir ante una necesidad que se tenía por superada y satisfecha. Esa clase de mujeres conoce la técnica de la ofensa a la perfección. Casi lo único que conoce: la ofensa que obliga a la mayor solicitud, un precio por las nubes, un talante satisfecho que acepta la oferta para que no se diga que no hay cariño de por medio. Y con independencia de que —disipada la alucinación— un suceso de esa índole sólo incrementa los deseos de hacer el amor. Un susto, nada más, cosas raras que ocurren cuando no se es del todo dueño de los propios actos.

Lo que más molesta es esa actitud de falsa magnanimidad. Cuando no se ponen a vender el favor, lo más caro posible. Y es una deuda que no termina nunca de saldarse porque esa clase de mujer se ocupa —vaya si se ocupa— de que la contabilidad amorosa sea siempre deficitaria para ella. Unido a que el deseo de hacer el amor se renueva, como si de la última vez hubiera quedado por conocer un detalle importante. Ellas lo saben muy bien; a saber si incluso conocen ese detalle y lo ocultan expresamente para espolear el apetito. La vez siguiente es mucho más cara, con una cena por medio, por lo menos. O un pequeño regalo, una atención para disipar toda clase de dudas sobre la sinceridad de la llamada y la inocencia respecto a lo ocurrido la vez anterior.

Ocurre que cuando se está sobre aviso las cosas suceden de diferente manera. El amor también es distinto. Ya no levanta las piernas poco a poco; durante un buen rato permanece quieta, observando lo que va a suceder por el rabillo del ojo. Así no hay manera, así desfallece cualquiera. Hasta que —sin que se sepa muy bien cómo ni en qué momento— el resorte de la carne actúa, desaparece el recelo y se entra en el trance hacia el orgasmo, sin mayores complicaciones. Esa vez sí iba en serio, la primera vez en muchos días. A veces se llega a creer, con cierta clase de mujeres, que todo es comedia e incluso hay quien se acostumbra a ello de tal manera que la echa en falta cuando el coito se produce con naturalidad... porque no hay perfección ni goce como el que produce la comedia. Pero aquella vez no era así y la mejor prueba de ello la constituía su anterior frigidez. La melena se había desbordado por la almohada, su cabeza se agitaba girando de un lado a otro con la boca abierta, las piernas bien en alto sujetas por las corvas con ambas manos y hasta lanzaba gritos terribles como si se abrasara por dentro... cuando de repente se encendió la luz del pasillo, se oyó con toda claridad aquel particular sonido de su bolso al ser depositado sobre la consola del hall y sus pasos firmes e inconfundibles que recorrieron el pasillo para detenerse ante la puerta del dormitorio abierta de par en par. Todo el torbellino del coito que en el mismo instante se precipita sobre el vacío del estupor, las piernas se desploman sobre el lecho y de la agonía del placer —donde se había difuminado— emerge su cara endurecida de rasgos, destilando en sus ojos toda la rabia, todo el encono, todo el despecho. Y luego los golpes, las voces y gritos, los zapatos, el cenicero que se hace añicos al estrellarse contra la pared, el zapato de nuevo que de un golpe barre todas las fotografías de la mesilla de noche, sin que todo ello logre perforar la atmósfera densa y lechosa del estupor que entra por el hueco iluminado de la puerta del dormitorio. Tal vez solamente lo cancela el portazo de la entrada, que se anuncia como definitivo.

Lo de menos es que se haya perdido el verano, ya vendrá otro. Aún queda la mitad de agosto. En cuanto a ella es mejor no llamarla más, tampoco se ha perdido gran cosa. La lástima es aquella criatura, una mujer libre, acostumbrada a valerse por sí misma, que lo reunía todo. Sin aspavientos, con una naturalidad que ya quisieran para sí las que presumen de estar de vuelta de todo. Y con una cultura, una mujer con conversación, que incluso estaba leyendo una novela muy larga.

Y de nuevo el portazo.

Por fortuna, en una ciudad grande hay soluciones para todo; soluciones que, por su insuficiencia, fueron dejadas de lado cuando soplaron ciertos vientos de fortuna pero a las que es preciso volver cuando las cosas se ponen de cara. Y cosas que yacen olvidadas porque una moral despectiva las ha cancelado por principio pero que, probadas de nuevo, demuestran gozar de unas propiedades secundarias nada desestimables cuando se va entrando en años. Todo cambia con los años, por fortuna.

Así que, ¿a qué viene esa sonrisa alelada, indicando con la barbilla que siga adelante, que no hay nada que temer, que nada hay más natural que eso? ¿Dónde está la presencia de ánimo? ¿Qué puede pasar? Nada hay que temer cuando se trata de un asunto de tan poca monta, una cana al aire como se decía en otros tiempos. ¿O será que al recurrir a las costumbres y actividades de los años estudiantiles el ánimo reacciona con el reflejo de la misma zozobra de entonces, la misma curiosidad y análogo temor? Es una de tantas, una de esas chicas muy jóvenes que frecuentan los bares para concertar sus pequeños contratos. Ya no son como las de antes, tienen un aire más natural, menos profesional y sin embargo las reacciones son imperecederas: la misma cara de hastío en cuanto llega al piso, la misma diligencia por despachar el asunto cuanto antes. Hay una habitación libre, no hay que esperar nada, pero en la antesala cambia con la regenta del piso un gesto interrogante que induce a aquélla a mirar con cierto recelo al cliente; y antes de pasar a la habitación le cuchichea algo al oído.

Ya se sabe que el cuerpo es un misterio y el sexo exige, como el cine, toda la atención. De otra suerte, todo el interés se viene por los suelos. No, no se puede estar así, escuchando lo más imperceptible y atento a lo que ocurre más allá de la puerta mientras la joven trata de acelerar el proceso del placer para que sucumba cuanto antes al orgasmo. Enseguida, cuando no se produce en el tiempo normal, vienen los reproches y protestas, las preguntas sobre la salud, las recriminaciones ante el escaso deseo que demuestra hasta que al fin, salta el resorte de la carne y se inicia la carrera hacia el orgasmo.

Ciertamente, casi todas sus expresiones forman parte de la comedia que, para ser bien representada, ni siquiera ha de parecer demasiado veraz sino sazonada con un punto de exageración.

Un acierto el meublé, un acierto el espejo; todo ello tan escrupulosa y profesionalmente ejecutado que el orgasmo se anuncia, la corriente se hace más rápida y ya no dominable precursora del rápido final cuando de repente se oyó su voz, su voz inconfundible, hablando con la regenta del piso acerca de su marido, un hombre joven, no muy alto, de unos cuarenta años. Y se hace el clima del estupor en el cual ni siquiera se da cuenta de cómo se ha ido la joven, cómo se ha vestido ni qué ha dicho ni cómo le ha abandonado, embargado por la alucinación, dejando la puerta abierta que da a la antesala, el hueco iluminado donde se recorta la silueta de la regenta:

—¿Pero qué hace usted ahí? ¿Por qué no se levanta y se viste?

Poco a poco la pregunta se va alejando —al tiempo que resuena, sin que se despeje la turbiedad del clima— hasta que de nuevo se aproxima mediante una transformación hacia un acento más familiar. Y ese tuteo, ¿no es demasiado familiar ese tuteo? ¿Es propio para que una mujer de su clase se dirija a un desconocido? Un hombre de cierta posición, debería darse cuenta. Y el pasillo, la antesala, ¿era así la antesala? ¿Qué fue de la mujer? ¿Qué quiere esa otra, vestida de calle, como si viniera de la piscina o de compras? ¿Y ese bolso? ¿No es su bolso? Y su voz, claro que es su voz, ¿luego dicen que no ocurre nada? Claro que eran sus pasos, claro que es su voz:

—Pero ¿qué haces ahí desnudo? ¿Qué haces por los suelos? ¿Por qué no te levantas y te vistes?

[1973]

Así era entonces

En aquellos veranos apenas había gente en las playas, ni siquiera a finales de julio. Y aun cuando eran escasos los excursionistas domingueros que el tren de las once dejaba en el apeadero, su presencia era motivo suficiente para que nuestro grupo desdeñara el baño los días festivos.

Tampoco había coches. No había otros coches que el taxi de Domingo Caldús, el viejo Hotchkiss que comprara a mi padre al no decidirse a instalar el gasógeno, y el 11 ligero de los Durán. Los dos andaban bien poco: el uno, a falta de clientes, era utilizado por su dueño para —con la gorra echada sobre los ojos—, a la sombra de la rotonda de plátanos frente a la estación, prolongar una ilimitada siesta de posguerra de la que a veces era arrebatado por las voces de una paisana con su niño en brazos, enfermo y estupefacto, o por el corro de parientes y amigos en torno al reciente matrimonio de la montaña, de vuelta de su viaje de novios con un par de cajas de pollos, un baúl-mundo y un envidiable aspecto de carnal y soleada satisfacción; y el otro porque las pocas veces que C. Durán tenía dinero para la gasolina no contaba con el permiso de su padre para pasear a sus amigos.

El verano se iniciaba con una procesión de barcas el día del Carmen. Las barcas, empavesadas con flores, gallardetes y grímpolas de todos los colores, alguna complementada con una rústica cabina de cañizo o ramaje, para que la familia merendara a la sombra y al recién nacido no le dañara el sol, seguían un itinerario de unas cinco millas tras la nave capitana —la *María Auxiliadora*, la mejor y más marinera de todo el puerto, de casi nueve metros de eslora y sesenta caballos de potencia— en la que se instalaba un pequeño altar con la imagen de la Virgen y en la que se embarcaban las autoridades y fuerzas vivas del pueblo, en compañía del propietario, su familia y sus íntimos, para meterse en el cuerpo una fastuosa merienda —toda clase de mariscos y embutidos, tortillas y empanadas de varias especies, ensaladas, chuletas de cerdo adobado, codornices escabechadas en casa, todo ello rociado con vinos de marca y licores— cuyo volumen e importancia el párroco era el encargado de disimular, con sus paseos a proa entre plato y plato para asperjar el océano por ambas amuras y entonar algún breve salmo alzando las manos al cielo, con miras a la propaganda hacia la segunda embarcación. Porque, en contraste, la segunda barca se ponía a la disposición de todas las viudas de marineros del pueblo que, enlutadas, de pie y de rodillas —como el coro de las Erinnias—, resistían las tres horas de procesión cantando al Señor y lanzando flores al mar, sin probar bocado. En aquellos tiempos siempre era posible encontrar algún hueco en alguna de las barcas de cola, para inaugurar el verano con vino del país y una fuente de pulpitos con ensalada de pepino (la especialidad del pueblo), y algún que otro pellizco furtivo a las chicas. Era demasiado pronto, estaba la estación demasiado tierna para intentar algo más audaz.

El verano entonces era el encuentro con las mismas caras del anterior, que se dejaban de ver por espacio de nueve meses. Eran amistades y noviazgos que sólo en contadas ocasiones lograban prevalecer y perdurar durante los meses de frío y separación; a lo más se prolongaban con una correspondencia otoñal que comenzada en octubre, agonizaba en diciembre y a fin de año era cancelada para tener las manos libres con vistas a la próxima temporada. Todos teníamos las novias de verano pero —hijas de buena familia, de nuestro mismo medio y educación— ya se comprende que se trataba de mujeres de bajo rendimiento carnal; a lo más un agarrón bajo el agua, un beso en el cine y un pellizco en el baile, en medio del estruendo. De lo demás, nada. Así que nos turnábamos para tratar de mejorar tan escaso rendimiento, en la idea estadística de que una oportunidad excepcional sólo podría encontrarse agotando todas las posibilidades usuales. Eran chicas muy decentes; guapas y jóvenes y muy entregadas.

Desde mucho tiempo atrás habíamos optado por El Rancho para el aperitivo de la mañana. Al otro local apenas le hacíamos caso. Pasado el mediodía y antes del último baño era obligado tomar cerveza o vermut y saludar con los vasos y botellas en alto a los viajeros del tren de la una para despertar su envidia. Para despertar esa clase de envidias, aquellas mujeres eran únicas.

En El Rancho se estaba a gusto; tenían cerveza fresca de barril, bocas, cortezas y mojama las más veces; un cañizo, unos pocos veladores y unas sillas de tijera; y allí cuajaba siempre el mejor momento —tras los saludos poco elegantes a los viajeros del tren de la una— para los chistes procaces y aquellas adivinanzas intencionadas con que pretendíamos poner a prueba la sensualidad, siempre a resguardo, de las chicas. En verdad que eran mujeres simpáticas y atrayentes. Y amigas de verdad.

Al otro sólo acudíamos cuando se terminaba la cerveza de El Rancho. Estaba además más allá de las rocas y la escollera, cerca de las últimas casas del pueblo y para llegar hasta él era preciso atravesar una de esas charcas someras donde se acumulan las algas. Por añadidura, era una barraca sucia y hosca, alquitranada por sus cuatro costados, cuyo propietario nos servía a regañadientes la cerveza cuando se terminaba la de El Rancho. Aparte de eso las chicas no nos acompañaban hasta allí porque según ellas el barracón tenía mala fama. Tal fama le debía venir de la soledad. El propietario era un marinero retirado que se ganaba la vida durante la mayor parte del año cosiendo redes de otros y que en verano sacaba al exterior una mesa de pino y un par de sillas de anea, donde jamás vimos sentarse a nadie, y en un poste colgaba un cartón que decía «Hay vino y cerveza fresca». La cerveza no estaba fresca sino del tiempo, en unas botellas de litro que no guardaban presión, que el marinero nos despachaba sin siquiera mirarnos a la cara. Las chicas decían que allí no se podía ir.

Hasta que un día de comienzos de verano de no sé qué año, alguien descubrió a la Martina. Descubrió no sólo a la Martina sino también su nombre y se hizo lenguas de ella y todos los demás nos hicimos eco de las lenguas que se hizo aquél, que no recuerdo quién fue.

La Martina... Tardamos bastante en dar con ella porque apenas salía de la barraca; bien es verdad que tampoco había salido en sus anteriores dieciocho años, sin duda por imposición de su padre, aquel marinero desalmado. Durante aquel primer verano sólo llegamos a verla lejana y furtivamente, envuelta en la sombra rota de la parra frente a su puerta o metida en el agua hasta los tobillos, buscando chirlas siempre muy lejos, tan lejos como esa figura —confusa pero reconocible— que el pintor de marinas sitúa en la orilla solitaria para dar idea de la lejanía. Era imposible además acercarse a ella porque con un golpe de cabeza parecía alejarse cuanto quería para restablecer la distancia, como la gaviota que simula estar siempre quieta pero que —con la mirada lateral heráldica— nunca queda al alcance de una piedra.

Así que el verano siguiente la convocatoria de la Virgen del Carmen tuvo lugar en secreto en la barraca del marinero, un tipo detestable que cada día nos había de gustar menos. Pero la Martina parecía haberse acostumbrado y haber tomado gusto por el exterior; ya no era tan raro ver a padre e hija, cada cual por su lado, arrodillados sobre las redes extendidas delante de la parra, pero como siempre usaba la misma larga falda de rayadillo de las pescadoras, que se ajustan con una goma a la cintura, no había manera de prolongar la mirada más allá de las corvas; y con frecuencia pasaba no lejos de nuestro grupo, con un cesto en la cabeza. A pesar de que siempre la habíamos de ver vestida desde el cuello hasta las pantorrillas, descalza, con una blusa negra de mahón y la falda de rayadillo, nuestra desmedida atención obligaría a las chicas a volver la cabeza a su paso; quién sabe si uno de sus mayores atractivos no era la monotonía de su atuendo, en contraste con los floreados trajes de baño de las chicas. O la manera con que saltaba sobre los zoques y echaba a correr por la escollera, haciéndolos sonar como crótalos.

Hubo quien aseguró que se bañaba en el mar la mayor parte de los días, muy de mañana, casi de madrugada; y como carecía de traje de baño lo hacía con una enagua que se transparentaba y ceñía a su cuerpo. Así que durante quince días hubimos de contemplar el amanecer desde detrás de las rocas sin otro resultado —creo recordar— que un poema a la salida del sol escrito en alejandrinos por el joven Manrique de Lara para dar franquicia a sus emociones, y una irrefrenable tendencia a desayunarse con vino y grasas por parte de los demás.

No obstante haberse acercado bastante en aquel verano nunca llegó a aproximarse lo deseable, a causa de su padre, un marinero ensoberbecido por nuestras atenciones. Porque en cuanto nos sentábamos a su mesa bajo la parra, sin otra intención que gozar del céfiro vespertino y saborear su cerveza, Martina era obligada a desaparecer en el interior de la barraca. Era el auténtico ogro. También llegamos a saber que tenía un hermano menor, de unos diez años, que nos había pasado inadvertido acaso porque ayudaba al párroco en ciertos menesteres y que a su vez le pagaba con unas lecciones para ingresar en no sé qué escuela profesional; por eso, durante unas semanas nuestra estrategia se dirigió hacia el chico, al que colmamos de atenciones y dulces, y hasta hubo quien se ofreció a darle clases particulares en la habitación que compartía con su hermana, sin ninguna clase de retribución. También supimos que tenía otro hermano mayor, ya casado, que vivía en el pueblo y tenía una barca en propiedad con la que todas las noches salía a faenar. Al parecer era hombre abierto y poco suspicaz, ayudaba a su padre con algún dinero y no vaciló en hacernos un sitio en su barca, siempre que no molestáramos durante la faena; de cuya experiencia apenas salió otra cosa que un himno a la noche, en seis cantos y hexámetros, que el joven Lara compuso en permanente trance y un gusto por el pescado crudo y limpio, sin más, con un poco de sal gruesa y unas gotas de limón, por parte de los demás.

Por lo mismo Eduardo y yo nos decidimos a coser. ¿Queda alguien en este mundo que sepa lo que es coser una red? Lo dudo. Porque para coser una red no hacen falta ojos ni dedos ni siquiera riñones ni rodillas; lo único que se necesita es alma, una cosa en desuso a lo que yo veo. Buen Dios, todo lo que pudimos llegar a coser, de sol a sol y en algunas ocasiones hasta el amanecer. Porque aquel desalmado, aquella escoria, aquel recipiente de inmundicia cuyo hedor podré reconocer aun inmerso en el más harapiento y amoniacal estercolero, viendo cómo nuestras manos podían hacer en un día lo que a él costara meses, no cesaba de solicitar y recibir encargos que le llovían de toda la costa. Buen Dios lo que pudimos llegar a coser, ¿por qué no decirlo? incluso a la luz del carburo mientras... Pero lo que sigue al mientras da un poco de reparo confesarlo. Hasta las chicas —más intrigadas que ofendidas— optaron por acercarse a la barraca prohibida tanto para investigar nuestra obra cuanto para, con rebequiano talante, tratar de redimirnos de nuestro voluntario castigo con una sesión de cine. «Imposible, imposible» – «¿Pero qué tenéis que hacer?» – «Coser, coser» – «Y, ¿tenéis para mucho?» – «Todo ese carro. Tiene que estar listo para el sábado a la mañana» Se ofrecieron a ayudarnos porque, cosiendo Eduardo y yo, pescando Manrique de Lara e Iturralde ocupado con sus clases al niño —desaparecido además C. Durán— ¿qué podían hacer? La verdad es que se trataba de las chicas más serviciales y simpáticas de toda la costa; no las había más atractivas pero eran de buena familia. Eso es lo peor, una buena familia como los Durán.

No sé lo que llegamos a coser; cuando todo el pueblo dormía callado y apagado, sin otros sonidos que el chapoteo de las barcas, las horas en el reloj de la torre o los ladridos intermitentes de un perro cerca del cementerio, ni otras luces que la esfera del reloj o las débiles lámparas del embarcadero, balanceándose a un compás diferente al de las olas, nuestras dos luciérnagas de carburo se paseaban aún por la playa con la lentitud de dos insectos que tardan una noche en aparejarse, tras un juego de fintas y escaramuzas.

Y mientras tanto.

Apenas levantábamos la vista al paso de la gente y ni siquiera recogíamos las piernas para que no nos pisaran —mucho más atentos al cuidado de las redes— los bueyes que sirgaban las barcas fuera del agua. Hasta que una noche a punto estuvo de atropellarnos el 11 ligero de C. Durán que a bastante velocidad y haciendo eses en la arena todavía húmeda por la marea, se dirigía a la barraca con las luces apagadas. Entonces comprendimos en un instante su ausencia de un mes. La Martina no sólo parecía familiarizada con el coche sino que llevaba una de aquellas faldas largas con una fila delantera de botones, casi todos desabrochados; y por último aceptó una chupada del cigarro del conductor antes de darle un beso y salir corriendo hacia la barraca, saltando por entre las redes.

De todas maneras —y por comprometido que para él resultara el descubrimiento de su secreto— C. Durán no nos habría admitido en la intimidad de su aventura de no haberse enterrado el coche en la arena. Cuando quiso arrancar —sin invitarnos a subir, sin siquiera desearnos las buenas noches— las ruedas delanteras no lograron más que levantar dos chorros de arena, con un silbido de sierra de disco, para enterrarse un poco más. Viéndose perdido, tuvo que recurrir a nosotros. Toda la noche estuvimos empujando con poco resultado y solamente ya amanecido el día, y a cambio de una discreta participación en la aventura, pudimos sacarlo de allí antes de que se abriera el mercado, con la ayuda de una pareja de bueyes.

No podían ser excursiones más alegres y desenfadadas. Que en ningún momento se piense que nos movían los celos o la envidia. La envidia, una envidia sincera y generosa, en todo caso. Viajábamos los cuatro, por lo general a los merenderos de la montaña o a las playas próximas y todavía más desiertas que la nuestra, a unos veinte o treinta kilómetros del pueblo. Le había regalado un traje de baño negro, que se colocaba tras los arbustos, y de vez en cuando le acariciábamos la espalda para quitarle unas motas de arena o ahuyentar un insecto, o nos dejaba embadurnarle las piernas con crema. Ocasionalmente le escurríamos el pelo y de tarde en tarde también echábamos un baile con ella, apretándola por la cintura, en las fiestas y romerías de la montaña. En el pueblo no nos dejamos ver por el resto del verano en la seguridad de que tampoco nos habían de echar de menos, el uno con sus clases, los otros con la pesca, y las chicas —qué simpáticas y qué buenas eran en el fondo— resignadas a despertar la envidia por sí solas.

El lugar que más frecuentamos era un fondaco de una carretera vecinal, situado a media ladera en una revuelta frondosa de chopos, olmos, nogales y toda clase de frutales, con un pequeño huerto escalonado hasta un riachuelo muy limpio y fresco, en cuyas pozas Eduardo y yo nos bañábamos desnudos y comiendo fruta, sin más que alargar el brazo. Regentaba la fonda un viudo de bastante buen talante y considerable jugador de dominó, y aparte de regalarnos con jamón poco curado y un vino cabezón que se bebía sin sentirlo pero pegaba fuerte, allí cenábamos a nuestra guisa y hacíamos noche por poco dinero.

La Martina se divertía de lo lindo día y noche, a juzgar por las risas y gritos que filtraban paredes, puertas y ventanas y a C. Durán nada le gustaba más, por otra parte, que abandonar la habitación descalzo y de puntillas, para echar la partida de dominó contra nosotros dos, de pareja con el ventero.

Descubrimos que tenía una mancha en la espalda, como la silueta de una calavera, que añadía una nota más a su atractivo. Descubrimos también que poco a poco la influencia beneficiosa de C. Durán le había hecho despojarse de diversos prejuicios y escrúpulos, de la misma manera que C. Durán no oponía ninguna clase de reparos a ciertas cosas que con otro talante, con otra intimidad y otra educación que la nuestra, probablemente hubieran hecho correr la sangre. Cuando volvíamos de la partida —y para ello era condición haberla ganado— nos permitía echar una ojeada a la cama envuelta en la penumbra de la habitación al tiempo que C. Durán levantaba las sábanas, con bastante recato, para que contempláramos su cuerpo de espaldas, arrinconado contra la pared; andando el tiempo en el momento en que C. Durán tocaba con sus dedos el borde de la sábana, simulaba despertarse, se rebullía y desperezaba para que también pudiéramos admirarla de frente. Al mismo tiempo que supimos que había perdido algo de su natural rubor, el día que al vernos metidos en la charca sin pensarlo más se despojó de su ropa para lanzarse de pie al agua —apretándose las narices con una mano, con la otra recogiéndose el pelo en un efímero moño—, comprendimos que había sido rebajado algo el celo de C. Durán, contento de ver desde una roca cómo los tres nos divertíamos con nuestras zambullidas, aguadillas y algún que otro empujón procaz.

Todo habría seguido su natural curso hacia la extinción de aquel pasatiempo si en el taxi de Domingo Caldús no se hubiera presentado en el fondaco, justo cuando habíamos concluido la partida y la pareja se había ido a echar la siesta, un sujeto —oficial del Ayuntamiento del pueblo, con un ojo de cristal como resultado de una herida de guerra, que por las tardes trabajaba en la administración de la finca de los Durán— con la exigencia de ver inmediatamente a C. Durán. No sin grandes esfuerzos de persuasión le hicimos comprender que en aquel momento (había ganado la partida y ya se habían extinguido las risas en el fondo del pasillo) C. Durán no estaba para ver a nadie y que, si quería esperar, con mucho gusto nos aveníamos a aliviar su espera con una partida de garrafina, a peseta el punto. El hombre parecía preocupado y de mal talante y decidió esperar en el coche, sentado junto a Domingo Caldús que ya dormitaba con la gorra sobre los ojos, recostado sobre su asiento. Fue una espera interminable que consumió fumando sin parar, con la vista clavada en el frente de la carretera, sin mover un músculo ni mudar de expresión —tan inmutable pero menos sonoro que el sueño de Domingo Caldús.

A media tarde le sugerimos que pasara dentro a tomar algo, pero sólo aceptó un vaso de vino y un cigarrillo. Ya nos disponíamos a dar el paseo hasta un pequeño pueblo cercano cuando C. Durán apareció en el extremo del pasillo, con una toalla alrededor de la cintura, bostezando y restregándose los ojos. Al primer instante quedó un tanto sorprendido pero no logramos oír lo que le dijo, fue un cuchicheo muy rápido e imperceptible y tan decisivo que la toalla se vino al suelo, obligando al tuerto a agacharse a recogerla.

Un minuto después C. Durán salió precipitadamente de su habitación, medio vestido, abrochándose la camisa, sueltos los cordones de las alpargatas. Al pasar junto a nosotros dijo unas palabras incomprensibles al ventero, algo que (no digo que lo fuera) sonó un poco humillante. Puso el 11 ligero en marcha, el tuerto se sentó a su lado y, ante el asombro de Domingo Caldús, desapareció en la revuelta de la carretera sin que hasta la fecha le haya yo vuelto a ver.

Aquella noche Eduardo y yo jugamos hasta el amanecer. Fue una hermosa partida, de poder a poder; una partida reñida con mucha pasión y mucha astucia que ambas partes derrocharon sin la menor reserva; con mucha fortaleza y sangre fría, sin que en ningún momento cundiera el desánimo en los malos trances de uno y otro, perfectamente responsables de que nos jugábamos algo importante. Fue una de las buenas partidas que recuerdo haber jugado, de la que guardo imperecedera memoria, y que Eduardo ganó por un pelo, pero con todo merecimiento. Ya de madrugada entramos a verla, una pieza de nácar coloreada en su propio calor y envuelta en la crisálida de su sueño del que no debería despertar si, por la parusía de su belleza, fuera posible abandonar la nada de la conciencia para introducirse en él y gozar dentro de su fárfara de la resurrección de la carne. Le acaricié la espalda y le dije adiós, depositando un beso en su nalga, muy emocionado.

Aquella mañana volví al pueblo y supe que el padre de C. Durán, un hombre relativamente joven y con una considerable fortuna, estaba agonizando. Murió dos días después, sin haber recuperado el conocimiento.

El verano siguiente tuvo otro color, por la incomparecencia de muchos amigos y amigas, y tal vez por el precipitado matrimonio de Eduardo con la hija del pescador. Fue un hombre que (y eso parece que le viene de familia) nunca demostró tener demasiado juicio, que lo ha echado todo a perder y que, a lo que me han dicho, malvive gracias a un puesto de refrescos que abre en verano para los numerosos bañistas, aunque al parecer todo el peso del negocio recae sobre su mujer.

[1973]

Últimas noches de un invierno húmedo

Lo cierto es que en gran parte fue la obediencia a las insistentes demandas de sus hijos lo que movió al señor Martín a pasar el primer trimestre del año en una localidad de la costa de Levante, al objeto de encontrar en aquel clima un poco de descanso para sus fatigados bronquios. Había consumido el otoño tosiendo, desasosegado y febril, incapaz de encontrar en la dedicación a su negocio una distracción a la soledad y melancolía provocadas por su recién estrenada viudez.

Nunca había sido hombre de amigos; durante casi cuarenta años no había hecho otra cosa que levantar el negocio y atender a la familia y cuando —los hijos acomodados y casados— pensó, como es de rigor en un hombre de su edad y sus posibilidades, que era llegado el momento de tomarse un poco de ocio, la imprevista muerte de su mujer vino a desbaratar sus planes y a sumirle en un estado de confusión del que no sabía salir sino acudiendo a diario a la tienda, a las ocho y media de la mañana, al igual que en sus años mozos.

Su comercio era una ferretería de la calle Hortaleza, una de las mejor surtidas del barrio, donde había entrado a trabajar de chico, a comienzos de la década del veinte, y que después de la guerra compró a su antiguo propietario, un hombre que había sido para él como un padre y por respeto al cual nunca se decidió a cambiar el nombre comercial, conocido en toda el área por espacio de casi un siglo.

Siempre fue un hombre tranquilo y de gustos moderados, muy ahorrativo y no demasiado pagado de su bienestar. Siempre había contado con su mujer para todo y si un día llegaron a ser únicos propietarios del negocio ello se debió tanto o más a la imaginación y al empuje de ella que a la constancia de su marido.

La guerra civil sorprendió a los antiguos propietarios en San Sebastián y el joven Martín, solo en Madrid al frente del comercio, hizo durante aquellos tres años todo lo que estaba en su mano para conservarlo en pie. Al término de la contienda fue su mujer quien concibió la idea de adquirirlo, pagando a los herederos —pues el antiguo propietario falleció unos meses antes de que concluyeran las hostilidades— una bastante elevada cantidad inicial, que se llevó todos sus ahorros, y el resto en cincuenta mensualidades. En un principio el señor Martín, acostumbrado a un satisfactorio y puntual sueldo de encargado y una participación sobre el volumen de ventas anual, se mostró refractario a tal operación, amedrentado por la escasez de aquellos años en los que a duras penas y después de muchas rogativas entraba un tornillo en la casa, incapaz de comprender qué es lo que tenía que hacer para saldar a fin de mes aquella terrible cuota. Sin duda fueron sus años más difíciles y en los que —era obligado— surgieron las desavenencias conyugales, la mayoría de ellas provocadas por la intemperancia de aquel hombre que, frente a las dificultades, sólo sabía responder con recriminaciones a su mujer por haberle embarcado en tal aventura.

Durante los primeros dos años, cuando la escasez de género y la reserva del mercado le obligaron a solicitar demoras y créditos para hacer frente a los pagos, su impaciencia y zozobra llegaron a alterarle de tal manera que sin duda no habría salido adelante de no haber sido por aquella mujer discreta y eficaz que en los peores trances no llegó a perder la compostura y la claridad de juicio. Y gracias a ella los hijos terminaron sus estudios. En contraste, cuando el tiempo acabó por darle la razón y el negocio empezó de nuevo a marchar por sí solo (de suerte que pudieron liquidar a los antiguos propietarios en el plazo previsto) ella no le había de devolver nunca el menor reproche ni se permitió jamás mencionar los malos momentos que su marido le había hecho pasar y que supo soportar con la entereza de las personas que saben adónde se dirigen, que supo olvidar con la indulgencia de quien consigue lo que se propone.

Pero no porque empezara a entrar el dinero en abundancia en la casa habían de cambiar los gustos y costumbres del señor Martín. Ni por un momento se le ocurrió rodearse de un lujo superfluo ni se decidió a ampliar el negocio. Atendía a la familia, pagaba los estudios de sus dos hijos y como gran cosa se mudó a un piso espacioso de la calle Sagasta y todos los veranos —durante tres semanas del mes de agosto— se marchaba con su mujer a tomar los baños de Molgas. Casi todas las tardes su mujer le recogía en la tienda antes de echar el cierre, para dar un paseo y merendar en el Comercial, y media docena de veces al año acudían a la sesión de tarde de algún teatro céntrico, a disfrutar de una comedia. Al cine no fueron nunca.

Cuando ella murió —de una neumonía, de lo mismo que (pensaba a veces) había de morir él— quedó tan solo y tan desconcertado que no sabía encontrar las horas. El café del desayuno se quedaba frío, sin duda a la espera de que ella se sentara a su lado; le daban las ocho sin echar el cierre y por la noche —muchas noches— se metía en la cama por el lado de ella y extendía el brazo buscando su cuerpo, llamándose a sí mismo con susurros un tanto avergonzados. Porque una de tantas divagaciones para soportar su ausencia consistía en imaginar que él era el muerto. Su hija —reputada como la más inteligente de la familia— advirtió pronto lo mucho que le costaba reponerse del golpe y quiso —sacando tiempo de sus propios deberes caseros— tratar de paliar el vacío que había dejado su madre con una solicitud que no había demostrado para con él desde antes de ser mujer. Por otra parte tampoco su padre podía dar a entender que buena parte de sus atenciones más servían de recordatorio de la pérdida que de mitigación del desamparo: no se trataba tan sólo de las costumbres adquiridas con otra clase de compañía sino de una extrema diferencia en los gustos y en la mentalidad; y en cierto modo ella era la engañada porque el señor Martín (quien sin duda lo había aprendido de su difunta mujer) se esforzaba cuanto podía en no sacar a capítulo un egoísmo que pusiera de manifiesto hasta qué punto resultaban inútiles sus esfuerzos. Y sabiendo de qué manera le aburrían las largas sesiones en el café Comercial y las comedias regocijantes de los teatros céntricos se avino a acompañar a su hija y su yerno a sus espectáculos preferidos, venciendo la gran repugnancia que le producían todas aquellas películas saturadas de violencia y adulterios.

Si fue capaz, en buena medida, de sobrellevar los males del espíritu en cambio no fue así con los del cuerpo. Ya en la primavera el estado de sus bronquios y los ataques de tos, a pesar de que había dejado de fumar años atrás, habían alarmado a todos: consultó a varios especialistas, se sometió a diversos tratamientos, llenó la mesilla de noche de jarabes y específicos y todos los jueves y sábados por la tarde su hija le paseaba en su coche, con sus dos pequeños, para dar una vuelta por La Moraleja o Boadilla del Monte, para sentarle durante un par de horas a la sombra de una encina, en una silla de tijera.

Así que cuando en vísperas de Navidad partió de ella la idea de una estancia en Levante —deseoso de encontrar la ansiada cura, pero temeroso de reavivar en aquella soledad, en aquellas tierras desconocidas para él, dolencias no del todo extinguidas—, si bien se permitió, como hombre que había aprendido mucho en las comedias, oponer ciertos reparos que pronto habían de ser vencidos por el insistente interés de sus hijos, a sí mismo se impuso la obligación de llevar a cabo el proyecto aunque solamente fuera para aliviarles, por espacio de un par de meses, de la enojosa carga de su desvalida viudez.

Su hija lo hizo todo; consultó con sus amistades y con las agencias de viajes; le buscó alojamiento en un hotel moderno, confortable y no demasiado oneroso; concertó los servicios de un médico, especialista del pecho, para que periódicamente le atendiera y, llegado el día, preparó su equipaje, le llevó en su coche y permaneció con él por espacio de una semana, hasta cerciorarse de que quedaba bien instalado, en buenas manos y fuera de todo cuidado.

Pero no bien se hubo quedado solo, un tiempo húmedo, desapacible y frío se extendió por todo el litoral; sus bronquios, tan sensibles a los cambios de presión, pronto se resintieron de ello y con la lluvia hubieron de comenzar los ataques de tos que, moderados en un principio y de no difícil coerción, en pocos días habían de dar lugar a una de las más agudas y dolorosas crisis que conociera. Apenas podía dormir, tanto asaltado por la tos como amilanado por su inminencia, aterrado por la humedad de los cristales, las nubes de polvo y presentimientos que encerradas en su pecho sentía crecer hasta invadir todo su tórax hasta que, no pudiendo soportar más la presión de los pulmones, rompía en una catarata de toses que agitaba todo su cuerpo, sacudido por un sistema nervioso del que no se sentía dueño. Por las mañanas se veía obligado a permanecer en la cama, agotado y tembloroso, con los pulmones como brasas y la garganta escocida, con las persianas echadas y todo el cuerpo inmóvil para no levantar la mota de polvo provocadora de la nueva crisis. Pero —y no recordaba nunca haber hecho un esfuerzo semejante, un tan estoico sacrificio de la compasión que a la fuerza tenía que inspirar su estado— con todo consiguió ocultarle a su hija el trance por el que estaba pasando, tanto para no robarle la tranquilidad con que le había dejado al volverse a Madrid cuanto para probarse y —en caso de un resultado satisfactorio— disciplinarse respecto a sus propias necesidades, a fin de poder sobrellevar solo sus crisis y acostumbrarse a una existencia más independiente y menos gravosa para sus hijos.

Porque aquellas crisis, aunque habían empezado a agudizarse años atrás, nunca en vida de su mujer habían cobrado un carácter tan alarmante por lo que el señor Martín pensaba para sí —con cierta piadosa hipocresía— que bien podían constituir el cruel consuelo que le enviaba el cielo para distraer su memoria, demasiado fija en su desaparición. No por eso dejaba de reprocharse —en los mismos términos de doblez— que en tanto durase el ataque todo lo demás carecía de importancia, incluso la soledad en que le había dejado aquella cuyo recuerdo sólo acudía cuando cedía el dolor, cuando superada la crisis encontraba en la cama un momento de paz en el agotamiento —empero temeroso siempre de ser arrastrado de nuevo a la tempestad antes de haber podido gozar de un solo momento de absoluto reposo—, bien para prolongar aquél con la remembranza de circunstancias más venturosas, bien para aureolarlo con el único tributo de bienestar inherente a su memoria. Que tales venturas se convierten en dolencias, que el recuerdo que —antes de ser remitido a la memoria— permanece adherido a un cuerpo necesitado de compañía se transforma en un banco de tortura, quién mejor que el señor Martín lo había de saber.

Pero pronto había de restaurarse el buen tiempo para introducir también una mejora sensible en el estado de su salud. Quince días después de su llegada había superado aquella primera y terrible crisis y pudo tomarse, con su tiempo y con su nueva y desconocida residencia, ciertas familiaridades a las que hasta entonces no se había atrevido. No sólo empezó a obtener los primeros beneficios de aquel clima providencial, tal como lo había previsto su hija, sino que (lo que entonces no le pareció tan importante, tal vez porque le pasara en parte inadvertido, prueba evidente de la certeza de la mejoría), al saborear el fruto de sus anteriores sacrificios y penalidades, su ánimo cobró un talante optimista y un apetito abierto a todos los estímulos. Unos cuantos paseos al sol y a la orilla del mar bastaron para que se sintiera fuerte y seguro, capaz —como no se había sentido en años atrás— de arrostrar cualesquiera dificultades que se opusieran al progreso de su salud, congratulándose de no haberse rendido a la primera crisis cuya superación —con sus solas fuerzas— engendraba la fuente de energía y confianza que tan necesaria le había de ser en fechas ulteriores.

Había sido alojado en uno de esos complejos turísticos siempre a medio concluir, formado por un hotel de seis pisos elevado al pie de la playa y circundado de otros edificios de apartamentos y comercios de una o dos plantas, con su correspondiente cafetería. En aquellas fechas invernales casi todo el hotel se hallaba cerrado por lo que al señor Martín le fue asignada una habitación de la planta baja, en el extremo de un bloque colateral, con una pequeña terracilla con acceso directo a la playa a través de un terreno vago salpicado de construcciones y calzadas no concluidas y un paseo marítimo que sin demasiados atractivos se prolongaba hasta el escarpe de rocas, para quedar cortado por un promontorio bastante abrupto que separaba aquella parte baja del litoral de una costa a la que el turismo, por desierta y violenta, se mostraba más reacio. A un nivel algo inferior a su terraza, en línea a escuadra con ella y en paralelismo a la curva del litoral, se extendía una hilera de minúsculos bungalows blancos, todos iguales, servidos por una carretera que más adelante quedaba cortada en seco por las rocas del promontorio. Casi todos estaban cerrados pero, con todo, su mejor diversión en los días que siguieron a la crisis, cuando sin atreverse a alejarse de su habitación prolongaba y afianzaba su convalecencia dejando pasar las horas tumbado en un sillón de lona, contemplando el mar, consistía en observar la escasa actividad de los pocos habitantes que por una razón u otra parecían decididos a dejarse engañar por un espejismo de verano. La mayor parte de los habitantes foráneos del lugar, incluidos los del hotel y aquellos de los departamentos aledaños, eran personas de edad, de salud castigada, necesitadas de sol, aire de mar y un ambiente tranquilo, que al cruzarse en la calle, en el paseo marítimo o en el vestíbulo del hotel se observaban con una mezcla de recelo, compenetración y afán emulativo, como para estudiar por la compostura del vecino su propio superávit de salud. Y aunque de tarde en tarde también aparecía alguna pareja joven, el señor Martín jamás volvía la cabeza ni reparaba en ellos.

En los primeros días de su restablecimiento un inquilino de los apartamentos vecinos había llamado su ociosa atención sobre todos los demás. Se trataba de un hombre maduro, de singular corpulencia, que habitaba uno de los más próximos a su terraza; vestido por lo general de luto, entraba y salía de su vivienda tan buen número de veces al cabo de la jornada que lo que en un principio había de servir al señor Martín de objeto de una regocijada curiosidad —tan necesitada de pequeños pormenores— poco a poco se fue convirtiendo en un motivo de irritación casi constante, molesto y casi ofendido del flagrante desprecio con que aquel hombre se permitía defraudar la compostura a la que se debía. A causa de su atuendo le había tomado en un principio por un viudo, en una situación tan semejante a la suya que inició en su seno un primer movimiento de simpatía que pronto quedó abortado; porque a menudo a las pocas horas de verlo salir de su vivienda de riguroso luto, con una cartera de cuero y un talante apresurado, volvía en su pequeño coche antes de la hora de comer, para reaparecer en su minúsculo jardincillo con un talante remozado, un atuendo más frívolo y una actividad juvenil: con una camisa estampada y un vaso en la mano, mientras regaba sus escasas macetas no tenía inconveniente en cambiar unas palabras, por encima de la balaustrada de ladrillo que separaba sendas parcelas, con una de sus vecinas que rara vez salían al aire libre antes del mediodía. Nunca habían sido del agrado del señor Martín esas personas, tornadizas y hueras, que no saben conformarse con los rigores impuestos por la edad, y nada le había de parecer más sustancioso —para refrendar sus juicios— que la observación de su ambiguo y ridículo comportamiento hacia ellas, así como los regocijantes comentarios que suscitaba cuando no se hallaba presente. En más de una ocasión habría deseado volver la vista hacia otra parte, ya que su desdén no era de tal magnitud como para aceptar de buen grado la complicidad en el desprecio manifiesto hacia un semejante, pero la limitación del horizonte y, sobre todo, la absoluta quietud de su reposo en muchas ocasiones le obligaron a convertirse en involuntario testigo de ciertas situaciones a las que, en vida de su mujer, sin duda habría vuelto la espalda.

Sin embargo, fue un gesto de mortificante atrevimiento y descaro lo que en el ánimo del señor Martín obró el cambio hacia la consideración que le mereciera su vecino. No le cupo la menor duda de que —ansioso siempre de festejar y agradar, para hacer gala de aquella artificiosa y banal disposición juvenil que le era preciso demostrar por contraste con una figura más replegada en la edad— señaló hacia él si no con una intención despectiva —para la cual el señor Martín, que nunca había cambiado una palabra con ninguno de ellos, no había dado el menor pie— sí al menos con ciertos propósitos conmiserativos y chocarreros. Para un hombre en la situación del señor Martín, con la sensibilidad tan a flor de piel que una semana antes habría podido denunciar en una mota de polvo el comienzo de un nuevo ataque bronquial, aquel gesto —acompañado desde detrás de la balaustrada por la carcajada estruendosa de la jovencita, más atenta sin duda a responder con el mismo tono festivo que llevada por la gracia del despropósito— había de suponer una especie de ruptura de hostilidades en virtud de la cual ya no se sentía obligado en su presencia o en su ausencia a la tácita, educada y distante consideración en que se había mantenido. Y de esa suerte cuando un par de días más tarde una de ellas —con palabras que no llegó a entender cabalmente pero con una mímica que no dejaba lugar a dudas respecto a la burla hacia el ausente vecino— se volvió súbitamente hacia él como para buscar su eco o su aplauso, el señor Martín abandonó su impasible y neutral actitud de reposo en la hamaca de lona para asentir con la cabeza, adornando su gesto con la mayor picardía de que era capaz, a fin de hacer saber a su joven y lejana interlocutora que su intención había sido captada y su gracia celebrada.

Hasta aquel momento no reparó gran cosa en ellas, más atento a los inquietos y frívolos pasos de su vecino. A distancia solamente había reparado en dos muchachas jóvenes que no se habría atrevido a calificar sin avergonzarse, en vida de su mujer. Las ventanas de su bungalow permanecían cerradas hasta bien entrado el mediodía y sólo amanecían en las primeras horas de la tarde que consumían reclinadas en sus hamacas —sin otros gestos que el movimiento de un brazo hacia una botella de cerveza, un cigarrillo o una fruta— para recibir en sus cuerpos desnudos (pues no se podía llamar vestido a las piezas recogidas sobre sus partes más íntimas) los invernales rayos de un sol, rebajado como cualquier artículo tras la temporada de ventas, que a duras penas podía mantener, a pesar de los muchos ungüentos y lociones que se prodigaban una a otra, un bronceado ya revenido.

Debían vivir de noche; sólo cuando se acostaba el sol se iluminaban sus ventanas, se elevaban sus voces y todo el espacio entre la terraza del señor Martín, el bungalow y la playa era ocupado por las melodías de un tocadiscos infatigable, a cuyo compás muchas veces al señor Martín le era dado contemplar la danza de sus siluetas cortadas por las láminas de las persianas venecianas que no se preocupaban de cerrar, y tan sólo interrumpido por los ruidos de los coches —los súbitos acelerones, los frenazos, los golpes de las portezuelas— de los visitantes que acudían al filo de la hora de cenar. Con frecuencia permanecían allí toda la noche —desordenadamente aparcados sobre la arena y entre las rocas— e incluso el día y la noche siguientes porque la fiesta concluía casi siempre de madrugada, con el arranque de los motores en frío, los violentos acelerones y maniobras y el resplandor de unos faros, avasalladores insolentes pero fugaces de los sutiles y tímidos brillos de un horizonte marino enfundado en la piel del vaho y ornado por el bostezo de su entumecido despertar, y del arrullador susurro con que en la madrugada sin viento unas minúsculas rompientes parecían paradójicamente querer sacudir la tierra para sacarla de su sopor y su silencio.

Inesperadamente un mediodía poco antes de la hora de comer, cuando el señor Martín, tras concluir la lectura del diario del que no desaprovechaba ni los anuncios ni los ecos de la provincia, buscaba algo en la playa desierta donde recalar su ociosa mirada y con lo que alimentar su creciente curiosidad, una de ellas —la del cuerpo más menudo y sin duda la más joven de las dos— salió corriendo de su apartamento, envuelta en una toalla de color carmín. Por unos instantes pareció vacilar sobre el camino a tomar —sin dejar de observar lo que ocurría en el bungalow— hasta que de pronto echó a correr, tal vez sin pensar adónde ir, en dirección al hotel. Cruzó por delante de tres o cuatro puertas —lanzando furtivas miradas hacia el interior de las habitaciones— hasta detenerse ante la terracilla del señor Martín; sin pedirle permiso ni casi reparar en él abrió de un golpe la cancela de madera pintada de esmalte blanco —por la que se accedía a la playa—, cruzó la terraza y se metió de rondón en su habitación en el mismo momento en que del bungalow salía hacia la playa un hombre bastante joven del que, por su actitud, por las miradas en derredor que lanzó, bien se podía decir que la andaba buscando. El primer impulso del señor Martín fue levantarse de su asiento, pero al observar más detenidamente al sujeto —que marchando con cautela y mirando a todas partes se aproximaba lentamente a su terraza— optó por permanecer en su hamaca y recoger de nuevo el diario para leerlo con gesto displicente y distraído como si a su alrededor no hubiera pasado nada. Por el rabillo del ojo vio —o sintió— los pies desnudos de la joven, apostada tras los visillos de nailon de la cristalera para seguir la escena. El individuo —guiado de un instinto bastante certero— siguió el mismo camino de ella, recorriendo todas las habitaciones contiguas hasta detenerse frente a la cancela del señor Martín quien había sentido cómo los pies se retiraban sigilosamente de detrás de la cristalera para a continuación abrir la puerta del cuarto de baño que fue cerrada por dentro y echado el pestillo. El individuo parecía bastante disgustado y no era tan joven como había supuesto en un principio. Vestía pantalones blancos y un chaleco oscuro, muy al gusto marinero, con mangas cortas y cuello de cisne, que acusaba las pronunciadas musculaturas de su pecho. El individuo regaló al señor Martín una mirada de despecho, inclinó el torso para escudriñar descaradamente en el interior de su habitación y de mala gana volvió sobre sus pasos, manifiestamente consciente de haber sido burlado. Todavía merodeó un buen rato en torno al bungalow de las jóvenes, entró y salió de él un par de veces y al fin su abandono fue anunciado por el ruido de un motor y una carrera de coche, del otro lado de las edificaciones. Pero el señor Martín no se levantó, imponiéndose un prudencial plazo de espera, temeroso de una añagaza de aquel sujeto. Solamente después de salir a la playa y asomarse hasta el paseo marítimo, el señor Martín se arrimó a la puerta de su cuarto de baño para golpear con los nudillos quedamente y susurrar a su ocupante: «Ya se ha ido».

El pestillo fue descorrido y la puerta entreabierta con tacto: por la rendija asomó su cara, con expresión interrogante que satisfizo el gesto mudo y tranquilizador del señor Martín. Era de pequeña estatura, bonita de facciones y tan maquillada y arreglada que el señor Martín supuso, sin género de dudas, que se disponía a salir, a falta tan sólo del vestido, cuando fue sorprendida por el intruso. Asomó primero la cabeza para cerciorarse de su ausencia —todo su cuerpo desnudo bajo la toalla exhalaba un perfume tan intenso que delataba su reciente aplicación— y lo mismo hizo detrás de la cristalera. Entonces a título de recompensa se volvió hacia el señor Martín, le pasó la mano por la cabeza —acariciándole el cuello con el borde de la uña— y le besó en la comisura de la boca al tiempo que, sin dejar de acariciarle, su mano se deslizaba desde la oreja, por el cuello y la clavícula. Y sin decir más echó a correr en dirección a su bungalow, sujetándose en el pecho la toalla de color carmín. El señor Martín salió de nuevo a la terraza para seguir su carrera. Apoyado en el antepecho de su ventana su vecino —en mangas de camisa, sosteniendo entre sus manos el vaso del aperitivo— le dedicó una sonrisa llena de malignidad, como para hacerle llegar la indulgencia y alborozo que reservaba a las faltas de quienes alardeaban de virtuosos. El señor Martín, temblando de vergüenza, animadversión y enojo, dio media vuelta y se refugió en su habitación, donde quedó embargado por el perfume con que la había impregnado la intrusa y que sólo había olvidado por un instante.

Todo quedó invertido. La voz al otro lado del teléfono parecía referirse a un objeto artificiosamente alejado, desconectado de su entorno, que sin éxito reclamaba la atención a otro objeto oculto desde siempre en la fluencia de un continuo que lo había enmascarado. Era su propia hija pero infinitamente alejada, quieta y carente de voz, encuadrada en una miniatura. Y así también era la imagen de sí mismo dada por ella, perfectamente reconocible y rememorable por cuanto había sido —el afeitado de las mañanas, el primer saludo a los empleados, la casa en orden— un suceso fortuito y erróneo y por eso mismo a duras penas identificable con el observador que le escuchaba del otro lado del perfume. Era el sonido de las olas el que le acompañaba a intervalos, nunca la memoria de la difunta ni los más amargos castigos del pecho ni las horas matinales de sosiego tras la noche de violencia. Y también ese otro era sin duda obra de él aunque no recordable; no llegaba a saber cómo habían invadido su habitación y su persona y no a instancias suyas sino aportados por un mensajero, en aquel momento en que —se diría— manumitido de la servidumbre del señor Martín había adquirido la ropa interior, en obediencia a una naturaleza y a un plan delatados por las prendas íntimas de color tabaco y negro, cuyo sentido no sería capaz de comprender sino a fuerza de angustiosas conjeturas, y los frascos de perfume que conservaban su presencia en la habitación y en el cuarto de baño y entre las arrugadas ropas del lecho; no era el mal de bronquios lo que había marcado todo su cuerpo con una permanente y sutil palpitación, tan irrefragable e incoercible como el delicado temblor de la hoja del sauce que no cesa en su movimiento aun cuando el movimiento caiga, sino la nueva, ignorada y avergonzada plétora crecida en un instante al contacto de la caricia de la mano y del robusto, pequeño y turgente cuerpo apenas advertido bajo la toalla y que no pudiendo ser acallada en pos de su satisfacción, en su búsqueda y quimérico hallazgo —más allá de la persiana al sol, de tanto en tanto toda la luz de la habitación quedaba oscurecida por el paso del hombre que, paseándose en torno a su terraza, esperaba su salida— se devoraba a sí misma, en la estulta contemplación de su agonía por parte de aquellas reducidas y deformes figuras —él mismo, el propio señor Martín en sus mejores años de prosperidad y acomodo— reflejadas en una brillante bola de bronce. Había esperado a la noche —a la primera hora tras el crepúsculo— para adquirirlas y sólo aguardaba a la mañana para no encontrarse más; incluso lo había visto con absoluta claridad: con las primeras luces del día la desaparición del enfermo y el desvanecimiento del hombre probo y ordenado a partir de lo que comenzaría...; la desaparición de la habitación y la súbita iluminación de la puerta abierta a la playa —nada sino la arena y las tímidas y craquelantes olas que rodeaban el bungalow— envuelta en el vaho protector y amortiguador de la mañana en torno a la toalla de color carmín. Su mano había pasado por su espalda y entre sus muslos y la plétora había respondido con una palpitación creciente, sólo un pulso más agitado, porque un único órgano escondido e intimidado era capaz de sentir la tersura de la forma prohibida, de comprender el inconfesable secreto de su pétrea calidez, de devolverle con su entrega al hermético y añorado mutismo, aislado en el placer, de hacerle llegar su incompleta respuesta —las piezas de lencería de color tabaco y negro, el perfume hediondo— enredada entre su cuerpo agonizante para demostrar la fuga de su injusto poseedor, acariciado exánime —hundido más y más en la arena embebida en agua— en el momento de su último, amoratado y turbulento despertar por las escaroladas y crujientes y minúsculas olas de la madrugada que, infatigables como criaturas sin discernimiento, no cejaban en su empeño de saltar sobre la playa, aprovechando su postrer sueño.

[1973]

Obiter dictum

«Vamos a seguir a partir del punto donde nos quedamos ayer. De esta forma, poco a poco, tendrá usted tiempo de hacer memoria. Podríamos empezar de nuevo pero creo que no vale la pena, hay todavía mucho que decir para tratar de aclarar por el momento los puntos que han quedado oscuros. Vamos a ver, usted afirma que llegó aquí el día 20 de febrero y que ese mismo día alquiló una habitación doble en el Hotel Levante, para una sola noche. Sin embargo nos consta que desde el día 17 al 19 hizo usted noche en el Hostal Ramos de Sanponce, a quince kilómetros de aquí. ¿Puede usted explicarlo?»

«Lo cierto es que llegué el día 17 a Sanponce y me alojé por tres noches en el Hostal Ramos. Si dije otra cosa es porque no creía que tuviera importancia lo que hice durante esos días.»

«Comprenderá usted que es de suma importancia para todos, y en primer lugar para usted, saber lo que usted hizo en estos días. Le ruego que en lo sucesivo no trate de ocultar o desvirtuar unos hechos que pueden ser tan fácilmente comprobados. No crea que proceder así le va a servir de algo; por el contrario, sólo obrará en detrimento suyo. Le ruego por consiguiente que se limite a la exposición de los hechos concernientes al señor Baretto, tal como ocurrieron, a fin de no incurrir en mayores responsabilidades.»

«Llegué a Sanponce el día 17 procedente de Valencia, por carretera. Ese día y los dos siguientes estuve alojado en el Hostal Ramos. El día 20 me trasladé aquí al Hotel Levante»

«¿Qué hizo usted durante esos días?»

«Estuve recorriendo la ciudad y la costa, sin gran cosa que hacer.»

«¿Sin mucho que hacer?»

«Apenas conocía esto. No había estado en veinte años. Me dediqué a pasear.»

«¿Sin nada que hacer? ¿No hizo usted más que pasear?»

«Prácticamente nada más que pasear y ver algunos apartamentos. Venía buscando uno para el mes de agosto.»

«¿No se dirigió usted a una agencia?»

«No me gustan las agencias. Puedo encontrar un apartamento en cualquier lugar del mundo, sin necesidad de recurrir a una agencia.»

«¿No vio usted a nadie? ¿No habló con nadie en todo ese tiempo?»

«Algunos porteros y propietarios. Le daré las señas si quiere comprobarlo. El personal del hotel.»

«¿No conocía usted a nadie aquí?»

«A nadie; absolutamente a nadie.»

«¿Qué le trajo entonces por aquí? ¿Solamente el deseo de pasear y alquilar un apartamento para el verano?»

«Poco más o menos.»

«Y, por supuesto, en más de una ocasión pasó usted por la calle Ribes.»

«Es posible.»

«No, no se trata de que sea posible. Se trata de saber con exactitud si en esos tres días pasó usted, y probablemente más de una vez, por la calle Ribes y concretamente frente al inmueble número 16. ¿Comprende usted?»

«Lo comprendo perfectamente pero no lo recuerdo.»

«¿No recuerda usted la casa de la calle Ribes, número 16?»

«Se lo dije ayer claramente. Recuerdo la casa pero no la

calle. Ahora mismo no sabría encontrarla. Así que no recuerdo tampoco si pasé por allí antes de ver a Baretto.»

«Sin embargo, dijo usted que no tenía conocimientos aquí aun cuando conocía a Baretto desde hace años. ¿Qué tiene que decir a eso?»

«Conocía a Baretto pero ignoraba que se encontrase aquí.»

«Sin embargo sabía usted que vivía en la calle Ribes.»

«No lo sabía. Lo supe. Ya se lo dije: lo encontré casualmente.»

«¿Cómo fue ese encuentro exactamente?»

«Fue al tercer día de mi llegada, el día 19 si no recuerdo mal. Yo estaba sentado en una terraza tomando una cerveza cuando le vi pasar por la calle.»

«¿Se acercó usted y le abordó?»

«Sí... eso es.»

«Parece vacilar usted en sus contestaciones. ¿Está usted seguro o, mejor dicho, afirma usted que, tras haber visto casualmente en la calle a Baretto, le abordó para saludarle?»

«Lo afirmo categóricamente.»

«O por el contrario ¿le siguió usted a distancia para ver hacia dónde se dirigía?»

«En absoluto. Le alcancé en la calle, en una esquina de la calle Creu Alta, creo que así se llama —esa que no tiene tráfico—, y hablamos un rato. Me dijo que vivía aquí desde hacía un par de meses, charlamos un buen rato, le invité a un café y me rogó que le fuera a visitar antes de marcharme.»

«¿No le dijo nada acerca de sus actividades? ¿A qué se dedicaba?»

«No me dijo nada de eso. Hablamos solamente de tiempos pasados.»

«¿Cuándo fue eso?»

«Ya le he dicho que fue el domingo 19, al mediodía.»

«¿No se sorprendió él al verle?»

«Ni se sorprendió ni dejó de sorprenderse. Éramos viejos camaradas, pero nunca habíamos tenido gran amistad.»

«¿Dónde se conocieron ustedes?»

«En Francia, en el 46.»

«¿Estuvieron juntos en Indochina?»

«Los dos estuvimos en Indochina pero en puntos separados. Apenas coincidimos.»

«¿Estuvo usted en Dien?»

«Yo no, él sí. Yo estaba de baja por enfermedad.»

«¿En qué unidad estaba usted?»

«En el cuarto Regimiento, compañía tercera. A las órdenes del capitán Dartigny.»

«¿Coincidieron también en Argelia?»

«También coincidimos circunstancialmente.»

«¿Cuándo volvió usted a Francia?»

«En el 58, después de Sakiet.»

«¿Cuándo le vio usted por penúltima vez, quiero decir, antes del pasado lunes?»

«No sé si en Marsella, en el 58. Tal vez en Montlaur, en Córcega, hacia el 60. No lo recuerdo demasiado bien porque ese detalle no tiene importancia para mí. Insisto en que sólo éramos conocidos.»

«¿Y afirma usted que ignoraba totalmente cuáles eran sus actividades actuales?»

«Totalmente. No tengo la más remota idea acerca de sus actividades actuales.»

«De nuestras informaciones concernientes a Baretto se desprende que muy bien podía haber gente, aquí, en Francia y en Marruecos, interesada en su desaparición. Por no hablar de algún ajuste de cuentas. ¿Puede usted decirnos algo acerca de eso?»

«Nada. Repito que ignoro a qué se dedicaba pero es posible que se hubiera hecho con algunos enemigos; a mí esas historias acerca de antiguos ajustes de cuentas me parecen siempre un tanto fantásticas. A un hombre sólo se le liquida por interés, nada más que por interés. El resto es romanticismo. No me extraña que se metiera en algo sucio.»

«Cambiemos de tema. Dígame, señor Gavilán, ¿acostumbra usted a llevar armas, no es así?»

«Casi siempre llevo conmigo mi pistola. Tengo licencia.»

«Lo sé. No necesita usted insistir sobre lo que ya sabemos; resulta una pérdida de tiempo. Pero, dígame, ¿qué pistola o pistolas acostumbra usted a llevar encima?»

«Le contesto con sus propias palabras. No creo que haga falta insistir sobre lo que usted conoce muy bien, una Walther PPK que poseo desde hace veinte años.»

«¿Se considera usted un buen tirador?»

«Un aceptable tirador, diría yo. No soy un experto.»

«Pero sin duda capaz de acertar a un hombre en el pecho a seis metros de distancia.»

«Sin duda alguna; usted también, supongo yo.»

«Más aún si está tendido en la cama, ¿no?»

«¿Qué quiere insinuar con ello?»

«Tan sólo quiero decir que si es usted capaz de acertar a un hombre en el pecho, a seis metros de distancia, tanto más fácil será hacerlo a cuatro metros sobre un hombre tendido en la cama.»

«¿En la posición en que encontraron muerto a Baretto? Supongo que sí, nunca he hecho la prueba.»

«No se trata de un sarcasmo, señor Gavilán. ¿Incluso en la cabeza?»

«¿En qué cabeza? ¿De qué me está usted hablando?»

«Acertar en la cabeza a un hombre tendido en la cama. Y a cuatro metros.»

«Usted sabe que eso ya es más difícil. En el ejército enseñan a no apuntar a la cabeza. Yo, al menos, no lo he hecho nunca.»

«Repito que no se trata de hacer conjeturas, tan sólo. No ignora usted que Baretto murió en la cama, de un tiro en la sien.»

«¿Cómo lo podía ignorar? Como no ignoro que todo apunta hacia el suicidio.»

«Sí, es lo más probable.»

«Entonces, señor comisario, ¿qué estoy haciendo yo aquí? ¿No son ustedes, o el juez, capaces de dictaminar un suicidio sin necesidad de todas estas molestias?»

«Créame que estas molestias no las causamos ni por capricho ni por una excesiva escrupulosidad. He dicho que lo más probable es que sea un suicidio, no lo más seguro.»

«Esa seguridad no la tendrá usted nunca.»

«Lo sé.»

«En virtud de eso no tienen ustedes derecho...»

«Eso se lo dice usted al juez, señor Gavilán. Por otra parte no se trata tanto de alcanzar esa seguridad cuanto de descartar la posibilidad de lo menos verosímil.»

«Por ejemplo, que un hombre acierte en la sien, a cuatro metros de distancia, a un hombre dormido.»

«Dormido, despierto o muerto. A seis, a cuatro o a dos metros de distancia.»

«Me limito a repetir lo que usted ha insinuado. Yo no he inventado los cuatro metros.»

«Señor Gavilán, antes de encontrar el cadáver, ¿visitó usted al señor Baretto en su casa tras la entrevista de la calle?»

«No, de ninguna manera. Tan sólo le vi en la calle Creu Alta y en su casa, cuando descubrí el cadáver.»

«¿Insiste usted en que la puerta del piso estaba abierta?»

«Así es, abierta con el resbaladero apoyado en el marco.»

«Según la declaración de ayer, usted descubrió el cadáver a eso de las dos y media del mediodía del lunes día 20. ¿No es así?»

«Así es.»

«Y sin embargo usted ya se había trasladado de Sanponce al Hotel Levante de aquí, esa misma mañana, lo que demuestra que tenía usted intención de seguir en la ciudad. ¿Cómo se concilia eso con el hecho de que había usted quedado en visitar a Baretto antes de marcharse?»

«Pensaba irme el día 21 por la mañana o el siguiente a lo más tardar, a la vista de que no había encontrado nada que me gustara. A media mañana tenía todo el día por delante y pensé invitarle a comer. Eso es todo.»

«¿Iba usted armado?»

«Como siempre, ya lo dije al hacer la primera declaración.»

«¿No hizo usted uso del arma en casa de Baretto?»

«En absoluto. ¿Con qué objeto iba yo a hacer uso de mi pistola?»

«Debo advertirle, señor Gavilán, que hemos encontrado en el suelo señales de bala que pueden corresponder al calibre de su Walther PPK.»

«No digo que no pero me parece que por ahí no va usted a ninguna parte. Esas señales, ¿son recientes? Y en definitiva, la bala causante de la muerte ¿no la han encontrado ustedes?»

«Se ve que está usted perfectamente preparado para estas circunstancias. Y eso es precisamente lo que más me sorprende, señor Gavilán, esa familiaridad con los datos más sólidos que abonan la hipótesis del suicidio. En efecto, la bala causante de la muerte no corresponde a su pistola sino a la del difunto, una Parabellum calibre 38.»

«¿Entonces?»

«Entonces ¿por qué no pudo usted disparar con la pistola del difunto, aprovechando que dormía?»

«Un hombre que duerme con la puerta abierta y con su pistola al alcance del primero que entre para meterle un tiro en la sien. ¿Es eso verosímil, señor comisario?»

«De eso se trata precisamente; ya se lo dije antes, tenemos que investigar la posibilidad de lo inverosímil. ¿Recuerda usted cuándo disparó por última vez con su pistola?»

«Lo recuerdo muy bien, fue la semana pasada, cerca de San Pedro de la Rápita. Paseando por la playa, detrás del puerto, me entretuve en disparar sobre unas gaviotas. Me entretengo a veces en cosas parecidas y me hago la ilusión de que no pierdo facultades.»

«¿Hizo usted blanco alguna vez?»

«No, creo que no.»

«¿Se ha preguntado usted en estos dos días por qué lo retenemos aquí?»

«Nada más lógico, y no lo digo por hacer un cumplido, que retener a la persona que descubrió el cadáver. Por otra parte, viajo con mis papeles en orden y dejo mi nombre correctamente escrito en las fichas de los hoteles.»

«Eso es cierto y no crea que no deja de sorprenderme. No le puedo ocultar que he pensado que estoy tratando con un hombre más astuto y avezado de lo normal. En resumen, con un profesional. Porque reconocerá usted que no deja de ser extraño que un día antes del asesinato o suicidio de Baretto caiga por aquí un antiguo compañero de armas, después de veinte años sin aparecer, y que le visita en su domicilio aproximadamente a la hora después de producirse la muerte. ¿No le parece a usted extraño? ¿No son demasiadas coincidencias como para no pensar en lo más inverosímil?»

«No lo sé. Con ser extrañas, resultan más verosímiles que todo lo que ha insinuado. Además, se diría que me invita usted a participar en el trabajo que corresponde sólo a usted y que, a lo que entiendo, apunta a una inculpación a mi persona. Comprenda que no me preste a ello; eso sí sería lo más inverosímil, ¿no le parece?»

«No, quizá no.»

«No alcanzo a ver adónde se dirige usted ahora.»

«Nada más que esto, señor Gavilán: la colaboración de usted para esclarecer un buen número de coincidencias y puntos oscuros podría aligerar la magnitud del delito del que puede ser en su día acusado.»

«Sencillamente, no alcanzo a ver por dónde va usted.»

«Es sin embargo bastante simple: la presencia de usted aquí, sus relaciones con el difunto y su visita en el mismo día y casi a la misma hora de su muerte pueden ser explicadas de una manera mucho más satisfactoria que la que usted pretende y que usted, por el momento, se niega a hacer sin duda porque hay algo que ocultar en todo ello. Se han producido dos cadenas de hechos que tal vez sean independientes pero que muy posiblemente tienen una relación directa de causa a efecto: una es su presencia aquí y su relación con el difunto y la otra es su muerte; por lo mismo que la segunda ha puesto de manifiesto la primera, de no ser ésta satisfactoriamente esclarecida puede verse imputada con la responsabilidad de esa muerte. Porque dígame, aun cuando Baretto se suicidara, ¿quién nos dice que no vino usted a inducirle u obligarle a ello, que su presencia aquí no le dejara otra salida que pegarse un tiro en la sien?»

«¿Tiene usted alguna prueba del poder que podía tener yo para llegar a eso?»

«Esa investigación formaría parte en su día del sumario. Repito, eso es cosa del juez. Nuestro cometido se reduce por ahora a decidir si el sumario ha de ir por ahí o por otro camino completamente distinto. Así que dígame, señor Gavilán, ¿qué vino usted a hacer aquí?»

«Vine a estudiar la posibilidad de alquilar un apartamento para el verano.»

«No se sienta usted demasiado seguro con ese pretexto. Pero volvamos a lo de antes; ya que no le sorprende a usted que le retengamos aquí ¿no se le ha ocurrido pensar que hubiera por medio una delación?»

«¿Una delación? No se me ocurre de qué se me puede delatar ni quién podría hacerlo.»

«¿Y si vino usted aquí a cuenta de un tercero? ¿Y si ese tercero le jugó a usted una mala pasada, una vez cumplida, digámoslo así, su misión?»

«Vine aquí por mi cuenta y riesgo, sólo por mi cuenta y riesgo, y no existe nadie ni nada que abone esa posibilidad. Por mi parte puede usted seguir con ese juego cuanto quiera, no tengo prisa. Pero no le conduce a ningún sitio, se lo advierto aunque sólo sea para economizar su tiempo, señor comisario. Pierde usted el tiempo con tales fintas.»

«Está bien, si es así, ¿quién queda entonces?»

«Eso es, ¿quién queda entonces?»

«Efectivamente, en tal caso no queda nadie más que el propio difunto.»

«No lo sé, no estoy en situación de discutirlo. Es muy posible que el difunto dejara algún papel comprometedor; dígame sin rodeos de qué se trata y trataré de aclarárselo con mi mejor voluntad. Como puede usted comprender, me va algo en ello.»

«¿Ha oído usted hablar del reflejo de corrección por el error?»

«No tengo la menor idea de qué puede ser eso.»

«Haría usted bien en saber algo de psicología de la conducta. O conducta de la conducta, como dicen algunos sabios. Es un curioso efecto que se produce en algunas actividades sujetas a la mecánica de los reflejos encadenados. El profesional educado a realizar una serie de actos, unos seguidos de otros, cuando se produce el fallo tiende, por costumbre, a ejecutarlos en el mismo orden, pero a partir del momento en que surge la alarma, involuntariamente comete algún error. Y ese error es el que con frecuencia le salva.»

«Reconozco que me he perdido totalmente.»

«Con todo, resulta bastante sencillo.»

«Será sencillo para usted.»

«Salta a la vista.»

«A la mía no, desde luego.»

«Usted disparó sobre Baretto, a cuatro metros de distancia, cuando estaba tendido en la cama.»

«Y le acerté en la sien.»

«No le acertó en la sien ni en ninguna otra parte del cuerpo. Dio usted en el suelo. A cuatro metros de distancia, sobre un cuerpo inmóvil, dio usted en el suelo cuando decidido a disparar sobre él se dio cuenta, sin poder detener el dedo sobre el gatillo, de que se trataba de un cuerpo inmóvil y abatido.»

«¿Ha tenido usted, señor comisario, que hacer todo un curso de psicología para venirme con ese cuento?»

«Es posible. Le diré que tan sólo he hecho uso de antiguos conocimientos para tratar de conciliar tres series de hechos que no casan entre sí.»

«A saber.»

«A saber: primero, su presencia aquí y su demasiado casual relación con el difunto el mismo día de su muerte; segundo, el suicidio de Baretto demostrado sin lugar a dudas por todos los expertos y todas las pruebas.»

«¿Y tercero?»

«Tercero: la carta de Baretto.»

«¿Qué carta es ésa?»

«El domingo día 19, con toda probabilidad, Baretto escribió una carta dirigida al Jefe de Policía que depositó en mano el lunes 20 y en la que aseguraba que usted había venido aquí para acabar con él. Acompañaba una descripción bastante detallada de su persona y cuantos datos consideró necesarios para aprehenderlo. A eso me refería cuando le hablaba de una delación.»

«Usted dijo ayer que Baretto andaba últimamente bastante trastornado. Es posible que después de nuestro encuentro del domingo se le ocurriera semejante disparate. Pero ¿qué clase de autoridad es ésta que da crédito al testimonio de un hombre fuera de su juicio? Quién sabe si mi encuentro en la calle despertó en él una inesperada reacción de la que el último responsable soy yo. Repito que no nos habíamos visto en diez años. Dígame, ¿cuál puede ser el móvil de semejante atentado?»

«Cosa del sumario, una vez más. Lo que a mí concierne es lo que ocurrió a Baretto desde el día de su llegada. Le voy a decir cómo ocurrieron las cosas, tal como yo las veo. Usted llegó aquí el sábado 18 o tal vez antes, siguiendo la pista de Baretto y dispuesto a acabar con él. Las razones que le pudieran mover a ello no hacen ahora al caso. Probablemente llevaba usted bastante tiempo decidido a ello; conocía sus pasos y a distancia no había dejado un solo día de acosarle. La trayectoria de Baretto desde que entró en el país indica sin lugar a dudas que huía siempre de algo, jamás permaneció en el mismo lugar más de dos meses. Usted debía conocer bastante bien sus costumbres, su incapacidad para dormir por las noches, sus frecuentes recaídas en la droga y los tranquilizantes. Supongo que una vez lo hubo usted localizado se dedicó a espiarle durante dos días, para comprobar sus hábitos y horarios. Lo más probable es que no hubiera tal encuentro en la calle Creu Alta; en cambio lo que no podía usted sospechar es que Baretto no sólo le descubriera sino que demostrara la presencia de ánimo necesaria para observar cómo, a última hora de la tarde del domingo (cuando usted creía haberle dejado en un cine), usted se introducía en su domicilio de la calle Ribes para inspeccionarlo y familiarizarse con él. Usted sabía que nunca se acostaba antes de las ocho de la mañana, tras adjudicarse una fuerte dosis de somníferos; pero él sabía que usted lo sabía y por tanto esperaba "su visita" para el mediodía, entre una y dos, cuando el personal de la imprenta del primer piso deja el trabajo y la casa queda sola. Entonces, y precisamente entonces, se pegó el tiro, metido en la cama. Estaba harto de vivir acosado, sabía demasiado bien que no tenía salida y no quiso marcharse de esta vida sin darle a usted su merecido. Le diré una cosa, podía haberlo hecho adjudicándose una fuerte dosis de barbitúricos y entonces usted, tomándolo por dormido, no habría fallado el disparo. Pero desconfiaba de los barbitúricos, ya los había ensayado dos veces en el último trimestre, sin lograr el resultado apetecido. Por eso optó por el disparo, tomando todas las precauciones posibles, incluso la oscuridad de la habitación y el corte de la corriente; se disparó en la sien, a través de la almohada, metido en la cama. Además tenía prisa y, desconfiando de los específicos, nada debía horrorizarle tanto como la idea de que usted acabara con él. A toda costa debía querer seguir siendo dueño de la iniciativa. ¿Me entiende, señor Gavilán, me explico?»

«Sí, se explica usted bien, pero no convence; deja usted tantos puntos oscuros como los que pretende aclarar.»

«Pero no pudo evitar que medio cuerpo se desplomara hacia el suelo. Incluso debajo de la almohada dobló una toalla de felpa para evitar una mancha de sangre demasiado ostensible. ¿Para qué todas esas precauciones? Porque debía conocer sus métodos y tenía que saber que usted dispararía, a la luz de la entrada, casi sin mirar, desde el umbral de la puerta. No, no se equivocó gran cosa, el viejo Baretto; me pregunto si usted no lo ha subestimado porque se diría que siguió obedientemente sus instrucciones, hasta en el menor detalle, sólo que dio en el piso en lugar de haber acertado en el cuerpo, casi todo él fuera de la cama con la cabeza a ras de suelo. Pero, en fin, tuvo usted la serenidad de inspeccionar el cadáver y reconocer la situación; incluso buscó la bala en el suelo y la huella del disparo y hasta tuvo tiempo de limar las astillas y disimular la muesca con un poco de barro. En cambio, no reparó usted en el impacto de rebote en la pared, debajo de la cama. Usted había liquidado la cuenta del hostal de Sanponce, dispuesto a huir y pasar la frontera —como usted sabe hacerlo— ese mismo día. Pero ante la nueva situación recapacitó; mucho más seguro y convincente que la huida era su presencia aquí, sin nada que ocultar. Así que decidió tomar una habitación en el Hotel Levante; hizo desaparecer la bala, limpió cuidadosamente la pistola (demasiado cuidadosamente para un hombre que de tarde en tarde acostumbra a hacer ejercicios de tiro sobre los pájaros) y se personó de nuevo, a eso de las dos y media, en la casa de la calle Ribes para descubrir el cadáver con toda inocencia. Y por si fuera poco se presentó aquí a denunciar el hallazgo. Sin embargo, le diré que no logró usted hacer desaparecer del todo esos residuos de pólvora imperfectamente quemada, tan característicos de un único y primer disparo con un arma que lleva algún tiempo sin ser utilizada. No parece tampoco demasiado verosímil —he dicho verosímil— que un hombre que se entretiene tirando a las gaviotas, sin hacer blanco, realice tan sólo un disparo. En fin, que el viejo Baretto se la jugó a usted bien. Yo creo que debía usted haberlo tenido en más consideración. No se tenía usted que haber conformado con dejarle a la puerta del cine; la salida da a otra calle. El viejo Baretto; por lo menos ha conseguido que quede usted a disposición de la autoridad judicial. Son dos cosas distintas: inducción al delito u homicidio frustrado. ¿Lo prefiere usted así, señor Gavilán?»

«¿Homicidio? ¿Homicidio frustrado? ¿Qué fantasías son ésas? Yo vine aquí en busca de un apartamento para el verano.»

«Ah, si usted lo prefiere así, señor Gavilán...»

[1973]

Trece fábulas y media y Fábula decimocuarta

Nota del editor

El volumen original de *Trece fábulas y media*, publicado en 1981, tuvo su inesperado epílogo con la aparición en 1991, en el número 18/19 de la revista *El Paseante*, de la «Fábula decimocuarta», que es de rigor incluir en la presente edición.

A E.

Primera

... y ya no hizo otra cosa que recorrer toda la parte conocida del país, en busca del destino de su amo.

—Vete al mercado —dijo el comerciante a su criado— y compra mi destino. Estoy seguro de que será fácil encontrarlo. Pero no te dejes engañar, no pagues más de lo que vale.

—¿Cuánto he de pagar? —preguntó el criado.

—Lo mismo que para los demás. Mira a cómo está el destino de los demás y paga lo mismo por el mío.

El criado estuvo ausente durante largo tiempo y volvió desazonado, asegurando a su amo que no había encontrado su destino en el mercado, a pesar de haberlo buscado con gran ahínco. El comerciante le reprendió con acritud y se quejó de su ineficacia.

—No puedo encargarte la encomienda más sencilla. ¿Es que lo he de hacer todo yo? No puedo —compréndelo— abandonar este negocio que sólo marcha si yo lo vigilo. Por otra parte, me interesa mucho hacerme con ese destino. Sigue buscando y no vuelvas por aquí sin haber dado con él.

El criado volvió al mercado y durante días buscó el destino de su amo, sin encontrarlo en parte alguna. Pero alguien le sugirió que buscara en otros mercados y ciudades porque una cosa tan especial no tenía por qué hallarse allí. El criado volvió a casa del comerciante a pedirle permiso y dinero para el viaje, a fin de buscar su destino por toda la parte conocida del país.

El comerciante lo pensó y dijo:

—Bien, te concedo ese permiso y ese dinero, a condición de que no hagas otra cosa que buscar mi destino. No vuelvas aquí sin él —y añadió— o sin la seguridad de que no está en parte alguna y a merced de quien se lo quiera llevar.

El criado se puso en viaje y ya no hizo otra cosa que recorrer toda la parte conocida del país, en busca del destino de su amo. Viajó por regiones muy lejanas y envejeció; perdió la memoria pero, fiel a la promesa hecha a su amo, sólo conservó la obligación contraída. También el comerciante envejeció y perdió muchas de sus facultades. Un día su constante peregrinación llevó al criado hasta el negocio de su amo a quien ya no reconoció, empero sí le interrogó sobre el objeto de su búsqueda.

—Por lo que me dices —dijo el comerciante— tengo algo aquí que creo que te puede convenir —y le mostró su propio destino.

—Es exactamente lo que necesito —repuso el criado—. Pero espero que no cueste mucho. Llevo tantos años buscándolo que me he gastado casi todo el dinero que tenía. Sólo me resta esto.

—Ya es bastante y me conformo —repuso el amo—. Ese trasto lleva toda la vida en mi casa y a nadie ha interesado hasta ahora. Te lo puedes llevar a condición de que me digas para qué lo quieres.

—Eso no lo puedo decir porque lo ignoro. Lo he olvidado. Sé muy bien que lo necesito, pero no sé para qué.

—Entonces es tuyo —replicó su viejo amo—; es un objeto que conviene a un desmemoriado. Creo recordar que alguien lo olvidó aquí y no se me ocurre destino mejor para él que quedar encerrado en el olvido de quien tanto lo necesitó.

Y cuando el comerciante vio que su antiguo criado se alejaba con su destino bajo el brazo, dijo para sus adentros:

—Al fin.

Segunda

... pues los tres sabían, cada cual por su lado, que uno al menos de los otros dos se hallaba disfrazado...

Al despedirse le advirtió, con un tono de cierta severidad:

—En ausencia mía no deberás visitar a Pertinax. Cuídate mucho de hacerlo pues de otra suerte puedes provocar un serio disgusto entre nosotros.

La mujer permaneció en su casa obediente a las instrucciones de su marido, quien a su vuelta le interrogó acerca de las personas que había visto en su ausencia.

—He visto a Pertinax —repuso ella.

—¿No te advertí que no fueras a visitarle? —preguntó él con enojo.

—No fui yo a visitarle. Fue él quien vino aquí, en ausencia tuya.

Fue el marido en busca de Pertinax y le preguntó:

—¿Qué derecho te asiste para visitar a mi mujer en mi ausencia?

—No fui a visitar a tu mujer —contestó Pertinax, sin perder la calma— sino a ti, pues ignoraba que te hallaras ausente de tu casa. En lo sucesivo deberás advertírmelo si no deseas que se produzca de nuevo esa circunstancia que tanto te mortifica.

No satisfecho con tal explicación, el marido ingenió una estratagema para averiguar las intenciones de Pertinax y descubrir la índole de las relaciones que mantenía con su mujer. Despachó a ésta de la casa con un pretexto cualquiera y, disfrazándose con sus ropas, envió un criado a Pertinax para comunicarle que hallándose en su casa esperaba ser honrado con su visita.

Pero la mujer, recelosa de la conducta de un marido que se comportaba de manera tan desconsiderada y adivinando en parte sus intenciones, decidió —disfrazada de Pertinax— volver a su casa para representar el papel que deseaba que presenciase su marido.

Por su parte Pertinax, al advertir que la mujer se hallaba sola en la casa, contrariamente a las noticias que había recibido, se disfrazó de su marido, sin otra intención que la de descubrir la intimidad de las relaciones que les unían.

Así pues, cuando el falso Pertinax —que no era otra que la mujer— se rindió a la casa para cursar la visita a la que había sido invitado, se encontró con que el matrimonio le estaba esperando, a diferencia de lo que había presumido.

La circunstancia en que se vieron envueltos los tres era análoga para cada uno de ellos, pues los tres sabían, cada cual por su lado, que uno al menos de los otros dos se hallaba disfrazado, sin poder asegurar cuál de ellos era, ni siquiera si lo estaban los dos. En efecto, cualquiera de ellos podía razonar así: si sólo hay uno disfrazado debe haberse disfrazado de mí, puesto que yo lo estoy de él, y por tanto el auténtico sólo puede ser aquél de quien yo no estoy disfrazado. Ahora bien, como no está disfrazado, no tiene por qué saber que lo estamos nosotros y, por consiguiente, al no tener ninguna razón para suponer una mixtificación no la romperá. Y si por el contrario lo están los dos, el que está disfrazado de mí es aquél de quien yo no estoy disfrazado, del cual ignora si está disfrazado o no. Así pues, no es posible saber quién está disfrazado de quién, a menos que uno —atreviéndose a revelar las intenciones que le llevaron a adoptar tal disfraz— se apresure a descubrir su identidad antes que los demás, cosa en verdad poco probable.

En consecuencia —debieron pensar, cada cual por su lado—, si queremos preservar nuestros más íntimos pensamientos e intenciones, hemos de seguir disfrazados para siempre, lo cual, si cada uno ha elegido con tino su disfraz, no cambiará nada las cosas.

Tercera

... se trata de una dama que está decidida a entrar aun cuando usted no lo permita.

Carlos
Ant.º Hebert

Un estudioso —que toda su vida había tenido por costumbre entretener sus ratos de ocio con especulaciones de carácter filosófico— decidió un día vender la mayoría de sus bienes, retirarse del mundo, cortar toda relación con parientes y amigos, abandonar sus labores profesionales y consumir el tiempo que le quedaba de vida en la investigación de su propio pensamiento, con la vista puesta en el hallazgo de una ley de validez universal. Llamó a su criado y le dijo:

—En lo sucesivo, no estoy para nadie. El tiempo que me resta lo necesito para mí y no puedo distraerme con los problemas de los demás. Lo tengo todo bien dispuesto y no necesito del concurso de nadie para resolver nuestros menesteres cotidianos de los que en adelante te encargarás tú. Puedes disponer de tu tiempo a tu antojo siempre que tengas la casa en orden y cumplas las pocas obligaciones que te impongo. La más importante de ellas, no lo olvides, es preservar mi retiro e impedir que sea distraído de mi quehacer. Así que sólo acudirás a mí bien para la labor de rutina, bien a instancias mías que, espero, no se producirán.

Se retiró el criado a su aposento y pensó lo que debía hacer a la vista de tan precisas instrucciones. Unas semanas después, sin previo aviso, irrumpió en el gabinete de su amo, a la hora que destinaba a sus más profundas meditaciones, y le dijo:

—Señor, me ha sido entregada una misiva que contiene un urgente mensaje de la mayor importancia para usted. Deseo saber, señor, si he de entregársela o devolverla sin más al mensajero.

—Ya te he dicho que no quiero que me molestes ¿Es ésta la manera de cumplir mis instrucciones? Has cortado el hilo de mis pensamientos en un momento muy delicado y ahora, por culpa de esa desventurada carta, me veo obligado a volver al punto donde estaba hace varios meses, echando por tierra todo el progreso realizado en ese tiempo. Díle al mensajero que se puede volver por donde ha venido, con esa carta que no me molestaré en abrir, y en lo sucesivo no te permitirás interrumpir mis meditaciones bajo ningún pretexto. Tenlo bien presente y que ésto no se vuelva a producir.

Consideró el criado la advertencia y se atuvo a la norma que le había dictado su amo, con absoluto rigor, hasta que pasadas unas cuantas estaciones irrumpió de nuevo en su gabinete de trabajo.

—Señor —le dijo—, pregunta por usted el caballero S^{xxx} para tratar un asunto de la más extrema gravedad.

—Ay, maldito —se lamentó el amo—, me has interrumpido en el punto más complicado y sutil del curso de mis pensamientos y temo que todas mis ideas, como pájaros en la jaula abierta, vuelen muy lejos de mí. Necesitaré varios años para recuperarlas por culpa de ese caballero S^{xxx} al que no recibiré ni hoy ni nunca, puesto que en nada le puedo servir ni él me ha de prestar el menor servicio. Díle que se vaya en mala hora y tú pon más atención en el cumplimiento de mis instrucciones porque me va mucho en ello y a tí también.

Tomó buena nota el criado de esta última consideración y durante más de un lustro se atuvo estrictamente a los preceptos de su amo, protegiendo su trabajo de cualquier influjo extraño. Empero llegó un día en que consideró el criado que no tenía más remedio que interrumpirlo y, no sin tomar en consideración las posibles consecuencias de su desacato, decidió una vez más sorprenderle en un momento de intensa reflexión.

—Señor —le dijo al entrar—, se trata de una Dama que está decidida a entrar aun cuando usted no lo permita. Asegura que si es necesario recurrirá a la violencia y que no hay fuerza en el mundo capaz de impedirle la entrada.

—¡Imbécil! Estaba a punto de llegar a la conclusión de mi pensamiento y has tenido que entrar tú para desbaratarlo de un golpe. Todo se ha venido abajo una vez más y ahora tendré que remontarme a mi primera idea si quiero llevarla hasta sus últimas consecuencias, esa definitiva verdad que tan cerca he estado de alcanzar. Díle a esa dama, quienquiera que sea que... espera: ¿Le has visto los ojos?

—No.

Se sentó de nuevo el sabio a recapacitar y su mirada recorrió una vertical, desde el techo de su gabinete hasta el suelo, como si observara una lenta caída. Luego dijo al criado, tras un instante de vacilación pero con tono firme:

—Ahora todo está claro. Lo primero y lo último es lo mismo; lo comprendo perfectamente. He sido un ciego. Dile a la Dama que pase.

—Señor —respondió el criado—, yo no he dicho que la Dama esté aquí. Tan sólo he dicho que me ha hecho saber que está decidida a entrar y que nadie ni nada la detendrá.

—Y ahora que me ha obligado a admitir lo que nunca me detuve a considerar ¿crees que tardará mucho en venir?

—Creo que piensa tardar algo, señor —respondió el criado.

Fourth

... and lord Gorrea never again played the lute indoors.

Once upon a time there was a very poor lute-player who came to London to make his career. First of all he rented a room, not far from the Bloomsbury area and the dwellings of Mr. Sopor, a rich shoemaker and very conspicuous promoter of young musicians.

After a first fortnight of deleterious stillness the landlord getting bored of so many, continuous and distasteful clattering broke into the poor lute-player's room, grasped his instrument and thoughtlessly threw the inmate through the window down.

It happened that the young master hit directly the rear seat of lady Gorrea's cab when she was pondering about a husband fallen from heaven. They got married that very morning and lord Gorrea never again played the lute indoors. He played it only at the corners, in search of some coins to pay his wife debts with.

Quinta

... Entonces Abraham alzó de nuevo la mano y tomó el cuchillo y degolló un carnero que antes había escondido en un zarzal...

Tentó Dios a Abraham y le dijo: Abraham. Y él respondió: Heme aquí.

Y dijo: Toma ahora tu hijo, tu único, Isaac, a quien amas, y vete a la tierra de Moriah, y ofrécele allí en holocausto sobre uno de los montes que yo te diré.

Y Abraham se levantó muy de mañana y enalbardó su asno, y tomó consigo dos mozos suyos, y a Isaac su hijo; y cortó leña para el holocausto, y levantóse y fue al lugar que Dios le dijo.

Al tercer día alzó Abraham sus ojos y vio el lugar de lejos.

Entonces dijo Abraham a sus mozos: Esperáos aquí con el asno y yo y el muchacho iremos hasta allí, y adoraremos y volveremos a vosotros.

Y tomó Abraham la leña del holocausto y púsola sobre Isaac su hijo; y él tomó en su mano el fuego y el cuchillo y fueron ambos juntos.

Entonces habló Isaac a Abraham su padre, y dijo: Padre mío. Y él respondió: Heme aquí, mi hijo. Y él dijo: He aquí el fuego y la leña mas ¿dónde está el cordero para el holocausto?

Y respondió Abraham: Dios proveerá del cordero para el holocausto, hijo mío.

E íban juntos.

Y como llegaron al lugar que Dios le había dicho, edificó allí Abraham un altar, y compuso la leña, y ató a Isaac su hijo y púsole en el altar sobre la leña.

Y extendió Abraham su mano, y tomó el cuchillo, para degollar a su hijo.

Y con la mano extendida y el cuchillo bien sujeto miró Abraham por el rabillo del ojo para ver si venía el ángel de Jehová dando voces desde el cielo. Porque conocía muy bien Abraham su propia historia, repetida por generaciones y generaciones del pueblo elegido, y de sobra sabía que tenía que venir el ángel de Jehová dando voces por el cielo. Y con la mano extendida y el cuchillo en el aire miró Abraham por el rabillo del ojo y no vió al ángel de Jehová dando voces por el cielo.

Entonces Abraham alzó de nuevo la mano y tomó el cuchillo y degolló un carnero que antes había escondido en un zarzal, trabado por sus cuernos. Y fué Abraham y soltó a su hijo y tomó el carnero y ofrecióle en holocausto en lugar de su hijo.

Entonces habló Isaac a Abraham su padre, y dijo: Padre mío. Y Abraham respondió: Heme aquí, mi hijo. Y habló Isaac y dijo: Pues no vino el ángel de Jehová dando voces por el cielo para traer el carnero ¿Vas a hacer lo que no hizo Jehová? ¿Pretenderás engañar a Jehová y suplantarle cuando no cumple lo que está escrito?

Y dijo Abraham: ¿Y tengo yo que dar explicaciones para que tú y yo nos comamos un carnero como Dios manda?

Sexta

... Porque yo soy el Error y la Vida.

S. DOMINUS QUI DE TENEBRIS GENTIUM LUMEN ECCL SUEVOCAVIT

Un viejo y piadoso pastor, mientras apacentaba su rebaño, no dejaba un solo día de dirigir sus pensamientos al Señor y no tanto para cantar su gloria cuanto para interpelarle acerca de los misterios de la creación, misterios que embargaban su alma con siempre creciente estupor. Eran tales su fervor e inquietud y vivió tantos años que un día, en lugar de sentarse al borde del camino según era su costumbre, vino a descansar en un lugar extraviado y un tanto inhóspito —*der gelehnt steht an dem Strom der Zeit*— donde advirtió la presencia de un anciano limpio pero malhumorado.

—Pero —se preguntaba el pastor— ¿por qué es este mundo así? Y aun dando por bueno que fuera así ¿qué necesidad había en él del hombre? ¿No se podía haber conformado su Creador con las bestias?

—Era la única salida honorable —repuso el anciano, con mal disimulado enojo.

—¿Y por qué honorable? ¿Ante quién tenías que rendir cuentas?

—Precisamente —repuso el anciano—; mi exceso de escrúpulos me ha perdido; con suma discreción puse mi obra en manos del hombre y he aquí que no ha hecho sino modificarla a su antojo, censurar y poner en duda mi paternidad y arrojarme fuera de ella. En verdad que me podía haber ahorrado aquel paso y dejar que disfrutaran del mundo los que careciendo de reflexión me tienen por lo que soy y respetan mis estatutos.

—Pero, Señor, un error lo tiene cualquiera.

—Mi querido pastor —dijo el anciano, en un tono más sosegado—, hay errores y errores. Y los míos son de tal magnitud y envuelven tanta grandeza que no lo parecen. ¡Mayúsculos errores más imponentes tal vez que mis aciertos!

—Ten fe, Señor, ten fe —aconsejó el pastor.

—¡Oh, sí!; es muy fácil decirlo; pero para Mí es imposible. ¿En quién la voy a tener? Si hubiera sido más precavido y menos despechado, no habría abandonado el mundo de los hombres que teniéndome entre ellos no habrían sentido la necesidad de inventarme. Pues has de saber, buen hombre, que el dios que ellos han inventado no coincide conmigo.

—Señor, los hombres yerran.

—Pero yerran mal. En el resto de la creación hay pocos errores, pero todos ellos estimulantes y fructíferos. Sólo el hombre no sabe errar.

—Pero, Señor —añadió el pastor, en guisa de hombre persuasivo— si el humano no sabe errar ¿por qué no le enseñas el camino de la verdad?

—Porque no puedo, porque eso es cosa suya. Porque con tal de llevarme la contraria lo ha entendido todo al revés; y así, a su pesar, aún me sigue obedeciendo, aunque yo no saque el menor provecho de ello. Porque yo soy el Error y la Vida.

Séptima

... ¿Quieres un buen trabajo o prefieres una cosa para salir del paso?

Un honrado comerciante, que toda su vida había observado un mismo código y siempre se había mantenido fiel a inmutables principios, sintiéndose un día algo trastornado, llamó a su criado y le dijo:

—Tarde he comprendido que he sido desde siempre un ingenuo. No me arrepiento de ello ni tampoco lamento que mi honradez me haya impedido amasar una mayor fortuna. Pero me encuentro cansado de todo ésto y lo que me quede de tiempo es mi deseo vivirlo de otra manera. Así que coge mi destino, que lo tienes ahí mismo, vete al mercado y cámbialo por el primero que encuentres. No tengo preferencias; me da lo mismo la sustancia de que esté hecho con tal de que no sea como el mío. Pero date prisa.

El criado estuvo ausente durante largo tiempo y volvió desazonado, asegurando a su amo que no había encontrado en todo el mercado a nadie deseoso de darle un destino a cambio del suyo.

El comerciante le reprendió muy duramente y se quejó de sus escasas dotes para hacer una transacción tan simple.

—No hay en toda la ciudad —le dijo— un hombre con tal fama de honrado como yo. No he hecho otra cosa toda mi vida que vender artículos de primera calidad, al precio justo. ¿Cómo no voy a encontrar ahora quien esté dispuesto a adquirir mi naturaleza al precio que sea? Repito que no quiero gran cosa; acepta lo primero que te ofrezcan y por favor no te rebajes a hacer la propaganda de lo que llevas, pues no la necesitarás si estás convencido de que se trata de una pieza de ley.

Todo el día estuvo el criado recorriendo los mercados de la ciudad y en ningún sitio encontró a alguien dispuesto a trocar aquel destino tan honrado. En modo alguno quería el criado presentarse ante su amo sin haber cumplido la encomienda así que desechando toda posibilidad de cambio, y en alguna medida deseoso de dar a su amo un escarmiento por sus impertinentes pretensiones, decidió recurrir al engaño: a tal efecto se dirigió a un mixtificador, conocido en toda la ciudad por sus continuas supercherías, y le rogó que con unos pocos toques alterase el aspecto del destino de su amo.

—¿Quieres un buen trabajo o prefieres una cosa para salir del paso? —preguntó el mixtificador.

—Quiero una cosa barata y bastante tosca —respondió el criado que, conociendo al mixtificador, sospechaba lo que haría.

El mixtificador, que aunque quisiera no podía dejar de ser mixtificador, decidió hacer todo lo contrario de lo que le pedían y para rematar el asunto a su gusto, cambió el destino que le ofrecían por el suyo propio, con lo que además esperaba levantar algo su fama y mejorar un crédito que estaba por los suelos.

Cuando el criado se presentó con el nuevo destino ante su amo, encontró a éste sumido en un estado de alarmante agitación.

—Amo —le dijo—, he recorrido la ciudad de parte a parte e innumerables veces y sólo a última hora he logrado encontrar este destino a cambio del tuyo. Reconozco que es bastante tosco y de dudosa ley pero es lo único, realmente lo único, que he podido encontrar.

—Además de estúpido eres decididamente un malvado —le reprendió el comerciante—. He sido informado de todos tus pasos y he sabido puntualmente de tu añagaza, algo que por otra parte no habría necesitado para descubrir la superchería. Pues ¿me crees tan inepto y tan romo como para no saber descubrir mi propio destino bajo esos rudos toques con que ha pretendido desfigurarlo ese mixtificador de medio pelo? No es eso lo peor. No era eso lo que yo te pedía y ahora has echado a perder para siempre mi proyecto pues ¿quién va a querer mi destino sabiendo que ha pasado por tales manos?

Viendo a su amo tan acongojado, el criado se deshizo en excusas, asegurándole que no había habido mala voluntad en su falta, cometida tan sólo para llevar a cabo un encargo que estaba por encima de sus fuerzas.

Conmovido el comerciante, y habiendo serenado su ánimo, le reconfortó con estas palabras:

—Es muy cierto lo que me dices y la única culpa me corresponde a mí por querer lo imposible. Nadie puede cambiar su destino a su antojo, sobre todo cuanto más sólida y largamente elaborado esté. Y de la misma manera que el mío estará siempre formado por los ingredientes de la honradez y el tuyo con los de la obediencia, el de ese hombre al que has acudido no podrá zafarse nunca del engaño.

Tomó de nuevo el comerciante el destino y tras acariciarlo cuidadosamente lo depositó de nuevo en su sitio, al tiempo que decía:

—El engaño que tan en secreto he cobijado que ¿logrará engañarme a mí?

Octava

... Los que a sí mismos se llamaban sus discípulos fueron legión y de parecida manera creció el número de sus adversarios...

A lo largo de una dilatada vida dedicada al estudio, la meditación y la dialéctica, un filósofo había llegado a adquirir un agudo ingenio y una extensa sabiduría; en cambio, el reconocimiento público de su talento era casi nulo y el desdén dominaba la mayor parte de sus relaciones con sus semejantes.

Molesto consigo mismo por no haber sabido despertar el interés de la sociedad hacia él ni, por consiguiente, haber aportado su ayuda a la resolución de los numerosos conflictos de su tiempo, el filósofo decidió cobijarse bajo un nombre ficticio y buscar tras el seudónimo (como todo buen hereje) lo que nunca había conseguido con su nombre propio. Y así inventó a Demonax, el pensador más revulsivo de su tiempo, el hombre que a punto estuvo de dar un giro a la cultura de su época.

Bajo el nombre de Demonax dio a luz lo que nunca se había atrevido a exponer y se apresuró a pensar lo que con nombre propio siempre le había parecido improcedente pensar. Pronto el nombre de Demonax se extendió por toda la Antigüedad y sus palabras y escritos eran esperados por toda una muchedumbre culta, ávida de conocer sus veredictos. Los que a sí mismos se llamaban sus discípulos fueron legión y de parecida manera creció el número de sus adversarios, impulsados por la envidia y el amor al orden a salir al paso de las opiniones heterodoxas del filósofo.

Como ya ocurrió en otras ocasiones, se levantaron contra

él algunos Ánitos y Melitos, acusando a Demonax de que nunca se le había visto ofrecer sacrificios a la diosa y de que era el único griego no iniciado en los misterios eleusinos. Rechazó estas acusaciones en un escrito dirigido a la asamblea y defendió su causa empleando a veces un lenguaje comedido, a veces más áspero del que acostumbraba. Tocante a la acusación de no haber ofrecido nunca sacrificios a Atenea: «No os admiréis, dijo, de que no haya ofrecido todavía sacrificios a la Diosa pues no pensaba que necesitase de mis víctimas». Respecto a los misterios, lo que le impedía iniciarse era que si fuesen malos, no podría por menos de revelárselos a los profanos para apartarlos de las orgías; y si fuesen buenos, los divulgaría también por amor a los hombres.

La asamblea no quedó satisfecha sino que, por el contrario, airada con esa respuesta exigió la presencia del filósofo que no vaciló en comparecer ante ella, con el rostro cubierto tras la clámide. Ya tenían los atenienses las piedras en las manos para lapidarle, cuando descubrió su rostro diciendo así: «Sacrificádme, atenienses, ya que hasta ahora no habéis hecho felices sacrificios». Pero la asamblea en lugar de apedrearle prorrumpió en risas y gritos jocosos y despectivos que finalmente fueron acallados por el decano que se dirigió al filósofo en los siguientes términos: «¿Cómo puedes tú, que siempre fuiste respetuoso con nuestra religión y nuestras más sagradas costumbres, pretender ser ese Demonax que sólo vive animado para atacarlas y burlarse de ellas? Y aunque lo fueras ¿no comprendes que al condenarte a tí, como espúreo vicario de nuestro enemigo, no haremos sino fortalecerle y empujar al imperecedero reino del espíritu la carne y la voz de la herejía? Vuelve pues a tu casa y acógete a tus antiguos hábitos ya que después de tu imperfecta confesión tampoco en lo sucesivo podrás seguir jugando a Demonax pues ¿qué importancia daremos a cualesquiera de sus opiniones si en lo sucesivo hemos de sospechar que proceden de un alma cándida como la tuya?»

Convencido por estas palabras y abrumado por tal humillación, el filósofo volvió a su casa y bebió la cicuta para hacer realidad el pronóstico del decano. Y como tras su muerte no prosperase su herejía se vino a demostrar una vez más que tanto él como el decano habían estado equivocados, acaso porque ambos confundieron condena con sacrificio y culpa con castigo.

Novena

... En fin, lo de siempre. Otra vez será.

El criado, en estado de intenso azoramiento, llegó al mediodía a casa de su amo, un rico comerciante, y con las siguientes palabras le vino a explicar el trance por el que había pasado:

—Señor, esta mañana mientras paseaba por el mercado de telas para comprarme un nuevo sudario, me he topado con la Muerte que me ha preguntado por tí. Me ha preguntado también si acostumbras a estar en casa por la tarde pues en breve piensa hacerte una visita. He pensado, señor, si no será mejor que lo abandonemos todo y huyamos de esta casa a fin de que no nos pueda encontrar en el momento en que se le antoje.

El comerciante quedó muy pensativo.

—¿Te ha mirado a la cara, has visto sus ojos? —preguntó el comerciante, sin perder su habitual aplomo.

—No, señor. Llevaba la cara cubierta con un paño de hilo, bastante viejo por cierto.

—¿Y además se tapaba la boca con un pañuelo?

—Sí, señor. Era un pañuelo barato y bastante sucio, por cierto.

—Entonces no hay duda, es ella —dijo el comerciante y tras recapacitar unos minutos añadió: Escucha, no haremos nada de lo que dices; mañana volverás al mercado de telas y recorrerás los mismos almacenes y si te es dado encontrarla en el mismo o parecido sitio procura saludarla a fin de que te aborde. En modo alguno deberás sentirte amedrentado. Y si te aborda y pregunta por mí en los mismos o parecidos términos, le dirás que siempre estoy en casa a última hora de la tarde y que será un placer para mí recibirla y agasajarla como toda dama de alcurnia se merece.

Hízolo así el criado y al mediodía siguiente estaba de nuevo en casa de su amo, en un estado de irreprimible zozobra.

—Señor, de nuevo he encontrado a la Muerte en el mercado de telas y le he transmitido tu recado que, por lo que he podido observar, ha recibido con suma complacencia. Me ha confesado que suele ser recibida con tan poca alegría que nunca logra visitar a una persona más de una vez y que por ser tu invitación tan poco común piensa aprovecharla en la primera oportunidad que se le ofrezca. Y que piensa corresponder a tu amabilidad demostrándote que hay mucha leyenda en lo que se dice de ella ¿No será mejor que nos vayamos de aquí sin que nos demuestre nada?

—¿Lo ves? —repuso el comerciante, con evidente satisfacción—. La hemos ahuyentado; puedo asegurarte que ya no vendrá en mucho tiempo, si es que un día se decide a venir. Tiene a gala esa dama presumir de que ella no busca a nadie sino que todos —voluntaria o involuntariamente— la requieren y persiguen. Y, por otra parte, nada le gusta tanto como las sorpresas y nada detesta como el emplazamiento a fecha fija. Debes conocer esa historia de la Antigüedad que narra el encuentro que tuvo con ella un hombre que trataba de huir de una cita que ella no había preparado. Pues bien, me atrevo a afirmar que ahora que la hemos invitado no acudirá a esta casa, a no ser que cualquiera de nosotros dos pierda el aplomo y se deje arrastrar a alguna de sus astutas estratagemas.

Aquella tarde, la Muerte —con un talante sinceramente amistoso y desenfadado— acudió a la casa del comerciante para, aprovechando un rato de ocio, testimoniarle su afecto y disfrutar de su compañía y de su conversación. Pero el criado al abrir la puerta no pudo reprimir su espanto al verla en el umbral, la cara cubierta con un paño de hilo muy viejo y protegida la boca con un pañuelo sucio, y sospechando que se trataba de una añagaza compuesta entre su amo y la Dama para perderle, se precipitó ciego de ira en el gabinete donde descansaba aquél y, sin siquiera anunciarle la visita, lo apuñaló hasta matarle y huyó por otra puerta.

Cuando la Muerte, extrañada del silencio que reinaba en la casa y de la poca atención que le demostraba aquel hombre que ni siquiera le invitaba a entrar, por sus propios pasos se introdujo en el gabinete del comerciante, al observar su cuerpo exánime sobre un charco de sangre no pudo reprimir un gesto de asombro que pronto quedó subsumido en un pensamiento habitual y resignado:

—En fin, lo de siempre. Otra vez será.

Décima y décima bis

... Cuando su ejército acampó frente a la fortaleza...

A un famoso general de la Antigüedad, conocido en todos los ejércitos del mundo civilizado por el riguroso método con que planeaba hasta las menores operaciones militares, le fue encomendada por su rey una campaña de mucha importancia con la que debería vencer y desarmar al enemigo tradicional de la patria y lograr un período de paz que al menos durase varias generaciones.

El general pidió a su rey tiempo para rearmar la tropa y, sobre todo, para estudiar la campaña en sus más nimios detalles, persuadiéndole de que cuanto más tiempo dedicase a desarrollar los planes de operaciones, más breve y menos cruenta sería la guerra. El rey le concedió un año, al cabo del cual la tropa se encontraba perfectamente aguerrida y armada. Entonces el rey mandó llamar al general y le preguntó si se encontraba dispuesto a iniciar la campaña. Pero el general le contestó que todavía no se hallaba preparado pues sólo había tenido tiempo para desarrollar la mitad de los planes por lo cual solicitó una prórroga de un año para concluirlos en su totalidad.

Al término de aquel segundo año, el rey volvió a llamar a su general que ante sus requerimientos volvió a excusarse, asegurándole que quedándole por resolver unos cuantos detalles, en el plazo de seis nuevos meses lo tendría todo a punto y podría iniciar la campaña que, con tales preparativos, no se prolongaría durante muchas jornadas.

Cuando se agotó aquel tercer plazo, el rey llamó de nuevo a su general y le exhortó a iniciar inmediatamente la campaña pues no sólo la desmoralización comenzaba a cundir entre la tropa sino que las soldadas estaban a punto de agotar las arcas del tesoro. Así pues, el general se decidió a iniciar la campaña aun cuando quedara un punto, uno solo, sin resolver. Era, por otra parte, un detalle de menor importancia —la conquista de una lejana fortaleza donde un enemigo exhausto se refugiaría tras ser batido en todas las ocasiones— que el general se permitió ocultar a sus mandos que había quedado sin estudiar y se apresuró a abrir las hostilidades confiando en resolverlo en el transcurso de la breve guerra.

La campaña se desarrolló con tan admirable sujeción a los planes del general que incluso resultó más breve que lo previsto. Batalla tras batalla sus armas resultaron victoriosas y el enemigo, domeñado por sus implacables golpes, reducido a unas cuantas compañías heterogéneas, sin apenas armamento ni capitanes, fue a refugiarse en aquella aislada fortaleza, muy lejos de la frontera. Tan rápida fue su huída que el general sólo tuvo tiempo para perseguirle, sin un momento para detenerse a pensar cómo conquistar aquel último reducto.

Cuando su ejército acampó frente a la fortaleza, el general reunió a sus capitanes y les arengó de la siguiente manera:

—Nos encontramos, caballeros, en las vísperas del fin de esta guerra. Habéis obedecido puntualmente mis órdenes y seguido al pie de la letra mis planes, y he aquí el resultado: ved al enemigo reducido a una centésima parte de lo que era, encerrado en un miserable fuerte que ya no puede ofrecer digna resistencia al empuje de nuestras armas. Desgraciados, ya no pueden esperar otra cosa que el exterminio. Pues bien, consumádlo. Tal es el premio que ofrezco a vuestra gallardía, a vuestro denuedo y a vuestras aptitudes para la lucha. No me preguntéis cómo llevarlo a cabo, no quiero saberlo; es cosa vuestra. Deseo apartar mis ojos de este sangriento final y, por otra parte, me temo que no he medido bien el esfuerzo

... Y dijo para sí: No podía ser de otra manera.

que he tenido que realizar y siento que necesito un descanso, un largo descanso. Así que mañana, cuando me levante —que lo haré tarde— quiero ver ondear nuestro estandarte en aquella torre. Eso es todo, caballeros. Buenas noches. No creo cumplir con mi deber de soldado si les deseo suerte, porque no la necesitan. Sin embargo, suerte, caballeros. Buenas noches.

Era tal el ascendiente del general sobre su tropa que ninguno de sus capitanes echó en falta sus directrices; sus últimas palabras fueron tomadas como tales y se dispusieron, sin la menor reserva, a colocar a primera hora de la mañana la bandera patria sobre la torre señalada.

Al llegar aquí, la fábula se divide en dos variantes que a la postre vendrán a converger: la versión más extendida y conocida registra las palabras del general cuando al salir de su tienda al mediodía siguiente, tras un sueño reparador, al ver ondear en la torre —sobre un cielo refulgente— la bandera patria, exclamó:

—No podía ser de otra manera.

La segunda versión, más privada y sibilina, registra asímismo las palabras del general cuando al salir de su tienda al mediodía siguiente, tras una noche de pesadilla, contempló de un golpe su ejército aniquilado al pie de las murallas, la bandera enemiga ondeando en un cielo refulgente.

Y dijo para sí:

—No podía ser de otra manera.

Decimoprimera

... es necesario que vayas despachando los correos que han de llevar la noticia de mi muerte a todos los rincones del Imperio.

OVEJERO

Un Emperador de la Antigüedad, cuyo dominio abarcaba extensos territorios, inmensos desiertos y selvas apenas exploradas, sintiendo que estaba próximo el fin de sus días, mandó llamar al comandante mayor de sus correos y le habló de esta manera:

—Escúchame bien; los doctores que atienden a la salud de mi cuerpo no me conceden más de seis meses de vida. Comoquiera que necesito para el momento del tránsito de mi alma al otro mundo todas las plegarias de mis súbditos, es necesario que vayas despachando los correos que han de llevar la noticia de mi muerte a todos los rincones del Imperio. Hacia esas provincias tan alejadas que reciben los despachos de la Corte con un retraso de seis meses, deben salir los correos ya, a fin de que lleguen en el momento justo. Respecto a las otras, irás ordenando de manera escalonada la salida de los correos para que todos alcancen su punto de destino en la misma fecha.

—Pero, señor... —intentó explicar el comandante mayor.

—No intentes replicar —le cortó el Emperador—. Conozco muy bien las dificultades e inconvenientes de esta orden pero puedo asegurarte que la decisión que he tomado ha sido larga y rigurosamente meditada. Y si lo que te embarga es la inseguridad del pronóstico de los doctores, sábete que en las vísperas de mi fallecimiento oficial te haré saber, en caso de error, las medidas correctivas que hayan de subsanarlo.

El comandante mayor se decidió a cumplir la orden a rajatabla y durante meses no hizo otra cosa que redactar los diversos albaláes con la noticia de la muerte del Emperador, que debía permanecer secreta, y que uno a uno fue entregando, lacrados con los sellos reales, a los miembros del cuerpo de correos que inmediatamente partían hacia los más apartados rincones del Imperio. No bien hubo despachado el último correo, el comandante mayor se presentó en el gabinete privado del Emperador para decirle:

—Señor, todos los correos han sido despachados con la noticia de vuestra muerte. Me consta que cumplirán su deber a la perfección y por ende mañana todo el Imperio sabrá que habéis muerto. Y, sin embargo, estáis tan vivo como ayer y, con toda seguridad, como mañana. ¿Qué confianza podrá tener en lo sucesivo vuestro pueblo en el cuerpo de correos, e incluso en la Corte, cuando se entere de que ha sido objeto de semejante infundio? ¿Qué consecuencias no tendrá esta funesta medida para la salud y el buen gobierno de nuestro Imperio?

—Está bien —repuso el Emperador con toda calma—. Has cumplido con tu deber y ejecutado la orden que te dí a la perfección. Espero que hayas rodeado la noticia de mi muerte de toda la reserva que te distingue. Si es así, sólo tú y yo sabemos que hoy moriré, noticia que todo el Imperio conocerá mañana. A sabiendas de las graves repercusiones de toda índole que tendrá mi muerte, dime ¿es que no ha pasado por tu cabeza la idea de especular con semejante información?

—¿Especular, Señor? —preguntó aturdido el comandante mayor.

—¿Es que no te has dado cuenta de que la posesión de semejante secreto podía hacer de tí el nuevo Emperador?

—Señor, la posibilidad de ser el nuevo Emperador no despejará en mi alma las tinieblas que arrojará la muerte de mi actual señor.

—Está bien, eso era exactamente lo que quería oír. Has pasado por la prueba a la que te he sometido y has respondido como yo esperaba que lo hicieras. Así pues, has corroborado con tu conducta una elección muy difícil —y que me ha costado muchas horas de sueño— y por consiguiente serás el nuevo Emperador.

—¿Y qué será de vos, Señor, a partir de mañana?

—¡Oh, no te preocupes por mí! —repuso el Emperador.

—¿Y del cuerpo de correos? —preguntó inquieto el comandante mayor—. ¿Qué va a ser del cuerpo de correos?

—Oh, no te preocupes del cuerpo de correos —dijo el Emperador.

—¿Que no me preocupe del cuerpo de correos? ¡El cuerpo de correos! ¡La joya de nuestro Imperio! ¡La obra de mi vida! ¡Señor, toda mi vida dedicada a ese cuerpo ejemplar! —exclamó impaciente el comandante mayor.

—¡Bah, una minucia! —dijo el Emperador, con desdén.

—¿Una minucia? ¿Cómo podéis decir eso, Señor? ¡La joya de nuestro Imperio! ¡El cuerpo de correos! ¡La obra de mi vida! ¡Toda mi vida! ¡Mi vida entera para nada! ¡Oh, mierda! ¡Oh, condenación! ¡Oh, maldito!

Y el comandante mayor, ciego de enojo, se abalanzó sobre su Emperador y le echó sus manos al cuello y lo apretó hasta que en el anciano semblante del Emperador se dibujó la expresión de una muerte serena, en paz con su conciencia, y de su mano abierta cayó el edicto de sucesión.

Decimosegunda

... y en más de una ocasión tuvo que apelar a su amor propio para refrenar una creciente y no correspondida pasión.

Dijo la Muerte al pasajero:

—Ya que viajáis solo, caballero, y en mi misma dirección ¿me permitiréis disfrutar de vuestra compañía y al mismo tiempo os serviréis acoger con benevolencia mis sinceros deseos de amenizar un viaje que se anuncia tan largo?

—No pertenezco a la clase de los hombres comunicativos —repuso el caballero— y mi carácter huraño me impide trabar lazos de amistad. Carezco de ingenio y de conversación y mis escasos conocimientos de la naturaleza sólo permiten abrigar unas pocas opiniones, casi todas ellas desacertadas. Por lo general, sólo tengo palabras para expresar mi desagrado por cuanto me rodea y mi profundo desánimo respecto al futuro. Por consiguiente, no esperéis de mí ratos amenos.

—Yo tampoco soy un dechado de simpatía —contestó la Muerte—. Pero puesto que la fortuna nos ha deparado un mismo itinerario y un talante parecido, creo que podemos aprovechar esta doble e inesperada coincidencia para hacer más soportable la travesía. Si me permitís este rasgo de curiosidad ¿cuál es vuestro destino, caballero?

Ante esta pregunta, el caballero, con cierto asombro, pero con gran seguridad, repuso:

—Sin duda, el mismo que el vuestro, señora.

Durante toda la travesía la Muerte, acostumbrada desde siempre a despertar sentimientos intensos —de horror, de miedo, de curiosidad, de respeto, incluso de atracción y de pie-

—Es un lugar especialmente adecuado para disfrutar de los goces del amor, el descanso y la frescura —explicó el caballero...

dad— se sintió muy mortificada por la educada indiferencia del caballero hacia ella y en más de una ocasión tuvo que apelar a su amor propio para refrenar una creciente y no correspondida pasión. Cuando tocaron puerto, el caballero se dirigió a la Muerte con estudiada cortesía:

—Ya que nos encaminamos hacia el mismo destino, y en pago a vuestras numerosas atenciones durante la travesía ¿me permitís que os ofrezca un asiento en mi carruaje?

A punto estuvo la Muerte de rechazar la oferta del caballero pero su creciente interés por él pudo superar todas sus reservas. En el muelle apareció una carroza fúnebre, tirada por dos troncos de robustos caballos, conducida por un postillón de inquietante aspecto. Le fue ofrecido un asiento en el pescante —que la Muerte aceptó un tanto asombrada, pero sin atreverse a rechistar— y antes de acomodarse en el ataúd, el caballero ordenó:

—A casa.

Tras una larga jornada de viaje en que la Muerte no pudo abrir la boca, la carroza se introdujo en un pequeño y húmedo cementerio de aldea, cuyas cancelas de hierro forjado abrió un octogenario sepulturero que con una escoba de ramas barría las hojas muertas; luego se detuvo ante la poterna abierta de un sobrio y elegante panteón en bastante mal estado, su roca descompuesta invadida por el liquen y la hiedra.

—Permitidme señora que os ofrezca —dijo el caballero a la Muerte, al ayudarla a apearse de la carroza— unas jornadas de descanso en mi mansión, para restableceros de las fatigas del viaje.

La Muerte dio un paso atrás, un tanto temblorosa, ante la estrecha escalinata en sombras que descendía hacia la cripta.

—Es un lugar especialmente adecuado para disfrutar de los goces del amor, el descanso y la frescura —explicó el caballero, invitándola con toda delicadeza a entrar la primera.

La Muerte tuvo un escalofrío.

—Este lugar trae a mi memoria recuerdos de infancia muy tristes —protestó débilmente, sobrecogida por el miedo.

El caballero sonrió con suficiencia.

—Oh, no temáis; los placeres que os voy a dispensar os harán olvidar las más intensas experiencias pasadas, de cualquier signo que sean.

—¡Atrás! —rugió la Muerte horrorizada—. ¿Se puede saber por quién me habéis tomado?

—Por una cualquiera, naturalmente ¿Acaso una verdadera dama aborda a un caballero como lo habéis hecho durante toda la travesía?

Horrorizada, ofendida y blanca de ira, la Muerte se soltó de la mano del caballero con un enérgico golpe y abandonó corriendo el cementerio. Y así, por segunda vez, dejó aquel lugar que ya había visitado en otra ocasión, aunque hacia tanto tiempo que no lo podía recordar. Cuando el caballero —extrañado pero sereno, y en modo alguno resentido— se acomodó en su sepulcro, cruzó las manos sobre su pecho y bajó los párpados, no pudo por menos de decir para sí:

—¿Quién se habrá creído que es?

Decimotercera y última

... Pues has de saber que la duda pervive en la razón porque la verdad —aun conocida— rara vez es capaz de superar el apego.

El maestro llamó a su presencia al discípulo y le habló de esta manera:

—En verdad que ya te he transmitido toda mi sabiduría y creo que la has aprehendido de manera irreprochable. Así pues, mi misión para contigo ha terminado por lo que mañana abandonarás esta casa para ejercer tus talentos allá donde sean requeridos. Pero antes de que te vayas quiero decirte una última cosa: procura tener el menor número de dudas posibles y cuando las tengas despáchalas cuanto antes. No pierdas el tiempo en vacilaciones ya que es preferible estar en el error que en la duda; pues de aquél podrás salir siempre, y con un gesto nuevo, mientras que ésta rumiando siempre lo ya conocido no sólo bloquea el presente sino también el futuro.

Al día siguiente el discípulo se despidió de su maestro para dirigirse a otras tierras donde ejercer sus talentos. En todas partes enseñó las doctrinas de su maestro y para todos los actos de su vida se guió por sus máximas. De esta suerte aquel aventajado discípulo consiguió llevar una vida pública muy mediocre, envuelto por su propio descrédito tras cosechar numerosos fracasos, y una vida privada muy desgraciada. Cuando el discípulo comprendió, llegada ya su madurez, que sólo con un cambio radical —incluso de ideas— podría lograr dar un nuevo giro a su vida, decidió —pese a sus muchas estreches— viajar de nuevo hasta el lugar donde vivía su maestro, para darle cuenta de su situación y pedirle consejo a la hora de buscar remedio a sus muchos males.

—Maestro —le dijo, nada más llegar—, he seguido en todo momento tus preceptos y en todas partes he aplicado tus máximas, y he aquí el resultado; he fracasado tanto en la vida pública como en la privada. ¿No crees, maestro, que si quiero que mi vida sea de otra manera, he de cambiar de método y tal vez de doctrina?

—No puedes culpar a mis enseñanzas de tus fracasos en la vida —repuso el maestro—. Toda doctrina depende de como se aplica y, con toda probabilidad, tú la has aplicado mal. Tal vez, siguiendo mis consejos demasiado al pie de la letra, no te has permitido tener dudas y privándote de sus beneficios, no has hecho sino elecciones precipitadas y de poca fortuna. Has de tener dudas para ponderar en cada encrucijada las ventajas de cualquiera de los caminos y disfrutar mejor de la andadura. Pero antes de que te vayas quiero decirte una última cosa que he deducido recientemente: cuando tengas una duda del conocimiento, piensa y haz la segunda posibilidad que te venga a la mente, porque la primera suele ser la errónea. Pues has de saber que la duda pervive en la razón porque la verdad —aun conocida— rara vez es capaz de superar el apego. Y cuando ambos coinciden no hay duda posible.

El discípulo abandonó el hogar del maestro decidido a cambiar de rumbo. Pese a sus fracasos, siempre había sido hombre de decisiones prontas y tajantes pero tras aquella visita se convirtió en persona dubitativa y vacilante. Y no por eso prosperó; antes al contrario, día a día su vida se deslizaba hacia una mayor degradación, rodeado de la pobreza, el malestar y el menosprecio.

A oídos del maestro llegó la noticia del próximo e irremediable fin de su discípulo que, en completa consunción y a pesar de ser todavía un hombre joven, apenas podía valerse para procurarse unos pocos alimentos y un lecho donde dormir.

Al ver entrar a su viejo maestro en la habitación mortuoria, un fulgor brotó de la apagada mirada del discípulo que trémulo se incorporó del lecho para preguntarle:

—Maestro, si a este estado me ha llevado la aplicación de tus doctrinas ¿no será que hay algo equivocado en ellas?

—¿No será al revés, hijo mío? Desmemoriado, si te has anticipado a mí para bajar a la tumba ¿no será que también me has aventajado en la doctrina?

—¿Y si te he aventajado en el error, maestro?

—Es lo mismo —replicó el maestro—, porque la obligación del discípulo es aventajar, sea en el error o la verdad. Y tú lo has hecho con creces.

—Pero, maestro ¿qué ventaja he sacado de este aventajamiento? —preguntó el discípulo, desmayado.

—Te dije que en caso de dudas optaras siempre por el segundo término. Si te pones en él ¿no ves que todo son ventajas?

El discípulo dejó caer la cabeza en la almohada y miró muy lejos.

—Así debe ser —dijo el discípulo, y expiró.

El maestro cerró sus párpados, y suspiró. Y al abandonar la habitación mortuoria, dijo para sí:

—Cuanto más canalla es la doctrina, mejor el discípulo.

Fábula décimocuarta

—Qué equivocado está. Qué razón tiene.

Un comerciante que, más por afición que por negocio, traficaba con artículos sorprendentes y gustaba tener en su tienda objetos raros y curiosos, llamó un día a su criado y le habló en los siguientes términos:

—Muchos de los objetos que aquí guardo desde hace años no han cumplido el propósito para el que los adquirí. O bien son demasiado sorprendentes y el público, una vez pasados los efectos del asombro que a primera vista producen, los desdeña o bien lo son tan poco que nadie los compra ni siquiera para hacer un regalo original. Y por otra parte ya me he cansado de ellos puesto que al cabo de los años ya no me sirven de distracción. Por consiguiente quiero que vayas al bazar, donde yo no soy bien recibido, y sin reparar en gastos adquieras para mí ese objeto que a tu juicio —y repara en lo mucho que confío en tu sagacidad— pueda suministrar cada día una constante e inagotable sorpresa, siempre la misma y siempre diferente.

El criado, provisto de una bolsa de dineros, se dirigió a los grandes bazares de la ciudad y al cabo de unos días de búsqueda volvió con un raro librito, encuadernado en octavo y publicado siglos atrás, cuya lectura cuanto más interesante se hacía mayores deseos de abandonarla provocaba. El criado abrió el libro por una página cualquiera e invitó a su amo a comprobar por la lectura aquella doble propiedad de atracción y repulsión de que gozaba el relato.

El comerciante leyó con avidez unas pocas páginas y se vio obligado a suspender la lectura con manifiesto enojo.

—Es cierto —dijo el comerciante—, el libro goza de esa extraña propiedad. Pero no es una sorpresa tanto como una curiosidad. Ahora que lo pienso me atrevo a decir que gran parte de los libros que se publican en nuestros días gozan también de esa propiedad y nadie para mientes en ello. Más que una excepción, es un caso extremo y por consiguiente puede ser tan fatigante como los demás, aunque más llamativo. No, no es eso lo que necesito. Vuelve al bazar y busca con más ahínco y tino lo que te he pedido porque estoy seguro de que podrás encontrarlo.

Repitió el criado la encomienda de su amo y, tras unos días de búsqueda, volvió a la tienda con un espejo cuya superficie, en todo análoga a la de un espejo normal, reflejaba la imagen directa del sujeto —la que ven los demás— en lugar de la invertida y simétrica que contempla quien se mira a sí mismo.

Pero tampoco este objeto satisfizo al comerciante que se permitió poner en duda la capacidad del espejo para sostener la sorpresa a los pocos días de observarse en él. Por tercera vez, pese a sus protestas, se llegó el criado hasta el barrio de los bazares donde tuvo que demorarse más tiempo del previsto en un principio, pues las exigencias de su amo le empujaban a rechazar los más sorprendentes objetos. Un día, seguro de que había encontrado lo que su amo requería y convencido de que podía dar por cumplida una misión que empezaba a mortificarle, volvió a la tienda de su amo con un estetoscopio curvo, de muy delicada fabricación, cuyas boquillas aplicadas a los occipitales del propio auscultador permitían escuchar el susurro de las ideas antes de convertirse en palabras.

El comerciante observó el aparato con curiosidad, se caló los auriculares en las orejas y aplicó las boquillas a sus occipitales y durante unos minutos permaneció escuchando, vivamente interesado, el susurro de sus ideas antes de convertirse en palabras. Pero tras aquella prolongada auscultación se despojó del aparato, lo dejó en la mesa y hasta lo apartó con un gesto de descontento.

—Es cierto, se oye el zumbido de las ideas antes de convertirse en palabras e incluso he creído distinguir el choque de las preideas antes de convertirse en ideas. Se distinguen perfectamente. Tienen un distinto diapasón. Pero en ambos casos se trata de un sonido monótono, no muy distinto al de una caracola y menos ameno que el de una fuente. Nadie se podrá entretener con él después de una segunda sesión y a la tercera producirá cualquier cosa menos asombro. Reconozco empero que has hecho un esfuerzo muy meritorio y que derrochando talento has estado a punto de encontrar lo que necesito. Es más, estoy convencido de que estás a un paso de conseguirlo. Por eso te ruego, no te lo ordeno, que hagas una última tentativa y si encuentras lo que tanto ansío te lo agradeceré con una recompensa que superará tus más optimistas expectativas.

El criado, un tanto aliviado por el nuevo tono del encargo y estimulado por la promesa, volvió a los bazares en cuyos laberintos estuvo perdido algunos años al cabo de los cuales regresó al comercio de su amo con las manos vacías.

—¿Cómo? —preguntó confundido y contrariado el comerciante—. ¿Todos estos años y no has encontrado nada? Antes en un par de semanas eras capaz de encontrar un artículo si no plenamente satisfactorio al menos bastante curioso. ¿No será que has perdido facultades y que si quiero conseguir lo que ando buscando tendré que encargar de ello a una persona más joven y perspicaz, dispuesta a poner toda su alma en el empeño?

El criado, quien tras tantos años de ininterrumpida búsqueda se había convertido en una persona prudente, juiciosa y responsable, respondió:

—¿No será al revés, señor? ¿No será que este encargo lejos de haber abotargado y disminuído mis facultades las ha agudizado hasta el punto de que ya no puedo encontrar nada que colme mi capacidad para la sorpresa?

El comerciante recapacitó, meditó aquellas palabras, observó a su criado con una mezcla de conmiseración y respeto, y dijo:

—Es posible que tengas razón pero comoquiera que sea ya no puedo renovarte el encargo, tanto si tienes muchas y muy agudas facultades como si tienes pocas. Porque pecando por exceso o por defecto ya no podrás encontrar el objeto justo que yo deseo.

—Eso es cierto, señor. Muy cierto —al tiempo que dejaba sobre la mesa la bolsa casi vacía de los dineros, con unas pocas monedas sobrantes—. Porque habiendo adquirido la mayor experiencia y los más recónditos conocimientos sobre las sorpresas, soy la última persona que puede sorprenderse de algo.

El comerciante recogió la bolsa de los dineros que había dejado el criado y la guardó en un cajón. Con cierta admiración observó cómo se alejaba su criado y dijo para sus adentros pero en voz alta:

—Qué equivocado está. Qué razón tiene.

A modo de epílogo

Fuera de Región

Ignacio Echevarría

Concluida su trayectoria, la perspectiva que es posible trazar sobre la obra de cualquier escritor tiende a ordenarse conforme a un determinado punto de fuga. Hacia este punto de fuga convergerían las que se identifican como constantes estilísticas y temáticas de ese escritor, y es en función de aquél como tiende a ser leído cualquiera de sus libros. Así como en un cuadro sujeto a una perspectiva cónica ninguno de los objetos representados, por alejado que esté del imaginario punto de fuga, se sustrae a su foco, así también tiende a reconocerse, en los más tempranos o peregrinos textos de un escritor, las marcas del estilo y las obsesiones que han terminado por caracterizarlo. Ahora bien, la tarea de reconocerlas a menudo distrae de los indicios que señalan en otras direcciones y que revelan la existencia, dentro de la obra del escritor, de otras posibilidades, de otros escritores posibles, a veces muy distintos al que sus opciones propias han terminado por privilegiar.

Juan Benet constituye un caso paradigmático de esto último. Su obra se circunscribe muy tempranamente a un escenario determinado —el «espacio mítico» de Región— y explora dentro de él un complejo territorio moral que se extiende bajo el signo implacable de la ruina. Lo hace mediante un apretado y poderosísimo estilo, que en muy poco tiempo alcanza imprevistas cotas de plenitud. En pocas ocasiones es dado contemplar una obra de tan compacta configuración y de motivos tan recurrentes. Y sin embargo, esa misma obra rebosa de elementos que apuntan en direcciones muy diversas a aquellas más predominantes que en definitiva la orientan.

Basta leer los artículos y ensayos de Benet para barruntarlo. Pero quizá sean los relatos reunidos en este volumen la prueba más evidente de que Benet es un escritor mucho más proteico de lo que se suele pensar. Otra cosa es que, siguiendo el ejemplo de su admirado William Faulkner, prefiriera —como hizo, a su vez, Juan Carlos Onetti, otro caso paradigmático de escritor voluntariamente circunscrito a un ámbito propio— concentrar esos recursos en el territorio por él inventado, a efectos de potenciar tanto sus logros como sus efectos.

No es el magisterio de Faulkner el que más asoma en el primero de estos relatos, «Nunca llegarás a nada» (el primero, asimismo, del primer libro publicado por Juan Benet, al que dio título). Antes se reconoce el eco, aunque remoto, del joven Kafka, más concretamente del Kafka de «Descripción de una lucha». Es sin duda cierto, como señala Félix de Azúa, que en este primer cuento, «nacido a raíz de unos viajes veraniegos por el norte europeo en 1953 y 1954», se encuentran ya en germen algunos de los rasgos característicos de Benet (su «oscurecimiento del espacio y del tiempo narrativos», el «uso de la frase desmesurada, tortuosa, levemente construida, que introduce al lector convencional en un laberinto del que sale completamente confundido», la «resolución caricaturesca» de algunos personajes, «la presencia constante del humor»), pero la cifra resultante es muy otra. Se comprende el estupor que habría de causar este cuento entre los lectores escasísimos que alcanzaron a leerlo cuando se publicó por primera vez en 1961. Es difícil encontrar una nota más disonante de la tonalidad que predominaba en la narrativa española de aquellos años. Pero resulta asimismo difícil armonizar esa nota con la tonalidad que predominará a su vez en el grueso de la narrativa de Benet. Sólo retrospectivamente es posible hacerlo, no sin algún esfuerzo. Si «Nunca llegarás a nada» no se hubiera ofrecido acompañado de «Baalbec, una mancha», cuento fundacional de Región, y seguido de «Duelo» y «Después», dos cuentos que transcurren también en Región, se hubiera dicho que anunciaba a un joven narrador irreverente, de ademanes cosmopolitas, muy dado al humorismo, a los juegos, al mestizaje de géneros... un narrador, en definitiva, bastante diferente al que ya Benet empezaba a ser entonces por resolución propia.

Más ilustrador aún de lo que se viene diciendo es el cuento titulado «Los padres», que, como se dice en la nota de los editores, Benet prefirió no recuperar con ocasión de publicar sus cuentos completos, ni en la edición de 1977 ni en la de 1981. Las razones que para ello daba en el prólogo a la primera de estas ediciones son elocuentes de esta «alteridad» que de vez en cuando un escritor advierte, sorprendido a veces, en su propia obra. Escribe Benet acerca de «Los padres»: «no sé por qué ni cómo ni cuándo lo escribí y, si he de ser sincero, ni siquiera con qué objeto...» Y amparado en esta extrañeza niega a este cuento los «derechos y privilegios de que gozan sus hermanos, legítimos en mayor grado...» No es probable, con todo, que el lector común acierte a establecer una diferencia neta entre este cuento presuntamente bastardo y sus hermanos naturales, algunos de ellos envueltos asimismo en una semejante atmósfera de serie negra transida de ambigüedad.

Varios de los relatos aquí reunidos transcurren en escenarios costeros, algunos durante las vacaciones de verano. Y es como si Juan Benet, en alguno de ellos, se hubiera tomado él mismo vacaciones de su muy exigente proyecto narrativo. A menudo hay en estos relatos una luminosidad, una fruición que contrasta acusadamente con el sombrío y a menudo fantasmal ambiente de Región, tanto como el radiante horizonte marino contrasta con el de las tenebrosas sierras de Región y Contrera entre las que se encajona el valle del Torce, con el espeso bosque de Mantua en sus laderas. Es como si, convertido por designio propio en narrador de tierra adentro, latiera en Benet una reprimida inquietud marinera —y aventurera— que excitara su confesada devoción por Joseph Conrad. Si «De lejos», como bien observaba Francisco García Pérez, homenajea al Conrad de *El corazón de las tinieblas*, «Sub rosa» homenajea a su modo al Conrad de *Lord Jim* y testimonia su constante afición por la novela del mar, a la que ya dedica algunas páginas de *La inspiración y el estilo* (1966), en las que habla de su «misterio permanente».

Pero es Henry James, aún más que Conrad, el modelo de algunos de los mejores de estos relatos. Lo es sin duda de «Catálisis» y, sobre todo, de «Syllabus», por mucho que el humor y la ironía cobre en estas piezas un peso aún mayor que en el autor de «The Jolly Corner», la *ghost history* de James que Ricardo Gullón señala como precedente probable de «Syllabus».

La inquietante atmósfera que sitúa a estos dos relatos en una rara frontera entre la narración psicológica y la fantástica prevalece también en «Por los suelos», en el que, sin embargo, lo que destaca por encima de todo es el cordial pero subido erotismo que impregna el texto, víctima de numerosos cortes de la censura (o de la autocensura, o de la propia editorial). Un erotismo que, aunque más en sordina, emanan también relatos como «Últimas noches de un invierno húmedo» y, en particular, «Así era entonces».

Como «Catálisis», «Últimas noches de un invierno húmedo» también discurre sobre los pavores y las acechanzas de la vejez; así como «Nunca llegarás a nada» y «Así era entonces» discurren, con humor melancólico, con flaubertiano cinismo, sobre la pérdida de la juventud.

Ambientado en Nueva York, «Garet», uno de los cuentos más convencionalmente «clásicos» de este volumen, constituye un prodigio de humor y de erotismo sutil puestos al servicio de un enredo picaresco, con su correspondiente sátira de costumbres.

En cuanto a «Obiter dictum», abunda muy originalmente en la afición de Benet por la intriga policiaca, patente también en «Una línea incompleta» (relato perteneciente al ámbito de Región) y, muy evidentemente, en la novela *El aire de un crimen*.

Esta novela, inmediatamente posterior a *Saúl ante Samuel* —cumbre indiscutible de la narrativa benetiana—, pertenece ya a una vertiente de su obra en la que el autor, sabedor de que ha dado lo máximo de sí en lo que atañe a sus más ambiciosas aspiraciones, tiende a relajar facetas de su propia escritura que, si bien latentes siempre en ella, afloran ahora con más desinhibición (baste recordar, para confirmarlo, los prolongados excursos de *Herrumbrosas lanzas*). Algunas de tales facetas apuntan, mucho más tempranamente, en los relatos de este volumen, en los que, como se ha visto, compite con el ascendente imponente de Faulkner el de otros maestros —Poe, Melville, James, Conrad, Kafka, Beckett— que sugieren a Benet otros caminos distintos al muy arduo por el que en definitiva optó.

Por supuesto que se trata de notas bien reconocibles —aquí y allá, con más o menos relieve— en casi todas las piezas del amplio y complejo ciclo de Región, y que en este sentido contribuyen a reparar en la riqueza a menudo desatendida del estilo de Benet, cuya amplitud y exigencia —y cuya dificultad, también— comprenden registros muy varios, entre los que se cuentan la sensualidad y, muy en primer plano, el humor que tanto menudean en estos relatos. Pero lo cierto es que la virtud de éstos no es tanto apuntar hacia el caudal principal de la narrativa de Benet sino señalar, como se viene insistiendo, en otros cauces, en general bastante más amables, por los que bien podría haber discurrido si hubiera sido otra la cifra resultante de sus intereses, de sus ambiciones, de su naturaleza.

Desde este punto de vista, cobra pleno sentido la división establecida por el propio Benet cuando, en 1977, reunió por vez primera sus cuentos completos y agrupó por un lado los que transcurrían en Región y por otro los que no. Fuera de Región, fuera de su opresiva atmósfera de ruina, Benet se permite ser otro escritor, otros varios escritores posibles, todos contenidos, eso sí, en el que urdió y pobló aquel mítico territorio, para lo cual hubieron de acatar sin embargo su propio postergamiento.

Puede que la mejor forma de acceder a Región sea llegando desde fuera. Que el mejor modo de adentrarse en ella sea desde el previo conocimiento de los paisajes que ocultan las escarpadas sierras que rodean su territorio. Seguramente sea este volumen la mejor vía para despojarse de los prejuicios que a tantos disuaden de leer a Benet. La variedad de registros que conviven en estas páginas, llenas de humor, de erotismo, de intriga, de enredos, de ambigüedades, de sabiduría narrativa, constituyen el camino más fácil para familiarizarse con una escritura que también sobre estos pilares sostiene su elevada ambición y su exigencia.

Por lo demás, el mismo Juan Benet parece mostrarse muy consciente de ello en su prólogo de 1977, en el que, impostando un lenguaje publicitario, encomia con evidente choteo lo que —muy razonablemente, por otro lado— presenta como un «conjunto de relatos muy diversos» que «cubren buena parte del complejo espectro de la conducta humana».

Índice

Printed in Great Britain
by Amazon

41061395R00192